# Sopa de caracol

# Arturo Arias

ALFAGUARA

## Sopa de caracol

# ALFAGUARA

© 2002 Arturo Arias
© De esta edición:
2002, Editorial Santillana, S. A.

30 Avenida 16-41 zona 12,
Guatemala ciudad, Guatemala, C. A.
Teléfono (502) 475 2589. Fax: (502) 471 7407
E-mail: santillana@santillana.com.gt

• Santillana Ediciones Generales, S. L.
  Torrelaguna, 60. 28043 Madrid
  Teléfono 91 744 9060
  Telefax 91 744 9224
• Aguilar, Altea, Taurus, Alfaguara, S. A. de C. V.
  Avda. Universidad, 767, Col. del Valle,
  México, D.F., C. P. 03100. México
• Distribuidora y Editora Aguilar, Altea, Taurus,
  Alfaguara, S. A.
  Calle 80 nº 10-23
  Santafé de Bogotá, Colombia
• Aguilar, Altea, Taurus, Alfaguara S. A.
  Beazley, 3860. 1437 Buenos Aires, Argentina

Primera edición: octubre de 2002.

ISBN: 99922-3-197-1

Diseño:                  Proyecto de Enric Satué
Cubierta:                Ramón Banús
Diseño de cubierta:      Augusto Rodríguez–Palacios
Diseño de interiores:    Heller–Palacios, Multimedia y Diseño
Revisión editorial:      José Luis Perdomo Orellana

Hecho en Guatemala

# Índice

## Introducción al menú

*Ya afirmaba el poeta que bailar es encontrar la unidad que forman los vivientes y los muertos. También sé que las partes son algo más que el laberinto de la oreja. La explicación más simple del círculo hermenéutico es que para entender una solitaria parte hay que ilusionarse con la creencia de comprender el todo. Para agarrar ese elusivo toldo carente de verdades absolutas, de conocimientos objetivos, de significados estables, toldo disfrazado de todo y no de toro, hay que captar las pletóricas partes platónicamente preñadas de significantes pedantemente putones. El todo, el toldo, puede ser un menú. El de una cena (¿obscena?) ofrecida por un ex revolucionario cuarentón. Fantaseó ser ministro de cultura y llevar el Bolshoi a tierra de indios. Cuando se despertó no había hada madrina. No era sino un vulgar académico de segunda en una universidad estadounidense de tercera, dedicado a perseguir niñitas de 20 años para ejercitar ese concepto conocido en Guatemaya como "meter mano". Sus ilustres invitados, agotados o apocados, son ciertas relaciones muy suyas, de quienes necesita cartas de apoyo que eviten el desempleo. ¿En este relato no hay partes? Hay platos. Primero uno, después el otro, luego el siguiente. Suena cartesiano, pero es una línea flexible de la cual se puede salir y entrar. Además marca el tiempo, porque se come primero una cosa y después otra, aunque algunos prefieran el concepto chino de mezclar lo dulce con lo amargo sin síntesis dialéctica porque el* marxismo ya pasó de moda. Eso sí, a pesar de los quebrantos quejumbrosos en esta conturbada cena no se sirve chocolate ni con leche. Veamos lo que este personaje ofrece a sus amigotes (los ingredientes comprados en el supermercado con su American Express dorada):

1.- Tostaditas de guacamol con jaibol en la mano.
2.- Sopa de caracol a la beliceña con un Poully Fouissé extraseco.
3.- Coq au vin cocinado por el propio susodicho, acompañado de un Merlot de Mendoza. Arrocito al lado.
4.- Ensalada de colores para los que les gusta.
5.- Queso roquefort, chevre con ceniza o Camembert maloliente pero no muy reseco.
6.- Mousse de mango sobre un par de bolas de helado natural de vainilla servidas con champán de la viuda.
7.- Cafecito espresso en tacitas chiquititas con un toquecito de sambuca y un coñaquito Courvoisier (hay también Armagnac para los que prefieren) al lado.

Aceptable para sueldo de académico aunque sea en las Californias arboleadas de eucaliptos y esponjosa decadencia donde las sonrisas están tan racionadas como el agua y las amistades embriagadas de cariño se miden a cuentagotas. Veamos cómo se desarrolló la suculenta cena y lo que sucedió en la misma. Aguántense. Sabroso fue pero... cosa cosa pa' bailar, cosa cosa pa' matar.

# Tostaditas de guacamol con jaibol en la mano

## 1

—...

   —...

      —...

Sí. Sí. Sí. Ahora me toca hablar a mí, inaugurar metáforas. Déjenme, que a los chapines casi nunca nos dejan. No abrimos el amelcochado pico. Ya basta de silencios. Cierto. El lenguaje siempre es impreciso, un perpetuo coito interrumpido. Un ritual de autoestima. Pero el silencio tampoco visibiliza. El lenguaje será un obstáculo dantesco pero es el único medio para ser uno mismo. Hablo para reinvidualizarme. La marca del militante es la singularidad de su ausencia. Asume el rol de la inexistencia en el juego de la conspiración. Tal vez a los demás no les importe quién hable, pero a mí me importa hablar. Podría cantarles un bolero de la zona eight de mi obtusa tierra embolada, deseada como Ada sin hada ni muy buenos helados, pero ustedes escogieron su maldad. Me preguntaron de la foto. Después me negociaré perdón por ella pues las cosas no son como las pintan. Pero a su tiempo. Aunque sí sea su humilde servidor el empurrado que sale en ella arma en mano. Ya verán. Es una inversión de identidad. Pero en fin. Uno no se cansa de amar a ese maldito país aun cuando se programe para odiarlo. Dependiendo de que lo sueñe o viva en él es un desvencijado paraíso o una embotada prisión armada con espinas de rosales. Pero déjenme comenzar primero por el lujurioso tropicalismo de Río de Janeiro. Ese viaje al babalorixásico ombligo epidérmico de los secuestros, los embotellamientos imponderables, la miseria humana descomunal alevosamente negra y colorida en su retorcida turgidez húmeda fue el inicio de todo aunque nada tiene que ver con la tristemente olvidada izquierda chapina a la que se le quemó el arroz.

Conocí a la Valéria en su taxi ya que por esos azares del desatinado destino terminó recogiéndome en la Rua Marqués de São Vicente. Salí del apart-hotel en la Gávea, esquina con la Duque Estrada, y caminé frente a la mohosa entrada crujiente de la Pontificia Universidad Católica, puque con "e" final, porque los brasileños no pueden pronunciar palabras que no terminen en vocal por la tajante forma como silencian el vaho sensual que pende siempre entre una palabra y otra, entre frase y frase. Era domingo y casi no había tráfico. No tenía por qué tomar taxi. Iba sólo hacia Ipanema. Quedé de juntarme con Víctor/Victoria frente al hotel Arpoador Inn. Para acortar, a la Víctor/Victoria le decía V/V que no es lo mismo que B.B. sino su antónimo, pero así de mal me trataba la vida. La V/V era incapaz de entender nada que no fuera el entusiasmo de sus muy personales, sadísticas ansiedades producidas por su puritana represión. En fin. Podía tomar el bus que lo restregaba a uno a todo lo largo de Leblon e Ipanema por Ataulfo de Paiva y Visconde de Pirajá hasta escupirlo frente al mercado de las pulgas en la Praça General Osorio. De allí se caminaba un par de cuadras por la Rua Jangadeiros hasta la playa. Decidí agarrar lo que apareciera primero.

En eso un pequeño Volkswagen pasó lentamente frente a mí en dirección contraria. Se paró en la Duque Estrada, y dio vuelta en "U". Conducía una mujer. No era usual en Río. No la distinguí claramente por el reflejo en el vidrio pero se veía atractiva. Mujer taxista. La suerte estaba echada.

Paré el taxi. Se detuvo. Entré. La vi. Hay días en la vida que la suerte de uno cambia con la rapidez de una patada en el estómago. Era lindísima. Sonreía cariocamente con esas sonrisitas no muy alargadas capaces de raptar reptiles que despliegan la simpatía de los dientes grandes y hoyitos agudos en los cachetitos encaramándose en bailados sueños ardientes. Pelo castaño no muy largo aunque lo suficiente para cubrir el cuello. Un bronceado que ni en los anuncios se veía así de florentino y un vestido anaranjado que le teñía de azahar la piel que de tan lisa parecía lijada y barnizada hasta que fuera imposible pellizcarla. Anaranjado chillón como esas flores que llamamos "lluvia de oro". Un vestido sin tirantes. Apenas alcanzaba a cubrirle el busto. Terminaba en minifalda que por estar sentada en el volante se le subía hasta la parte inferior del glúteo exhibiendo las hermosísimas piernas que terminaban en sandalias doradas como hocico de oso hormiguero.

Esto sí que era de película. Una mujer así de guapa conduciendo un taxi, sonriendo sin hostilidad, que me invitaba a entrar a su vehículo, a su refrescante guarida deseosa. Este su caballero iba de *shorts* y evitar frotar mis piernas contra las suyas en un diminuto Volkswagen era casi un acto de insanidad que me producía electricidad en la puntita de cada uno de mis pelos. Le dije que me llevara hasta la Praça General Osorio. Como era domingo no podía dar vuelta por la Avenida Vieira Souto ya que estaba reservada para peatones. Sólo por eso no le pedí que me llevara hasta el hotel.

Empezamos a platicar. De todo y nada como dice el cliché. Dilaté al máximo el tiempo que pasé con ella, quien tampoco manejaba muy rápido que digamos. Estaba abobado. Me sentí dichosote y fantaseaba las diabluras más sabrosas, las que quiebran la cintura y agitan elípticamente los hombros con sofoco. Le echaba a la Valéria unas miradas que mataban y contra mi mejor voluntad clavaba mis descastados ojos en sus partes más provocadoras. Lo sorprendente era que no me devolviera la inevitable debilidad con un sopapo o tapabocas cortante sino con una expresión de aparente inocencia puntuada por maniatadas risas burbujeantes mientras conversábamos. No podía creerme que una carioca, y taxista además, no tuviera más colmillo como para no darse cuenta que estaba, no, babeando por ella y que si me decía que me parara de cabeza lo haría sin ningún miramiento.

La conversación era mundana, pero era la voz que me conducía a mi destino por la vía del deseo provocador de mis glándulas endocrinas. Hablaba de ser madre abandonada, una inconsideración inconmensurable considerando la calidad de lo abandonado. Tenía un hijo. Esa tarde que es hoy tan sólo un doradísimo recuerdo estaba esperándola con su madre en Praia Vermelha. Se juntaría con él después de dejarme. Ay dios mío. ¿Por qué no me iba con ella para Praia Vermelha en vez de pretender ser el responsable que no era y cumplir con mi compromiso que no quería cumplir?

Le eché el rollo de que vivía en Estados Unidos a pesar de que en ese entonces todavía estaba en México. Era una mentira que no dejaba de impresionar al proletariado brasileño deseoso de ser rescatado de su miseria maravilhosa y reubicarse en una bahía más acogedora y con muchos más santos como la de San Francisco a la cual terminaría acogiéndome yo mismo tiempo después. Estaba muy simpática en su conversación y no protestaba por mis arremolinadas groserías. Acostumbrado a que la V/V me regañara por todo, ya que como buena alemanota no era sutil ni manejaba bien los matices, consideraba una bendición decir cualquier estupidez y obtener sólo una sonrisa de menta y almizcle de respuesta. Brillaba aún más que el oro tostado de su cabellera que centelleaba infinitamente en la tersa pulcritud de su dentadura eucalíptica. Déjenme decirles: las sonrisas cariocas son muy diferentes de las del resto del mundo. Otra cosa. No sé si todas se arreglan los dientes pero es impresionante la habilidad para volverlo a uno loco tan sólo medio abriendo la boquita en un trémulo esbozo de sonrisa que refleja hondura de deseo.

Llegamos a la Praça General Osorio. Le dio la vuelta y se estacionó en la Prudente de Morais. Me dijo que tenía ganas de fumarse un cigarrillo, que si la acompañaba. Apagó el motor. Me lo ofreció. No fumo pero lo acepté. No le iba a decir que no. No iba a hacer nada que ella no me dijera, nada absolutamente. Era mi ama, mi dueña, mi señora. No en un sentido literal y no estoy hablando de vos Literal, que con ese tu pelo negro, anteojos de carey y sonrisa Colgate perenne no dejás de parecerme el adolescente típico chapín de fines de los cincuenta o principios de los sesenta que será tu edad aproximada por estos días a pesar de la honda picardía de los ojos negros. Espero, eso sí, que no te me pongás cafre como esos bolos pisados que agarran una fuerza de marca mayor que dejan a la gente como si se hubieran comido diez cabezas de ajos. Pero volviendo a la reavivada reconstitución de los desligados labios cariocas trémulos de frescor, déjenme decirles que no resistí prolongar el instante de ese viaje en taxi. Me hubiera quedado con ella. Me hubiera quedado el resto de mi vida metido en el carrito que mareaba. Pensé en proponerle matrimonio en ese mismo instante. No lo hice porque mi situación particular me impedía tener un mínimo sueldito para mantenerla o incluso contemplar la fantástica posibilidad. Además tenía hijo y ¿de qué iba a trabajar en México, de taxista? Finalmente, la V/V me pegaría. Y era más fuerte. No lo pensaría ni un segundo antes de soltar el porrazo. Estar con ella era como estar con un machote celoso de los que aporrean a la menor provocación y a veces hasta sin ella, sólo porque sí, o para recordarle a uno quién manda.

Me volvió a decir que se iba para Praia Vermelha. Tomé la única iniciativa que pude o se me ocurrió. Le dije que acostumbraba asolearme en ese trecho de Ipanema enfrente de la Farme de Amoedo y estaba allí todos los días como a media tarde. Con un gesto de atrevimiento que me sorprendió a mí mismo le anoté mi teléfono, que era también el de V/V, en un papelito arrugado. Lo aceptó sonriente. Le pagué y con un espasmo de tenebrosa soledad que temporalmente oscureció hasta el quemante sol cartilaginoso de Río me bajé y comencé a caminar lentamente hacia la Vieira Souto. El taxi arrancó y avanzó lentamente hasta perderse en la distancia.

## 2

En realidad lo que les voy a contar es intrincado. Estaba en Río, como ya saben algunos de ustedes, por el Ejército Guerrillero de los Pobres, alias "eje". V/V por su trabajo. Pero ya sabía que iba a estar en esas fechas. Lo cocinamos juntos y me las arreglé para llegar al mismo tiempo. Como no le podía decir toda la verdad de mi tarea y ella era tan preguntona que me ponía nervioso hasta el punto de sospechar todo el tiempo de sus intenciones, terminé inventándole que iba a dar unos cursos en la Universidad Federal. No sé si me lo creyó pero hizo como que sí. La música vuelve familiares las palabras desconocidas. Como sabía que eso no pagaba nada me invitó a quedarme en el aparthotel que rentó. Ella representaba una agencia católica que apoyaba las organizaciones de los barrios. De baboso le dije que sí. Empecé a lamentarlo desde el primer día. En el quehacer cotidiano la V/V era infinitamente más victoriana de lo que suponía. Se acostaba temprano, no cogía más que en los fines de semana y en vez de excitarse con las múltiples posibilidades ante nuestros ojos, amarrarse el uno al otro, meternos con una tercera en discordia o bien con otra pareja, hacerlo en público, rasurarse el sexo, salir a la calle sin calzones y en minifalda, se ofendía con todas esas sugerencias, transformando el desgano del deseo en frenesí trabajólico del cual este su servidor quedaba siempre excluido. Decía, eso sí, que mis ideas para avivar el negocio le daban asco y de la pura cólera dejaba de coger hasta en los días de guardar. Como a mí me cuesta pasarme más de un par de noches sin juegos pirotécnicos y uno se cansa bastante rápido de la Manuela, no hubo de otra que comenzar a salir con sigilo y acopio de mañas. Era obvio que con la V/V me había equivocado estrepitosamente.

Sin embargo, por mucho que quisiera no me atrevía a dejarla. En parte por ternura. En parte porque uno se acostumbra a la mala vida. En parte porque encontraba estimulante su cartesiana mente y la nitidez de sus principios hegelianos me mantenía honesto cada vez que sentía que los míos se enturbiaban como agua de chocolate amargo. En parte porque los compas nunca me lo perdonarían. Detestaba tener que hacer autocrítica y mi responsable me daba miedo. Era una mujer rectísima, dogmatiquísima, regañona y encima incipiente feminista. Siempre le decía sí compañera, cómo no compañera, como usted diga compañera, porque si uno chistaba le llovían vergazos. Sus cóleras eran peores que las de Zeus, y su sentido de humor inexistente. En parte porque me acostumbré a gastar su dinero y la idea de finca y casas en la Antigua y en Panajachel se me hacían interesantes. En parte porque su apellido me deslumbraba. Nadie en mis círculos andaba con alguien de la *high life* aunque fuera la oveja negra de su familia.

A los poquitos días su servilleta aquí ya andaba difuminado y ella empurrada y con la mirada apagada y húmeda. Alegaba que actuaba diferente de como lo hice en México. Comenzó el estira y afloja. Me presionaba y se enojaba, gritos y lágrimas, gritos y lágrimas cargadas de añoranzas impalpables acompañados de su cansancio de párpados y mi indiferencia de gestos. Nunca conocí mujer más dura ni que chillara más. Exagerada en todo. Haciéndome el baboso le inventé que andaba distraído por problemas de dinero. Ella ofreció prestarme. Para mantener la pantalla acepté y comencé a gastarme su pisto también. Al principio me dio cargo de conciencia pero al ratito me acostumbré y hasta llegó a gustarme.

—...

¿Los estoy perdiendo? Tranquilo vos Literal. Denme tiempito. No sean puras latas. Tal vez porque comencé en el medio. En realidad la historia arrancó en México. Después pasó por Ipanema y terminó en Panajachel, con una coda en esta bahía de San Pancho. ¿Cómo describirlo? Si estuviera vendiéndole la película a un productor de Hollywood diría que una pareja que se enamoró en México y se peleó en Río se reencuentra clandestinamente para celebrar el año nuevo en Panajachel, exótico lugar frente al lago más bello del mundo, tres volcanes en el horizonte, etc., en medio de *colorful natives*, con mil perdones para los mayas, que me linchan si se enteran que dije esto. El viaje lleva a un nuevo desencuentro y a una cólera incomprendida seguida de un incidente con guerrilleros que tiene consecuencias funestas para ambos.

## 3

No te sonriás con mala leche, Malacate. Ese pisado sabe en lo que anduve y piensa que no hice ni mierda. Si te burlás empiezo a joder con que estás gordo, tenés el pelo blanco blanco a pesar de llevarme apenas un año y te tiembla la mano sólo de sostener el primer trago en la misma. Y no empecés a contar de tus viajes a Europa Oriental porque esa mierda ya ni existe.

—...

Igual vos, Santos Reyes. Ya conocés parte de lo que voy a contar. Por cierto. ¿Sabían que Santos Reyes se llama así, en plural, porque nació un malhadado 6 de enero y sus padres vieron en el calendario que ese día era "los santos reyes" y le clavaron el nombre en plural? Vaya que no naciste el 9 de febrero que es San Nicéforo o el 20 de marzo que es San Sulpicio porque allí sí te clavan un suplicio, vos Santos Reyes. ¿Acaso no pensás vos Malacate que el nombre propio es el inicio de las pesadillas?

—...

No me interrumpás Sibella. Las mujeres siempre interrumpen. Para hacer tiempo antes de que ustedes llegaran me puse a ordenar los papeles en mi escritorio. Me encontré la fotocopia de un poema. Alguien, no reconocí la letra a mano, escribió arriba "Give this to Rodri, alias el Cerotón." El texto decía:

*De vez em quando*
*Sinto necessidade*
*de ficarmos*
*sem nos ver*
*por uns tempos.*
*Para arrumar um pouco*
*nossa vida*
*em particular.*

*Depois a gente*
*se encontra*
*e desarruma*
*tudo otra vez.*

4

Después del drama que viví entre México, Río y Panajachel me vine para los sanfranes de la calipatria y hecho mierda como estaba por lo que pasó terminé visitando una reductora de cabezas. Me dijo que uno vive las cosas así porque los dolores que cargamos son dolores viejos. Es decir, al decir de ellos, de nuestra niñez. Así uno ya sabe que cada vez que les suelte un rollo tiene que asociarlo con algún evento de su niñez para que la consejera no lo chingue a uno con "¿Y eso qué te recuerda? ¿Con qué lo asocias?", etc. Uno se le anticipa. Al ratito se acabó la hora y santos en paz. Podemos ya pensar en cosas serias hasta que nos llegue la cuenta y entonces sí necesitamos analista.

De niño no andaba adolorido fuera de los moretes que me hice jugando futbol. Fue de adulto que se me espesó la sopa. Como suele ser me dijeron que todo es culpa de mi papá. El viejo no agarró la onda a tiempo y salí re pisado. Creo sin embargo que todo es por ese mugroso país. Da vergüenza tener que admitir en público que uno es chapín. Es como decir que uno es pederasta o violador de menores. Por eso el gran Miguel Ángel decía que en nuestro país sólo se podía vivir a verga. Pero me distraigo. La historia no tiene la ligereza de una boquita picante. Tiene que servirse como plato principal.

—...

Bueno señores y señoras. Cuando nos sentemos a la mesa y devoremos los suculentos platillos que les voy a servir les cuento el resto. Requiere estómago fuerte para aguantar. ¡Azúcar!

5

¿Más traguitos? No te hagás la brocha vos Amapola Ojo Alegre. Estás rechonchita pero provocadora con ese tu escote que insinúa la grandeza de tus gemelas virtudes. Ya vi que estás empinando el vaso.

—...

Cómo no. Hay también ron jamaiquino, ron nica, Flor de Caña, pero les recomiendo el Zacapa Centenario. Es puro chapín y de una suavidad que baja como cognac. No hay que echarle hielo o ponerle Coca. Sería sacrilegio a menos que se refiera a unas líneas de la que no es Cola, ja. Whiskies tengo Glenfidich, Glenmorangie, uno que casi nadie conoce llamado Chaggamore que es el mejor de todos y Chivas que es el más ordinariote de los cuatro y sólo lo chupan los nuevos ricos que no saben de whisky. Tengo cachaça brasileña de la buena, pisco peruano. Vengan, cómanse otra boquita. Hasta les hice el guacamol. Desde la mañana cuartié el ajo y las cebollas y los dejé todo el día remojándose en jugo de limón. Poco antes de que llegaran le eché el aguacate, pedacitos de tomate, huevo duro desintegrado, un toquecito de crema, chile, culantro como le decimos nosotros al cilantro ya que somos más anales y más animales aunque, da pena admitirlo, menos carnales. Lo revolví todo y allí tienen ustedes. En tostaditas y queda re sabroso. Así que no se me anden quedando con ganas que esto apenas comienza. Paciencia piojo que la noche es larga.

Tuc tuc tuc. Tuc tuc tuc. Y con el sabor de René Alonso y su banda Láser, puuura onda nuevamente...!!!! Tara rarara tara rarara. ¡Pac! ¡¡*Todo el mundo gozaa*!! Chick chichik, chick, chichik. Ya empezó a tocar música la Tacuacina. Los hombros se agitan automática, impulsivamente. Y eso que los tengo tensos. Sin embargo las reacciones nerviosas les dan toquecitos eléctricos y a'i van subiendo los pobrecitos aunque sea pa' que no digan. Se quiebra la cintura, más pa'l lado izquierdo, guiño el ojo derecho. Muy tieso al principio como siempre pero eso es la edad, aunque no lo admita en público porque soy, seré siempre el eterno adolescente. ¿Envejecer? Ni máis, palomas.

> *Ay, yo ya dejé atrás los veinte*
> *Pero ella probablementeeee*
> *Le da pena, me condena, se evapora.*
> *Mi chica de humooo, mi chica de*
> *humooo!*

Antes de que llegaran acababa de llamar Rosa por teléfono. Le dije que estaba escribiendo. Me preguntó si entraría como personaje en mi próxima novela. "Ya entraste", le dije. "¿Cómo?" me preguntó. "Seguro que seré el personaje que aparece amarrado y lo latiguean." Me cagué de la risa y le dije "No, en la novela aparecés con el chicote en la mano mientras te lamo los tacones. Arrodillándome ante vos, me ponés un collar de perro en el cuello." Nos carcajeamos sabroso y terminé invitándola a que se diera una vuelta más tarde cuando ya estemos bien entonaditos. La Rosa es la morena más fina que he visto en mi vida aunque la piel deja qué desear. ¿Se van dando cuenta cómo me gustan todas? Me les conozco sus cuerpitos como otros se conocen mapas de carreteras y autorrutas. Sí, hasta el tuyo Amapola Ojo Alegre. Más amplio, con más agarraderas. Pero a la Rosa nada le gusta más que los golpes. La última vez ya me dolía la mano. Me pidió que le diera con el cincho. Se lo saqué al pantalón y la volteé, poniéndola de culumbrón. Subieron las nalgas respingonamente hacia arriba como el Popocatépetl y la Ixtaccíhuatl. La apuntalaba y golpeaba con el cincho doblado en dos como dándole riata a un caballito veloz. Gritaba, retorciendo el pescuezo y abriendo la boca, gritaba de purísimo, empalagoso placer profuso. Le dije que saldría en mi novela con los brazos chocarreramente amarrados a la viga de mi garaje, las piernas abiertas igual, y con mi cincho restregándole sus carnosas nalgas que se amorataban conforme las zarandeaba el cuero una y otra vez. Luego de frente, a través de la cintura, los melones y en la cueva sin quietud, el cuero buscando lamerle el gigantesco clítoris que parece bola de billar.

## 6

Nada me interesa después del fracaso de la afamada revolución, la desaparición de la URSS y el fin del marxismo, nuestra opiosa religión. Qué tiempos horribles vivimos. Como dijo la reina Isabel, *años horribles*. ¿O sería años? Pero me queda la fuerza de lo que fue y de lo que pudo ser. Sólo me pasma no haber previsto que fracasaría. Es entonces cuando se me vienen los calambres físicos de alejarme de este mundo negligente, oblicuo, con vagos deseos de un sueño profundo. Perdonen que palanganero saque mi violín para afirmar que esta melancolía es muy salsa, pero peor sería que sacara la cimitarra para escabechármelos a filosas gracejadas. Hay mañanas en que me pregunto, "Rodri, Rodri, ¿qué habés hecho de tu vida?" y la única respuesta seria que me puedo dar es, "Coger en puta, y no sólo a putas."

## 7

Vos Tacuacina, serás muy flaquita y de nariz grande pero porfa parala un poquito. Es la tercera vez que tocás ese Súpersonido Tropical. Ya sé que necesitás la salsa como bálsamo pero no abusés tan temprano de la calidad súpersonido guanaca que inspiró el menú. "Sopa de caracol". ¿Por qué no? De algún lado tiene que sacar uno las cosas. Por cierto, tanto la canción como la sopa son beliceñas. Guanacos los músicos. Banda Blanca, Los Vásquez, Proyecto Latino, Rodolfo y Típica Ra 7, Grupo Branly, Alto Voltaje. Si tú quieres bailar, ¡sopa de caracol! Se me aparece el fantasma de Valéria bailando en su vestido color "lluvia de oro" y crece y crece y cuando me doy cuenta ya ya ya es un incendio gigantesco, huracán que quema el enquistado miembro y me arrastra musgosamente apretando ese temible músculo hasta los más tenebrosos abismos donde termino desbarrancándome y de donde no hay regreso posible.

—...

¿Lo que más quisiera en este instante, Amapola Ojo Alegre? Volver a agarrar en el aire palabras que nombran lo que sucedió como palomillas y traer de vuelta el recuerdo de su aroma frutoso sin silencios políticos ni censuras éticas. Decir todo lo que soy sin miedo al "qué dirán" tan fatal en Chipilínlandia. Asegurarme de que no se borre poco a poco la cultura del recuerdo. Aunque me quede como el llanero solitito como un guardia en la oscuridad sin siquiera un tenue farolito pero mantener vivos los lúgubres lugares ladillosos luctuosamente encantados que hace años visitamos en las ciudades de ensueño donde se amaba en nubes de plumas y las estrellas bajaban del cosmos para bendecir nuestras uniones.

—...

Estoy bien, Malacate. Te lo aseguro. Me siento maravillosamente y salvajemente bien. Ahora, a sentarse. *A table*, damitas y señoritos, *a table*, para deglutir traviesas alucinaciones deletéreas antes de que las tripas se pongan curtidas y callosas, embriagadas de mefítica fatuidad.

## Sopa de caracol a la beliceña con un
## Poully Fouissé extraseco

1

A veces me le quedo viendo a la foto y me río. Boina negra, barba enmarañada. Fusil estrujado en la mano. Puro simulacro. Cuentero soy y no cuentista. ¿Cuatrero? Ni a guitarra llego por lo desafinado de mi voz. Si jactanciáramos de todas las batallas que libramos ganaríamos la revolución por lo menos tres veces. Cuando me tomaron esa foto exhalaba aliento alcohólico, y estaba a punto de desatarse la acetona. No recuerdo las boquitas que me habrían dado, pero sí los disparos que hice. Un par de pedos silentes y hediondísimos. Mejor volvamos con lo de la Valéria porque se me hace que los dejé picados. Poné atención Amapola Ojo Alegre. Les cuento mientras se sirven.

Para no hacerlos bolas tal vez comienzo desde el principio. Llegué interfecto a México a fines del 79. Venía de París. Emberrinchado doctorado bajo un brazo, perentorio premio internacional de singular prestigio en ese entonces bajo el otro. Me creía un lince, error trágico para cualquier chapín que no sea capaz de pasar por argentino. De ser mujer hubiera contoneado el culo al caminar como la Rosa. La idea era ambientarme acerca de las cosas en las Guatepeores y después lanzarme chispeante para allá en navidad porque venía empatinado con las ideas que me atraganté donde se muere uno con aguacero.

Ligia me esperaba en el aeropuerto. Era sólo una amiga. Me alojé en su departamento de Avenida Universidad, frente al Altillo. Desde mi llegada me carroseó a diversos actos públicos. El 20 de octubre hubo una conmemoración en Chapultepec. Fuera de Ligia y de un par de tímidos antigüeños de paso por Chilangolandia con los ojotes así de grandes babeando de encantamiento al ver el gentío del parque, todo el resto eran viejazos más retorcidos que la ceiba de Palín. Deberían llevar ¡ya! 25 años de exilio como diría el más albino de los Guillén, y cada uno tenía marcado el rostro como las ruedas en los troncos de los árboles. De entrada pestañearon al verme y las señoras pintarrajeadas apretaron los labios y otras partes apretables de lo que les quedaba de anatomía humana al observar mis melenas, barba y *blue-jeans* desteñidos.

Aproveché para agarrarle la manita a la Ligia que me decía "ay vos" y escamoteaba tímidos esfuerzos por soltarse mientras sonreía quedamente. En contra de las leyes de probabilidades sobreviví la indistinción y hasta fui invitado por los boquiabiertos jóvenes a algunas reuniones entre semana. Dependiendo de la noche eran entre cuatro y ocho gatos, unas cuantas tipuncas chaparritas con pantijoses blancos de pésimo gusto, casi todos hijos o nietos de comunistas, más chavines que el que hoy los agasajea, sabelotodos y dándome línea como purgante en cuchara. No podía creer que fueran tan cuadrados, pero es que a pesar de su aliento jipioso entendían todavía el mundo a través de los anteojos de carey de sus señores padres. A mediados de los setenta en Guate ya mucha gente cogía como conejos, fumaba mota, volaba con pajaritos y se había soltado las greñas.

Pero escritor al fin empecé a esbozarles análisis de coyunturas. Entre el estilacho que traía y la dizque preparación sociológica franchuta muy empapada del finado Poulantzas, escribirlos era como dar coces para el burro. A veces inventaba también. Al fin, Máximo Sánchez dijo muchos años antes que las mentiras eran sagradas y ahora era comanche. Para no decir también que subvertía el orden foucaultianamente, inventando discursivamente una realidad que en última instancia no era más que otro invento discursivo de una anterior camada de abusadores del guaro. Me acordé de eso y me lo tomé muy a pecho.

—...

—¿Les está gustando la sopa? Me alegro.

—...

A la beliceña en la medida de lo posible. Tiene un secreto que se los cuento sólo al final de la noche. El chiste es que sea con caracol reina y se mezclen las frutas con la sopa. Limpio los caracoles y después los pongo en dos litros de agua con tallos de cebolla, laurel, tomillo, sal y pimienta. En el aceite se fríe el tomate asado, molido y colado con la mitad de la cebolla, las cabecitas en esta ocasión, y unos dientes de ajo. Cuando está bien frito se agrega el caldo de caracol, una taza de vino y sal. Se deja hervir hasta que se sazona bien y espesa un poco. Se le agrega una pizca de achiote y una rama de apazote. Deja uno que le cale el sabor. Después se rodajan las frutas, se le echa yuca previamente cocinada, güisquiles, mariguana, lo que se me pase por la cabeza según el *mood*. Si estoy melancólico le echo cosas agrias. Si feliz le agrego fruta dulce como banano rodajado o pedazos de piña y allí tienen. Me alegro que suenen las campanas.

—...

En navidad me fui para Guate. Estuve de peregrinaje en Chichicastenango sin que me picara el chichicaste, y decidí pasar el año nuevo en las playas hondureñas, buscando al atolondrado Rafael Murillo Selva, incendiario loco que hacía teatro con los garífunas de la costa que ya bailaban punta pero yo no lo sabía.

En Tela no lo encontré. Seguí hasta La Ceiba donde su hermano Ángel me dijo que el susodicho andaba por Guadalupe pero era de meterse por unos lodazales tremendos hasta Trujillo antes de seguir en lancha por mar y había lluvia en el Caribe. Así que me quedé con Ángel conjugando el brindis de año nuevo y nos fuimos socarronamente al barrio negro de La Ceiba ilusionados con un musicón de película. Éramos los únicos no garífunas. El lugar a tope. Sin embargo se sentía el fresco de la noche expirante. La música eran sólo caracoles marinos y tambores, como ocho de cada uno, alineados al fondo de la pared. El ambiente rezongaba de no creerlo. Un interludio de fluidez febril volando con las impulsiones cargadas de agua de canela, un mosaico azul música que permanece indestructible en mi nostalgia. Allí conocí el caracol reina pero sólo como instrumento musical. Todavía no sabía hacer la sopa.

Me metí a bailar como sonámbulo, con ritmo de iguana transfigurada. En algún momento que sueño siempre como si fuera un espectador de mí mismo, estaba frente a una negra gordota y vieja como un enorme barril de ron que me miraba con la dulzura de un oso perezoso. Se plantó frente a mí y me dijo: "Así se baila esto, mirá". Enseguida empezó a ondular la enorme cadera frente a mis ojos, alborotándola en movimientos circulares a contra-reloj como recién picada por avispas. Conforme rotaba frente a mí la cadera más grande del mundo, más grande que todo yo si me pusiera en posición fetal, alteraba ligeramente el movimiento interno de la misma dependiendo de los golpes de tambor. Resaltaba diferentes músculos de los glisínicos glúteos cínicos que acompañaban acompasadamente la melodía. Todo el relamido glúteo era un escenario circular en cuyo centro bailaba una pareja, los músculos encogidos, persiguiéndose con rigor y picardía, los brazos al aire como en las danzas árabes. Se me agrandaron los ojos y entendí lo que Cervantes quiso decir con el retablo de las maravillas. Golosamente glosando el glorificado guateque guaraposo, la glotis glotonamente haciendo "glúglú" mientras gritaba gregaria los graciosos, gráciles garabatos grasosos del glúteo como un glucómetro, glorifiqué mi cuerpo cada vez más glutinoso y gozoso gorgoteando gloriada glucosuria.

Tenía programado volver a México el último de enero. Sentía que era el momento de estar en Guateques. Pero era miedoso y andaba desorganizado en ese bituminoso mar de polvorosa violencia. De allí que decidiera regresarme para humear qué hacer con el resto de mi vida. Quería rechapinizarme para la Semana Santa pero el mero día que me iba estalló el podrido país.

Estaba en el aeropuerto al salir el sol, zigzagueando enmedio del tumulto maloliente que amanece en el bocadillo de cemento ya que las compañías internacionales tienen el terrible hábito de concentrar las salidas tempranito en la mañana, obligándolo a uno a llegar desvelado y engomado a echarle el mal aliento en la cara a los agentes de migración mientras le bailan todavía en la cabeza las humedecidas notas desafinadas de la marimba de El Zócalo.

En la sala de espera corrieron los rumores de bulla en la embajada de España. Unos campesinos la ocuparon y el ejército la rodeó. En eso llamaron mi vuelo. Me atravesé el escindido pasillo maldiciendo a las doñas rechonchitas que con sus gigantescas valijas de cuero bloqueaban el paso por ese corredor lleno de arremolinados chunches que oscurecían las desangeladas salidas.

El vuelo a México es sólo hora y media pero es como salir de un baldío basurero brumoso donde se percibe el acoso invisible al calor pachanguero del mariachi mexicano. Llegar al DeEfe invitaba un suspiro de alivio y un gesto de cómoda familiaridad con las avenidas grises que llevaban hacia Avenida Universidad. El taxista tenía el radio prendido. Al enterarse de mi malhadada nacionalidad me contó que el ejército invadió la embajada y la quemó, con un alarmismo que generaba náusea.

Al llegar donde Ligia todo era histeria. Cada cinco minutos Televisa volvía a pasar las horripilantes escenas del incendio de la embajada y los cadáveres carbonizados saliendo uno a uno. El pelotón modelo impávido como esculturas amoratadas impidiendo que nadie se acercara mientras espectadores histéricos gritaban "¡Sáquenlos! ¡Por vida suya, no oyen que se están quemando!" y los gritos roncos de "¡Piedad!" proviniendo de las puertas de la embajada que el pelotón modelo se negaba a abrir mientras el salón se quemaba por dentro. Después escenas fugaces del embajador alegando con autoridades y el locutor informando que el gobierno español se oponía rotundamente a la ocupación de su embajada, condenaba las acciones criminales y rompía relaciones diplomáticas con ese cochambroso país.

2

Uno se alarga al contar. Peor nosotros que somos enredados, barrocos, anti-cartesianos e innatamente pusmodernos. Todo eso por retomar el hilo de la Valéria. Pero si no, no entienden por qué llegué al Brasil. Créanlo o no esta narración tiene su logiquilla, si es que podemos suponer que monos tercermundistas pueden ser lógicos aunque carezcan de madurez kantiana.

Lo de la embajada fue un parteaguas. Un momento definidor. O uno estaba con el general Lupus o uno estaba con los que querían darle en la madre. No había medias tintas. Decidí meterme a militar que no es lo mismo que ser militar, para lo cual nosotros decimos chafarote regustándonos en la largura de la ofuscante palabra. Aunque en realidad el "eje" me encontró primero. Empecé a chambear en la Escuela de Antropología como editor. Me pasaron *Los días de la selva* que venía de ganar el prestigiado premio internacional inefable. Después la directora me mandó a llamar. Famosa antropóloga mexicana, nunca en la vida se me hubiera ocurrido que bailara danzas prohibidas pero la vida te da sorpresas, sorpresas te da la vida. Me preguntó qué pensaba del manuscrito. "Es una maravilla" le dije. "Me encantó y entusiasmó". Ella sonrió con chorreosa complicidad. Como no tenía carro ofreció mandarme a la casa con su chofer, un estudiante de la escuela que hacía trabajo de administración, también mexicano. Vi como buena señal que era tan greñudo como yo.

El chofer me reclutó en ese viaje. Me propuso una reunión con un cuadro del eje. Me sentí señalado por el dedo de dios en la capilla sixtina y los intestinos indicaron inmediatamente su entusiasmo rugiendo gongorinamente. Acepté. Antes de bajarme le dije que me parecía buena onda que no hubieran pedos por lo de las greñas. Se mató de la risa y me dijo que él fumaba mota también.

## 3

La primera reunión fue en un Wendy's. Llegó un muchachito blanquito y delgadito con una seriedad y seguridad que no dejaban lugar a dudas. Para colmo era mexicano también. ¿Sería que todo el pinche DeEfe era del eje y yo ni enterado? A lo mejor ya habían reclutado hasta a López por Pillo. Me extendió la mano, "Mucho gusto, compañero", con una desenvuelta agudeza que aún no revelaba sus posteriores iras. "Encantado". "Mi nombre es Nicolás. Vámonos al rinconcito para platicar mejor".

—...

A partir de allí fue comenzar a estudiar los cinco principios, las diez ideas, la línea de masas, la línea militar y a integrarme a un organismo con seudónimo. Estábamos asignados al trabajo internacional. Se nos explicó que el EGP era como un banco con tres patas. La primera era el trabajo militar clandestino. La segunda el trabajo de masas. La tercera el trabajo internacional. Se suponía que las tres eran iguales para que el banquito en cuestión no se cayera, o mejor dicho, quien se sentara en él. Que nos terminamos cayendo muchos tenía que ver precisamente con las discrepancias entre la teoría y la práctica. Las patas eran desiguales. Pero ese cuento mejor se los guardo para cuando sirva un Merlot que lubrique el paladar aun a riesgo de perder carnosidad. Lo que interesa es que por estar en el trabajo internacional tuve que irme al Brasil y conocí a la Valéria. Ya verán, si me aguantan la paciencia.

## 4

Independientemente de todo eso trabé amistad con Alfonso Solórzano y Alaíde Foppa. Me adoptaron casi como un hijo más sin que supiera en ese entonces que substituía a hijos verdaderos que se les atragantaban del susto porque andaban ya organizados, palabra de la cual desconocía en ese entonces que era un oxímoron. Ellos nunca lo mencionaron. Siempre que aparecía me invitaban a cenar o almorzar. Me preguntaban cómo andaban los tanes de "joven escritor" y terminábamos hablando de política. Más bien Alfonso monologaba de política, yo escuchaba boquiabierto y Alaíde sonreía con tolerancia.

—¡...!

¿Que retome el hilo de lo de la Valéria vos Malacate? De la *carioquinha* quieren oír ¿verdad malpensados? Les hace falta un poquito más de Poully Fouissé. Conseguí uno extraseco, o sea que en la fermentación se le extrajo totalmente el azúcar a la uva, dejando un gusto suave para acompañar y levantar el sabor de la sopa. Lo pensé bien. Servítelo vos Literal porfa.

—...

Tu carita color de miel no es nada expresiva, Tacuacina. No puedo adivinar lo que pensás pero fruncís el ceño con intensidad. Las mandíbulas y otras partes del cuerpo se te caen como *bungee jumping* vos Amapola Ojo Alegre, casi con la misma fluidez de ese colocho pelo negrísimo sobre los hombros. ¿Vinito? Está perfectamente enfriado.

## 5

Todavía se me dificulta hablar de la V/V. En serio vos Tacuacina. Ya me di cuenta que estás calibrando saber qué cosa maliciosa de mí. Lo veo también en la sonrisa pícara de la Amapola Ojo Alegre y en la incredulidad sin humor de la Sibella. No sé por qué pero me corto todavía a pesar de mi desfachatez, como si al recordarla sufriera un efecto regresivo hasta mi adolescencia. Será porque era dura conmigo, será porque era una figura de autoridad y proyectaba a mi padre en ella, será porque me siento culpable. La cosa es que se me lengua la traba todavía cuando surge el tema de la bendita mujer que también era bella de día.

—...

La V/V era inquieta. Se graduó jovencita de la universidad de Princeton. Hablaba perfectamente cuatro idiomas y se dirigía a todos con un helado don de mando que la deshumanizaba, aislándola del común de los mortales. Pero su fría racionalidad hegeliana tenía también su capacidad de seducción cuando uno aprecia con baba admirativa las contracciones de la burbujeante materia gris y no se siente amenazado, o bien está dispuesto a dejarse dominar masocamente. El chiste era desde luego poder bailar con otras. A pesar de ser una combatiente por la vida su gusto por lo vivo era casi nulo y tampoco tenía orden para vivir.

La V/V vivía extremamente ocupada, lo cual implicaba que estaba siempre extremamente cansada. Y cuando digo extremamente ocupada digo más ocupada que hasta muchos de los comandantes que conocí. No sé si los grandes ejecutivos de las transnacionales trabajen más que ella pero no lo creo. Era una obsesión por el trabajo que me dejaba mudo. Eso no fue aparente cuando nos conocimos porque ella vivía en Guatemaya y yo en el DeEfe. Fue en una actividad organizada por el Centro de Estudios del Tercer Mundo donde trajeron a gente de diferentes partes de Centroamérica. Nos conocimos serios y aceptó seriamente almorzar conmigo sólo porque me oyó mi rollo serio. Mi seria ponencia se llamaba "La función de la cultura en el contexto de la guerra popular revolucionaria". Aunque buena parte del serio material fue revisado y censurado por mi serio responsable interno me tocaba dar la seria cara como si todo fuera mío y mi seriedad apantallaba a más de alguno. Esta vez fue la V/V que cayó redondita. Como andaba haciéndome pasar de gran cuadro cultural y ese año todavía disfrutaba la efímera fama que el premio inefable me supo dar, le di mi fraternal y revolucionario saludo con todo el melodrama del caso en el cocktail que siguió a las presentaciones. Cuando indagó sobre un par de conceptos con hondura le propuse que almorzáramos al día siguiente para mejor responderle a la altura de las circunstancias. Durante el mismo la deslumbré lo suficiente como para agarrarle la manita, seguido por un *clinch* sellado por un abrazo. Lo demás fue silencio como diría el maestro Monterroso.

Nos veíamos sólo los fines de semana y eran tan intensos como el azul plomo del lago de Atitlán, provocando no pocas veces la erupción de más de algún volcán. Sin embargo más que intensos eran breves. Luego no nos veíamos en un mes, cinco semanas, seis semanas, hasta que ella pudiera volver con discreción. No podía entrar a Guate y si ella viajaba mucho a México pensarían que era correo de la subversión aunque no fuera cierto. Todo requería de extrema precaución.

Como el dicho dice que amor de lejos es de pendejos no perdía mi tiempo cuando ella no andaba en mi órbita cotidiana. Tuve el enorme placer de conocer lindas chilangas que eran tan liberadas sexualmente como politizadas. La mística del revolucionario centroamericano tenía mucho pegue en esos días.

6

Alfonso, muerto en vida por la caída en combate de su hijo Juan Pablo, se atravesó una fatídica calle del sur del DeEfe y lo atropellaron en agosto del 80. Cuando le di el pésame a Alaíde me dijo que teníamos que hacer algo por nuestro país. Fue la última vez que la vi. Cuatro meses después llegaba la horrorosa noticia de su secuestro y desaparición en la saturnina patria. Me fui a manifestar frente a la embajada, cerca de la Plaza de la Revolución Institucionalizada esa otra gris mañana arenisca de un 20 de diciembre. Me encontré a Tito Monterroso enmedio del tumulto y me sorprendió lo compungido de su hierático rostro de ángel triste. La muerte lo dilataba de una manera tan profunda que ni siquiera intuí la pasmosa profundidad de su sufrimiento. Nos saludamos medio de lejitos, levantando la mano, bajando la cabeza, apretando los labios. Era un instante de pesar y no de reencuentros amistosos.

—...

A principios del año siguiente el eje se enteró, por medio de algunos papeles de Alfonso y Alaíde, que una persona denominada "Pensamiento", a quien se le suponía ex miembro de la orga, amigo de ellos quien después se fue a vivir a Río de Janeiro, era en realidad un agente de la dictadura guatepeorense.

¿Cómo surgió ese vericueto? Francamente no lo sé porque existía el famoso concepto llamado "compartimentación". Es decir, sólo podía enterarme de lo que me informara mi responsable súperserio bajo la premisa de que en caso de caer en manos del enemigo y ser torturado, por mucho que aflojara la lengua no podía revelar información clavera. No se rían pisados. Cuando me contactó el aprendiz de curita lo único que me dijo fue que la información surgió de los papeles de Alfonso y Alaíde. Quién leyó esos papeles y por qué, no tenía la menor idea. Ni siquiera se me ocurrió preguntar. Me sentí halagado que me confiaran lo poquito que me dijeron, me gustó que les gustara, y más aún ser escogido para tan insigne tarea. No quería armar ninguna alharaca que me quitara la deliciosa bendición florida de viajar a ese Río con el que tanto soñé en mi vida. Era como volver a ser el niño bonito del colegio, el que el maestro escogía como alumno ejemplar generando la envidia de los jodones. Me iba a la cidade maravilhosa en el país do carnaval. El edulcoramiento del vivir se me agolpaba y fervorizaba. Saboreaba las posibilidades y celebraba no tener que matar a nadie porque a esas alturas del negocio no sabía manejar ni una pistolita. Ni siquiera había visto una en mi vida. Aunque siempre fui bueno en las guerritas de pistolas de agua.

## 7

Llegué pues a la otra gran bahía del mundo desconociendo todavía que el destino me tenía preparado el encuentro con ese dolor biológico de la pasión, ese vómito del amor que era la Valéria, desesperada, turbia y fatal. Esa sombra de lo que en mí existe a la cual esperaba hondamente sin saber que su amor dolía de verdad. No sabía de entrada que Río era una llaga en el corazón que ni siquiera permitía hablar, una apetencia de frenesí innovador, de rebelión desafiante, de orgullo desatado, que lo llevaba a uno a excesos luciferinos. Río era el fiesteo cenital de lo americano. Ni bien traspasé el umbral del aeropuerto de Galeão cuando ya andaba destrabado por sus frondosas ruas olhando mujeres a diestra y siniestra. Me quedé con el hocico de este tamaño contemplando las bundinhas de las cariocas. Y pensar que necesitaba reclutar una colaboradora para mi transcendental tarea. Porque ésa era mi relamida misión por ridículo que hoy parezca, como por lo demás parece todo ese encomioso esfuerzo revolucionario. Risible pero cierto. Mi tarea de militante era encontrar a una mujer capaz de seducir para entrampar a mi oponente. Ella sería la visión que lo extinguiría, quien se lo llevaría por las narices como becerrito domado a cumplir con su destino de traidor.

—...

Vos Tacuacina y Santos Reyes no se imaginan lo difícil que es comparar el mundo que fue con el mundo que tenemos ahora. En ese entonces las victorias revolucionarias estaban a la vuelta de la esquina. "Hasta la victoria siempre, patria o muerte, venceremos" no era una frasecita irónica que provocaba sonrisas nubladas de chochos nostálgicos. ¿Más vinito, Malacate? El Pouilly Fouissé muy seco y bien frío para que facilite el deglutimiento de la sopa y confunda las temperaturas en el esófago.

—...

Ni quiero pensar ahorita en la V/V. Era una mujer nacida para pelear como boxeador. A pesar de ser súperseria era pero tan seria que terminaba siendo divertida de lo seria que era. Tenía un corazonzote así de grande. De tan grande que era lo aplastaba a uno como un elefante bienintencionado. Su narrativa de vida estaba escrita en piedra y no fue sino hasta el mero final que sus proyectos de invención de existencia empezaron a agotársele como les contaré en su momento. A mí me atraía su fuerza. Me seducía masoquistamente como si fantaseara a jugar el rol pasivo. Creo que a ella le gustaba que le soplara caricias identificatorias.

La V/V llegó a Río por sus propios caminos. Para mí era una contradicción andar con ella porque no era nada sensual en una ciudad que destilaba justamente eso. La V/V era un oxímoron enmedio del verano eterno y decadente de la corrupción/cordialidad bituminosa que era Río, de su contaminación grotesca y maravillosa. Era moralista, asexuada, medio hombruna. Marimacho como decimos allá en las guatepeores. No era lesbiana simplemente porque el sexo no le interesaba. Su clítoris era su cerebro, su orgasmo el ejercicio de la razón.

¿Por qué me atrajo? Por su fuerza, porque me entretenía mucho contándome cosas "sustanciosas" y porque sus análisis políticos eran fuera de serie en un momento en que andaba sudando esas calenturas. Tal vez porque en Río la sensualidad como los grandes traseros se volvían banales por su abundancia y lo que terminaba faltando era una mujer que articulara un discurso racional, que no buscara a un hombre que la hiciera reír sino uno que la hiciera pensar.

Pero por eso mismo no servía para cumplir la tarea que me encomendaron. Necesitaba una capaz de pararle la verga a un hombre maduro con su sola presencia en vez de amenazarlo con su inteligencia moralista. De allí que siguiera ojo al cristo y no me refiero precisamente al Corcovado. Y bueno. No sólo por eso. Es que en Río de cualquier manera uno anda ojo al cristo porque es tan sólo cuando uno se encuentra ante esa abundancia de musculatura glútea que reconsidera la existencia de dios. Las nalgas de las mulatas son la prueba del arte de un ser supremo.

## 8

Busqué a mi candidata hasta en una casa de putas. Había una maravillosa en la Rua Caning entre Copacabana e Ipanema. Se llamaba Centaurus. Por fuera parecía un búnker gris. Tenía una pequeña entrada con una placa dorada diciendo que se ofrecía servicio de primerísima, de cinco estrellas. Afuera y arriba lucía un diseño en metal: un centauro con una toalla alrededor del cuello. Era cara pero eso valía verga porque como andaba en tarea oficial corría por cuenta de la organización. Al fin, sabía del comandante del frente urbano que después de un operativo en el cual sacaron más de cien mil quetzales cerró el Club 45 con dos de sus lugartenientes. Sólo salió de allí porque llegó gente del gobierno con idénticas intenciones y escocidos ordenaron que se reabriera el negocio, lo cual obligó a mis otrora compañeros a salir con la cola entre las patas por la pared del jardín de atrás y casi se arma balacera. ¿Por qué no me iba a dar entonces mis caracoleados lujitos? Además los compas que compraban armas viajaban en primera clase, se quedaban en los mejores hoteles y ostentaban unos gamusísimos tacuches que daban qué hablar. Tranquileaba más y mi búsqueda de la mujer perfecta era, por decirlo así, más que legítima. Ésa era precisamente mi tarea.

Fui una noche. Desde el punto de vista de ambiente fue un error. Como me explicaron, todos los brasileños que iban allí eran casados. Aparecían en la tardecita y sobre todo los sábados a comer su feijoada. Ya se habrán dado cuenta que terminaban comiendo algo más que esos frijolitos humedecidos con naranja.

Pero por otro lado pude controlar bien el ambiente. Hubo una niñita desperezada que me encantó y otra que me recomendaron. Probé con las dos. La que me encantó era una delicia de desazón. Morena, pelo negro largo, una boquita ligera como de ciervo, risueña. Muy simpática. Me entró a su cuarto, se puso una bata negra medio transparente, hizo todo tipo de pirotécnicas piruetas frente al espejo, nos reímos como locos y terminamos cogiendo hasta dejar la piel deshecha en remolinos humeantes.

La otra era arisca. Pelo negro también pero más corto, la piel más clara. Como de mi alto. Tenía un par de hoyitos en los cachetes que se le hundían bastante al sonreír. Sonreía pero no se mataba de la risa. Era desdeñosamente irónica y lo hacía por oficio, no por placer. Estaba incluso medio malhumorada. Le pregunté qué pasaba. Me dijo que para mí era fácil pero ella no tenía otra forma de ganarse la vida. Total, terminamos cogiendo también pero desterramos la transparencia de la fogosidad. Después me vestí lentamente, me dieron un masajito para retonificar los músculos, me tomé una última Brahma Chop y fui de los últimos en salir. Afuera me encontré a la mujer. Ahora ya no estaba con su minifalda negra sino con *blue-jeans*, tenis y una blusa ordinaria. Parecía una colegiala cualquiera, ruborizada de reencontrarse conmigo en esas condiciones. Le guiñé el ojo. Me saludó un poquito más atenta que antes. Nos despedimos con una ligera sonrisa de timorata complicidad.

Pero eso eran sólo tentativas para explorar el ambiente, para tantear. Fue sólo cuando vi a la Valéria que dije, ésta es.

9

La Valéria me llamó como una semana después. Ya casi había perdido las esperanzas de volver a verla. Me dijo que estaba trabajando pero podía tomarse un café a media tarde. Le propuse encontrarla frente a Leme, casi en la esquina de la Avenida Princesa Isabel, al lado de uno de los pocos hoteles de cuatro estrellas que quedan por allí.

Llegué primero para reconocer el ambiente. Sólo estaban una rubia gorda microcefálica y una morenita peruana que parecía jabón de hotel por chiquita y ordinaria. Al momentito apareció la Valéria. Pestañeé un instante dudando si era ella o no. Al fin, la vi una sola vez. Estaba diferente. Traía un traje verde limón, también corto, y unas botas blancas hasta la rodilla espantosamente feas y evidentemente baratas. "Então? Você não me reconhece, não?" "Claro que te reconozco, primor". Ni modo que iba a decirle que no o que me gustaba menos con esas parafusas botas de hebillota dorada. Nos sentamos y pedimos unas chopinhas.

Consideré una buena señal cuando después de la tercera, ya muertos de la risa, después de que se dejó caer la cabellera crepuscular hacia atrás en un borbotón de buen humor que exhibió la línea del cuello culminando en la oscura humedad que daba principio a los senos, le puse la mano encima de la suya. No la retiró. Tenía las uñas pintadas de rojo y una pequeña cicatriz diagonal en el dorso de la mano, encima del trapezoide. Se la recorrí con el dedo índice. Sonrió. Tomé su mano entre la mía y le besé la cicatriz. Enseguida la devolví a la superficie de la mesa. Tomó una caneta y me escribió en escritura de escuela de niña primaria una nota que decía en tinta pálida: "O verdadeiro homem não é o que conquista uma mulher cada dia, e sim o que conquista a mesma mulher todos os dias. Para fazer o favor de lembrar de mim, dia 30-6-81." Combinamos en salir el viernes siguiente. Íbamos primero a cenar en el restaurante Luna's en la Farme de Amoedo en Ipanema y después veríamos. Veríamos lo que nos deparaba la noche mentirosa y la llovizna del destino oloroso a musgo en esos encuentros cercanos del tercer mundo.

## 10

Llegué primero al restaurante. Como estaba fresca la noche y soplaba poco viento me senté en la calle bajo el toldo. Así me entretuve viendo pasar niñas preciosas mientras esperaba, esperaba y esperaba, tomándome una caipirinha y luego otra. La Valéria no aparecía y me terminé los huevitos de codorniz y el paté. Las tripas me chirreaban del hambre.

Los ojos "glúglú" se me escaparon glutinosos tras la bombeante anatomía de una carioca morena que me recordó de golpe por qué éstas eran las mujeres más lindas del mundo. La vi por atrás mientras se alejaba. El pelo negro largo flotaba ligeramente en la cautelosa brisa. La espalda erecta, los hombros anchos pero femeninos. El filho dental de la tanga era visible a través de los delgados *shorts*, anclándose ambas piezas hasta lo más hondo de su ensenada, lo cual a mi entender obligaba a generar ese caminado tan típicamente carioca que tendríamos todos de tener un objeto extraño raspándose continuamente contra la boca del culo. Intensificaba el bamboleo de su anatomía, transformándola en ondulantes eses acentuadas en cada paso con la tensión y extensión de los camotes. Me juré a mí mismo que cuando fuera grande querría una mujer así aunque fuera una sola noche.

Absorto como estaba apenas percibí que me tocaban el hombro. Me volteé. Era Valéria. Sonreí como bobo alucinado por la musicalidad de su voz y lo deslumbrante de sus carnes apenas contenidas en el trajecito rojo. Entre mi anterior visión y ella no había al final de cuentas gran diferencia, fuera de que la Valéria tendría unos diez años más que la muchachita que acababa de pasar. "Oi. Você é bobo mesmo, náo é? Do jeito que você se revelou um perfeito malandro". "Mas náo. Tudo bem, mia filha. Você acredita? Estava esperando você. Olhando a rua dentro da mais perfeita normalidade".

Me explicaba los problemas del tráfico conforme se sentaba, y en el mismo instante el mesero prácticamente le metía las narices afiladas en el espacio entre el vestido y los senos mientras aspiraba lo que la senhora deseaba beber. La senhora deseaba caipirinhas también y no tardamos mucho en estar hablando como pericos de todo y de cualquier cosa, o estranhamento da sensibilidade, as formas de alterar convençóes de beleza, alucinaçóes. Era impresionante cómo mi portugués mejoraba cualitativamente a partir de la tercera caipirinha. Más que palabras eran graznidos, graznidos que imitaban la voz humana mientras los alrededores se tornaban borrosos como un vidrio empañado. Una mano torpe se posaba intangiblemente sobre otra que se reposaba lánguidamente sobre la mesa enmedio del resbaloso humo y el amarillento recuerdo posterior nebulosamente desdibujado por la goma.

En algún momento de la noche le sugerí bailar. Aceptó. Esperó silenciosa que tomara la iniciativa pero no conocía la ciudad. ¿Dónde ir? Entonces recordé un lugarcito que había olhado cerca del Centaurus y me recordó por su apariencia el

California Dancing Club y otros sitios de danzón del DeEfe. Se llamaba "Carinhoso", con la gracia de que la "a" y las "oes" estaban escritas con corazones, de manera que terminaba diciendo, déjenme dibujárselos, "C♠rinh♥s♥". Estaba a sólo unas cuadras, donde la Visconde de Pirajá se juntaba con la Gomes Carneiro, pasadito la Praça General Osorio donde me deslumbró por primera vez.

El "C♠rinh♥s♥" era tal y como me lo imaginé. Sentí que caminaba en la calzada de Tlalpan y hasta me pareció oler la fetidez de las exhalaciones de gasolina Pemex, pues el ambiente era en efecto casi idéntico a la fluidez del California Dancing Club. Si acaso cambiaban los rostros aindiados de allá con sus engorrosos acentos agudos, por los amulatados de aquí que hablaban cantando, pero fuera de esa soñada embriaguez era la misma cosa. Uno entraba al ambiente de penumbra lleno de brillantes adornos kitsch con la pista de baile al centro y la orquesta detrás inundada de sonoros metales. A la izquierda el bar. Del lado de la entrada, frente a la pista de baile, subían las escaleras para el segundo piso donde estaban las mesas más íntimas y el ambiente más oscuro. Había también mesas a ambos lados de la pista en el primer piso. La mayoría de las parejas eran de la medianía de edad, abundando los rechonchos hombres maduros con desnutridas mujeres jovencitas retorciéndose en abrazos como sacacorchos.

Las mesas eran bajitas y la falda de Valéria se le subía peligrosamente al sentarse. Mi mayor esfuerzo en ese instante de devaneo era no permitir que mis ojos se prendieran de los oscuros rincones que se proyectaban entre las piernas y el plástico del asiento, aparentando que ni cuenta me daba de lo peligrosamente expuesta que quedó su virtud. Nuestras rodillas casi se tocaban.

La música era romántica, samba de pagode cantada por una gorda que aparentaba 50 años y tendría por lo bajo de 70 pero su embrujadora voz era divinamente sonora. Nunca supe bailar bien y cargo todavía entre mi saco de complejos el apodo de "Sapo Eléctrico" con el cual se burlaban de mí los compañeros de colegio al verme como juguetito plástico de cuerda en mis inocentes avances de adolescente. Sin embargo en el terreno romántico me defiendo mejor. Coloco firmemente la mano derecha en la parte posterior de la cintura, con fuerza, maniobrando a la mujer a partir de allí hacia la derecha o izquierda como un timón de bicicleta. La mano izquierda en alto apretando tibiamente a su contraparte. Los hombros rectos, rígidos, dejando que la cintura y las piernas sean las únicas partes en movimiento. La acerco hacia mí. Le husmeo el cuello y la punta de la oreja mientras las pelvis ondulan sugestivamente en movimientos confluyentes dirigidos por la vibración musical hasta que el vaivén lleva a que las ingles se encuentren y se descubran mutuamente enmedio de oscilaciones y bamboleos que más temprano que tarde invitan a una erección. A partir de allí se baila como si uno flotara en el espesor nebuloso de la vacuidad, el resto de la gente apenas un lejano murmuro esperpéntico que lo rodea a uno como el vaho de la noche, ornamento de caricias y del vuelco de ansias sonámbulas.

Terminando algunas de esas piezas uno sugiere un descansito, camina de vuelta a la mesa tras de la mujer acariciándole el pelo o la punta de la oreja, se pide un nuevo par de caipirinhas con autoridad y voz sensual mientras se deja que la mano se escurra sobre la rodilla desnuda como quien no quiere la cosa.

A partir de allí *anything goes* y hay que estar buzo caperuzo para atinarle. Si ella no quiere, le cogerá elegantemente la mano a uno para impedir que ésta camine pierna arriba, y si uno no es atrasado mental registra el mensaje por frustrante que sea, aunque se vale probar de nuevo algún tiempo después, como quien dice para confirmar. Al fin, a algunas les gusta jugar al juego del ratón y el gato mientras que otras son cartesianas y si señalan que no es porque no y punto. Hay que tantear para saber cuál es el código que está operando y no confundirse si no quiere uno llevarse una cachetada o peor. Y evitar jovencitas por sabrosas que sean, porque ellas mismas no saben la mitad de las veces en qué código operan y terminan metiéndolo a uno en líos. Además, no insistir en acostarse siempre con ellas la primera noche. El día que escriba un manual de seducción ésa será una de mis reglas de oro: no insistir la primera noche. Quien insiste enoja y pierde. Quien se aguanta, cosechará tempestades.

—...

¿Que cómo me fue? Ni que soñado. La manita avanzó pierna arriba y fue detenida a medio músculo mientras la Valéria lucía una picaresca sonrisa que indicaba claramente que por mucho que me creyera era ella quien estaba en control de la situación, y que no me impacientara porque ganas no le faltaban tampoco. "Painho..." "Neginha sem vergonha... Ai que gostosa é vôcé..." "Olha, bichinho..." "Puxa, mulatinha..."

—...

Así es, Tacuacina. Lenguaje de pájaros, fuga del dormir y lengua alfilereada, el reino de su boca nido de palabras flotantes. Las manos llegaron a palmear la vibrante bundinha conforme acercábamos las sillas una contra la otra. Cuando ya mis dedos derretidos como el chocolate caliente amenazaban con acariciar su chochota y ya sus piernas trabajosamente resistían el mantenerse entrecerradas, le sugerí al oído que huyéramos del cartilaginoso calor sofocante que como brebaje de bulbo de juncos nos opugnaba. "Boneco malvado".

Me tomó de la mano y me condujo hacia afuera. El cuidador del carro apareció de entre las sombras y en un dos por tres ya íbamos frente a la deslumbrante playa de Ipanema iluminada por una luna de queso con rumbo a São Conrado. Subimos por la estrada do Vidigal que es como un pedacito de la ruta uno frente al Big Sur sólo que en tropical, y no mucho más arriba del hotel Río-Sheraton nos introdujimos a un motel con vista al mar.

El motel era similar a los de Guate pero menos rígido. El carro quedaba medio escondido pero en un parqueo común y no cada carrito en su garaje privado. Tampoco existían ventanitas para pagar anónimamente. Se le pagaba directamente a un tipo de smoking que le daba a uno la llave del cuarto. Después uno subía por un elevador al cuarto asignado.

Al entrar había como un pequeño *breakfast room* o pantry separado de la habitación propiamente dicha. El aire acondicionado friísimo, una tele en alto con películas porno y una amplia sala de baño al lado con una pequeña sauna además de la bañera, las ventanas desde lueguísimo dando al mar arrullador cuyas crestas de olas quedaban oh la-la como correspondía platinadas por la luz lunar.

Sobra decir que no me la llevé a mi lugar en la Gávea porque allí dormía plácidamente la V/V el sueño de los justos. Por su parte la Valéria vivía lejísimos en un apartamentito diminuto de la Tijuca junto con su madre e hijo. De allí que cortáramos por lo sano en el idílico acantilado del voluptuoso Vidigal donde el vulgo no se asomaba pero las vulcanizadas vulvas vulpinas vueludamente agarraban vuelo.

La Valéria apagó la televisión. Me sentó en la cama, prendió el radio hasta encontrar una musiquita tipo Fafá de Belém y empezó a bailar frente a mí. Se abrió el vestido y al retirarlo de su cuerpo quedó en evidencia que sólo la cubría su minúscula tanga y los zapatos de tacón alto. Mareado por la imagen que era casi una aparición quise pararme como ya antes se había parado mi verga pero no me dejó, aunque sí tomó nota de mi parazón. Sonriendo me indicó que siguiera en mi lugar y continuó bailando, acercándose cada vez mientras ronroneaba embelesadamente. Me incliné en la cama como una moderna María Antonieta, medio tendido de lado y apoyándome en un codo mientras ella se acercaba como náufrago que vislumbra tierra con una firme palmera al centro. Ya a la altura de mis ojos se volteó, agitando la bundinha frente a mis narices, tan cerca que percibí los vellitos que se escabullían debajo del filho dental y surgiendo del humedecido abismo oscuro se arqueaban sobre la tirita de tela en traviesos colochos provocadores. Por primera vez en mi vida temí una eyaculación precoz.

Entonces se sentó a mi lado y me desabotonó la camisa. Me la quitó sobándome el destemplado pecho, jugando con mi escaso vello desvalido como huerfanitos. Enseguida siguió con el pantalón. Se carcajeó al ver mis tempestuosas firmezas saltar como resorte mientras descendía por mis piernas la tela que contenía mis ansias. Ella estaba en control. Yo era un bebé *bon vivant* al cual le estaban cambiando los pañales. Pero como don Quijote, el blasón de mi Valéria era la piedad, su estandarte la belleza... Dulce, desamparada, pura, generosa y valiente. "Agora, a gente vai pegar um banho".

Nos encaminamos hacia el baño. Valéria dejó correr el agua de la austera artesa echando un perfumado jabón de burbujas rosadas que encontramos como parte del servicio. Tiró hacia un rincón la tanga y los zapatos. Se introdujo ceremoniosamente con la misma suavidad con que se desliza una gota de rocío por una brillante hoja de hiedra, cuidando de no resbalarse al entrar. Sin decirme nada me pasó la esponja. La tomé en mis manos, la hundí en el agua tibia impregnada de burbujas y comencé a deslizarla por su admirable espalda. Conforme recorría sus músculos dorsales de arriba hacia abajo, de arriba hacia abajo, y ella se arqueaba hacia el frente para facilitar la ruta de la esponja, evidenciando la mansedumbre de sus almibarados senos que caían como mangos maduros invitando la boca sedienta a absorber su melifluo jugo, me daba cuenta que vivía un momento singular de mi vida, único, maravilloso, y que estaba enamorado, enamoradísimo de esta mujer de piel suavecísima olorosa a canela y aceite de dindé. Pensé desde luego que era la persona ideal para servir de carnada.

*Coq au vin* cocinado por el propio susodicho, acompañado de un Merlot de Mendoza. Arrocito al lado

1

Oí, vos Tacuacina. No interrumpás con esa tu fluvial voz tan agudamente finolis. Parece rechinido. Vos Santos Reyes, por vida tuya haceme el favor de bajarle a la música. Está tan fuerte que ya ni puedo oírlos pensar sus barrabasadas llameantes. La música me sirve para ventilar cólera, mis resentimientos, para cancelar el tiempo y el sentido. Pero eso después de cenar, después de platicar, cuando con mis tragos e idealmente después de algunos toques tengo que sudar, difuminado de ideas, sacudir el vientre y las nalgas, "¡sacude, sacude! ¡La cintura, la cintura, la cintura, la cintura, la cintura, la cintura, la cintura!... ¡Afloja la cadera! Ta ra ra ra. ¿Están cansados? ¡Nooo! ¿Están cansados? ¡Nooo! ¡¡¡Están cansados!!!" sin preocuparme por la nada, por los significados de mi vida, mi destino, mi futuro.

—...

Sí. Vamos a cambiar de vinito porque ahora viene la carne. Déjenme servirles uno especial que encontré no sin dificultad, un nada frágil Merlot de Mendoza. Vino latinoamericano para que vean que las incontinentes raíces no se pierden, se transvisten tan sólo en repatriada difuminación. Déjenme agregar que no sólo no conozco los vinos californianos sino que ni siquiera he visitado el valle del Napa. Fácil una vez por semana ando comiendo en la Misión que ya es más centroamericana que la propia

Guate. Lo que pasa es que allá ni enterados. ¿Te impresionó mi vinito Amapola Ojo Alegre? No te me hagás la coqueta ahora, recargando tu cabecita sobre el hombro de la Tacuacina.

—...

Victoria, Valéria, dos "V"s que apuntan en direcciones diferentes, dos pares de piernas abiertas, alusiones ¿o ilusiones? de Pynchon, la inicial del pedante maestro ruso que para mi vergüenza, otra "V", es mi reconocido modelo a pesar de su ultra-derechismo. Las dos "V"s se acurrucaron casi juntas y, en buen latino, una para alimentar la mente, la otra para torturar el alma... y servirme de pretexto para cumplir con mi militante tarea nada militar. "V" de vinito. Fuera de la "V", la V/V era todo lo opuesto de la Valéria. No había melodía sino monotonía logocéntrica. Eremítica, su ericáceo eretismo era tan sólo ergotizante, ocasionalmente templado por erística erinia que generaba de todo menos erecciones. ¿Por qué me metí en berenjenales con ella? Sin duda culpa de mi papá, según me dijo la analista. A lo mejor la viscosa V/V, escupidora de opacas centellas normativas, era la figura paterna que buscaba. ¿O sería porque la confundí con un hombre? Quizás. Pero vayamos al grano, dijo la gallina. La verdadera culpa la tenía el desahuciado dogmatismo de la época. En esos disecados años uno tenía que meterse con algún zafio censor de izquierda aunque pareciera ropero. De lo contrario defender las relaciones que uno se cargaba en las tristemente recordadas sesiones de crítica y autocrítica era de la fregada. Si de paso el nivel económico de uno iba a beneficiarse en medio de lo demás, ya entrábamos al territorio de lo soñado. Sólo al despertarse en la mañana con los huevos hinchados se ponía uno a pensar que deslumbrado por la fulgurante utopía color de rosa con aristas moraditas se le olvidó el factor erotismo en la ecuación perfecta. A partir de allí comenzaba a pagar por los deseos incumplidos cada vez que le ardía el rabo. El erotismo es pasión. Es toda una estética del plexoplacer, una forma de vida. Por eso había que negarlo. Porque en la época toda la pasión tenía que enfocarse en la política. No quedaba ni una esquinita oxidada para otro tipo.

Entonces, como manda la ley de dios, no hubo otra que apropiarse de una realidad diversa para saciar por otros lados los nervios del turbulento placer tubercular cuando no tuberculoso que no encontraban su rítmica armonía llameante en el propio nido. A pesar de que detestaba mentir, no me quedaba de otra. Eso de pajearse todas las noches podría sonar jocundo, orondo y lirondo, pero sólo inspiraba clichés bolerísticos malamente aleteados, y tener que seguir haciendo como adulto emparejado lo que uno hacía en las tristes soledades de adolescente era de provocar agruras.

Como felizmente no dejaba de faltar personal interesado que me permitiera degustar suntuosamente la fruta prohibida, fui solucionando mis frenéticos problemitas nada eremitas poco a poco y palo a palo, sin queme, sólo con cama. Claro. Me daba una especie de cortocircuito moral. Lo disfrazaba con una desnuda indiferencia escabechada laqueada de blanco que provocaba sin quererlo que la V/V me gritara cada noche con voz de trombón, cada noche, no por falta de sexo sino por falta de buen trato, cuando no de fina estampa.

Pretendía dormir degeneradamente como bebé con pañales limpios. Fue así como aterricé enmedio de mis descontrolados deseos con dos "V"s muy opuestas en la misma escuela de samba de este mestre-sala: como destaque en el carro alegórico, la "V" que hacía pulsar la imaginación del artista y se posesionaba de mi creatividad. De porta-bandera la "V" que anudaba mi caducada ideología a mi ombligo y se adueñaba de mi razón.

## 2

La noche con la Valéria terminó de película adultos tres. Cuando por fin nos despedimos ella ya quería que el siguiente sábado la visitara en su centro habitacional en la Tijuca para asolearme en la piscina y conocer a su mamá y a su hijo. A mí me daba clavo pero tenía que seguirle el juego. La verdad, me daba pena también porque completamente cínico no lo era en ese entonces. Creéme Sibella dorada, Sibella de la larga cabellera color de miel, acordate que era militante. Encima de eso me gustaba. Me dejó loqueado y ganoso por no decir babeando de deseo y dándole gracias a dios por bendecirme finalmente con tan maravilloso manjar siquiera una nochecita de mi triste vida, y sin duda le prometí al Señor de Esquipulas prenderle su veladorcita cuando bien pudiera. Me desperté dos días seguidos soñando con la lisura y el aroma a mango de su piel encanelada cuando le pasaba la manita por la espalda lisa como los jocotes, piel de una suavidad y frescor nunca antes acariciados. Deliraba con la sabrosura de sus besos con sabor a melocotón y su lengüita suave y húmeda que daba un masaje de encías que ya

quisieran tener tan fino toque los dentistas. Afloja-
ban los músculos y lo ponían a uno a levitar de puro
recuerdo.

Como de costumbre la V/V ni me pregun-
tó dónde anduve esa noche porque ni cuenta se dio
de a qué horas llegué. Cuando me desperté ya se había ido a su trabajo. De allí que me quedara en ese
estado de ensoñación, como engomado con un
ligero asomo de empalagamiento dulce, y cada vez
que recordaba la noche en cuestión sentía que se me
apretaban los pantalones y más de alguna vez tuve
que recurrir a la agilidad de la muñeca para relajar
la tumescencia. Finalmente accedí a visitar su casa
no ese sábado sino el siguiente, cuando la V/V tenía
que irse a São Paulo.

Vivía en un conjunto de tres edificios espantosamente cuadrados, simétricos, grises, de cemento
armado que parecían las chimeneas de un viejo
barco transatlántico, pues los tres descansaban sobre
una gigantesca caja rectangular de hormigón –una
especie de caja de zapatos gigantesca– en la cual se
encontraba la entrada principal, tres pisos de parqueo y el club social que incluía la piscinita en la
cual habríamos de dorarnos.

La entrada era como un estadio. Llena de
vendedores que lo acosaban a uno, varios borrachos
en *T-Shirts* y *shorts* bajándose presurosos la cachaça
en el bar de enfrente, aburridos taxis esperando
míticos clientes y empurrados guardias uniformados
en la entrada verificando los rumbos hacia los cuales
uno se dirigía.

Pasada la sudorosa turba enmedio de la cual
se podía salir camorreado, sin reloj o sin cartera, se
caminaba hacia un raquítico elevador refundido al

final de un largo corredor de espejos sucios que con suma displicencia lo subía a uno a la terraza de la caja de zapatos. Allí se salía al aire libre para buscar la torre en la cual residía mi poseedora de la mejor carne de rochoy que he saboreado en toda mi vida. Me di cuenta que cuando llovía esa atravesada debería ser agudamente incómoda y el chiflón pegaría con dureza. El piso era de esas pequeñas baldosas portuguesas negro y blanco con la cual formaban diseños, de las que se ponían sumamente resbalosas a la hora del aguacero. Encontrada la torre indicada y saludado otro guardia, era subir de nuevo por otro ascensor ramplón que con mucha cholla se dignaba llegar hasta el palomar de mi amada.

Llegué. Toqué a la puerta. Me salió a abrir una negrita chiquitita y flaquísima que preguntó lenta lenta el nombre del senhor y desapareció en la oscuridad. Al momentito apareció mi sonrisa de ensueño arqueando las gruesas cejas de choconoy que me electrizaban la columna y enlodaban las pasiones, emitiendo un contenido silbido de placer que me aceleró la arritmia del corazón. Nos abrazamos y le pasé la lengua por los labios para saborear la dulzura de su lípstic. "Oi, boneco". "Y mañana también si quieres, neguinha".

Entre sonrisas, suspiros y una acumulación de olores a naranja y nácar me soltó una retahíla de dulzuras, "engraçado, falador, espirituoso, preciso dizer que você éa maior maravilha do mundo, admirável, gostoso..." que parecía más samba canción que conversación propiamente dicha y me llevó más de un minuto entender. La ternura de su abrazo me sorprendía tanto como su osadía y no fue sin lentitud que terminé enterándome que la madre salió a hacer compras para la feijoada de más tarde y el hijo estaba en la piscina, así que estábamos gloriosamente solos en el manso oasis.

Como era de esperarse empezó por darme el *tour*. La puerta de entrada daba a una salita apelmazada de muebles de madera impresionantemente gruesa, barnizados tan oscuramente que casi parecían negros, con cubiertas de diferentes colores. Era lo único que animaba el tono melancólico que la obscuridad y la claustrofobia generaban, no sólo por lo grueso de los muebles en tan apretado espacio sino por la sobreabundancia de adornitos de mal gusto y fotos de familia que en nada se parecían a mi famosa foto con la boina negra y el fusil. Eran fotos de las que generaban un rápido y amarillento vértigo teñido de sepia.

La mesa del comedor era redonda y sus sillas metálicas, la televisión gigantesca ocupando el punto central de aquel espacio y rompiendo completamente la armonía del conjunto. Un enorme florero en forma de pato con flores plásticas descansaba sobre el aparato. Enseguida se pasaba a un corredor, ni muy largo ni muy ancho porque nada era amplio. Había un baño en miniatura al lado izquierdo del mismo, el tenebroso cuarto de la madre al derecho, un segundo baño en miniatura a la izquierda y dos puertas al fondo. La de la derecha era la habitación del hijo, la de la izquierda la suya. El papel tapiz del corredor una serie de barrocas figuras concéntricas en dorado y café que intensificaban la oscuridad, la tristeza y el confinamiento imperdible.

Entramos a su cuarto. La mayor parte de su superficie estaba cubierta por la cama doble, de manera que apenas si quedaba un angostísimo espacio entre la misma y el clóset por un lado y la ventana por el otro. Esta última tenía una esplendorosa vista de la favela de enfrente que estaba tan cercana al edificio que si uno alargaba el brazo podría darse un saludo de *high fives* con los favelados. Pero lo peor era el ruido. De algún punto indefinido de la favela entraban los sonidos de una música de rockola espeluznantemente fuertes que resonaban en la cabeza como intensos rechinidos puntualizados a su vez por el griterío de los patojos jogando futebol, de los mocosos chillando y de las madres gritándose una a la otra con galillos de marchantas del mercado.

En medio de esa pobre sordidez, la Valéria en su esplendoroso traje blanco sin tirantes, su naricita de pinnípedo y su piel color durazno brillaba como la más dulce de las reinas. "Cuando vai voltar sua mãe?" "Não sei, não. Pronto, imagino".

Se sonrió picarescamente. Nos sentamos a la orilla de la cama contemplándonos embobadamente como adolescentes tímidos. La Valéria tenía puestas sus sandalias doradas, de esas que sólo tienen una tirita de cuero que sube estirándose entre el dedo gordo y el segundo. Las uñas de los pies estaban pintadas de un rojo sangre, reluciendo en su pulcritud y redondez.

Le tomé la pierna entre las manos y le subí el pie hasta colocarlo sobre mis piernas. Le desabroché la trabita de la sandalia y se la sustraje, dejando la pezuña al desnudo. Lo acaricié con mis dedos, impresionado por su finura, su pequeñez, el empeine saltado como tamalito y lo liso de su corteza. En un ataque incontenible de locura comencé a besarle el tarso, el metatarso, a lamerle el húmedo espacio entre las rechonchitas falanges. Ella se recostó en la cama y colocó su otra pierna sobre las mías. Repitiendo el gesto anterior procedí a inundar de besos ambos pedales, cubriéndolos todos de una fina capa de saliva que cual aceite de bebé facilitaba la circulación de mis lacerados labios carnosos por su impecable superficie nacarada.

Reacomodándome en la cama introduje ambos pulgares dentro de mi boca y procedí a mamarlos con suave intensidad, como quien chupa bolitas de miel, y luego a masticarlos suavecísimamente, produciéndole un intenso cosquilleo frío que le subía hasta la médula, arqueándole la espalda como hinchada vela, y a mí un sabor similar al mordisqueo de la caña de azúcar recién cortada. Volví a los tamalitos de elote y deslizando mi lengua con lentitud y suavidad por toda la superficie de la capa córnea de su epidermis, incluyendo la planta llena de simpáticas arruguitas que la hicieron saltar como si recibiera toques eléctricos y el carcañal, cuyas callosidades me supieron a bagazo, comencé lenta, lentísimamente, a subir las extremidades abdominales de idéntica manera.

Así avancé deliberadamente despacio, gozando la pelusita dorada que recubría sus cueros, tratando de succionarle cada pelito, lagrimeando con cada beso que emitía, dejando que mi aliento rodara cual amago de rocío por la parte trasera de su apófige, que mi oblonga epiglotis jugara tenta con sus delgados tendones. Buscaba mi tierno rochoy cocido por el sol, salado por el mar y endulzado por el amor, para comérmelo embadurnado en el recado de las aturdidas fogosidades sin consuelo.

Conforme avanzaba en mi cometido, mi raciocinio enturbiándose, mi bajo vientre licuándose hasta quedar convertido en atol de elote, observaba mi gradual aproximación hacia el punto en que ambos muslos se besaban entre sí, separados tan sólo por una apofonía que de prótasis a apódosis ocultaba el recortado marrubio con sus cenotes sagrados que esperaba sedientamente la caída de su siguiente víctima para rehidratar esas sábanas mitológicas circunscritas por sus membrillos que sosteniendo todo su volumen en erecta tensión muscular invitaban a mis mandrias mandíbulas a congraciarse arrebatadoramente con su redondez por medio de fecundas y suculentas melladas.

En pocas palabras, como dos menispermáceos dicotiledóneos, dioicos, sarmentosos, bautizamos modosamente su tálamo aquella tibia mañana de sábado, poco antes de que finalmente conociera a la madre y al muchachito.

3

Pensamiento en realidad no se llamaba Pensamiento sino Marco Antonio de Jesús Gaytán Flores. Nosotros le pusimos Pensamiento de seudónimo porque era idéntico a Obdulio Pensamiento, un ilustre centro delantero de los cremas del Comunicaciones que para vergüenza mía cuando estaba organizado era mi equipo favorito de fut en vez de los rojos del Municipal, el equipo del pueblo, los mimados de la afición. Yo era crema, el equipo de la clase media y de los arribistas. Pensamiento fue miembro del equipazo campeón de 1961 con Gamboa de portero, el Ronco Wellman en la defensa y de aleros Pinula Contreras y el Culiche Espinoza. Pero, la verdad, también le pusimos Pensamiento porque era famoso por tener lóbulos frontales indigestos. Es decir, en palabras de gente de la calle, era bruto. Por eso el oxímoron nos caía en gracia. Pensamiento no pensaba mucho. Apenas si coloreaba su poca agua con un poquito de azafrán. Por lo demás, era eminentemente normal si se puede alegar que en un país tan deformado, tan torcido, tan maleado, tan hijueputa, existe algo que se acerque al concepto de normalidad en alguien cuyo universo se limitaba a la delación y la traición, por lo cual resultaba fácil trasladar su imaginario a la vida real. No lo sería en ninguna otra parte del mundo fuera de Irak o Birmania. Un normal guatemayense, o sea, un egoísta muy formalote, engomado machista que le tiene miedo a las mujeres, lo aprisiona el terror de ser hueco, de fino bigotito, lento de hablar y más de movimientos, retorcido en sus instintos resentidos, que nunca dice las cosas a la cara pero acuchilla siempre por la espalda, inescrutable, hábil en no evidenciar lo que piensa, que mira de soslayo y achiquita los ojos cuando te le acercás. Eso sí, muy correcto en sus manerismos, aparentemente todo un caballero, *disculpe usted, tenga la bondad de..., con su permiso, no tiene por qué* con una ligera sonrisita malencarada. Todo hecho en secreto y sin decir nada de lo que se trae entre ceja y ceja que no es mucho tampoco porque no le cabe, pero lo poquito es perverso y sólo en eso no tiene límites. Moreno y sufriendo por sentirse indio, ojos tan oscuros que parecería llevar siempre gafas de sol, pelo negro parado como cepillo, deseo de verse elegante con tan mal gusto que termina pareciendo cachimbiro. Además, por mucho que quisiera, la pancita cargada de cervezas y las patas cortas no le permiten que ninguna moda del mundo deje de parecer fachuda en tan malhadado cuerpo. Así era Pensamiento.

—...

¿No entendés, Sibella? Por gringa. No pensás barrocamente sino de manera lineal. Por eso la literatura de ustedes es tan papas sin sal. Pero tiene todo que ver. Poné atención. Contrapunteá. Caminá como cangrejo. Se suponía que fue del eje. Incluso, conocido de Alfonso Solórzano. Pero a esas alturas todo indicaba que era infiltrado del ejército. Tuvo un puesto importante en México, no sé incluso si responsable de la estructura porque pasó antes de que me organizara y la compartimentación crea más mitos que el Boliflor. Pero que estaba bastante arriba, estaba. También era correo entre México y Guate. Claro. Ya se sospechaba que cosas bien embutidas y súpercompartimentadas terminaran en manos del ejército. Por ellas cayó gente en la capital. Prensaron cuadros de la estructura urbana, cayeron puntos de contacto secretos. Pero el clavo principal fue cuando regresaba por tierra a México. Lo detectó, supuestamente, la policía mexicana. Le cayeron y cantó. Digo supuestamente porque a lo mejor ya estaba re arreglado con Nassar, el director de la federal mexicana. Era casi público que actuaba más para la CIA que para sus propios superiores. Tenía buenas relaciones con la inteligencia militar chapina a pesar de la frialdad entre ambos gobiernos, así que a saber pues. Pero sea que estuviera cocinado o no, la cosa es que cantó. Dijo todo sin que lo golpearan, sin que le tocaran un pelo. Entonces la federal mexicana hizo limpieza en el DeEfe. Agarraron como pollitos a todos, desarticularon la estructura internacional y, peor, cayeron todos los archivos del eje en sus manos. Los compas sobrevivieron. Se llevaron peor susto que el tío rico McPato con los Chicos Malos pero no pasó de eso. Los amarraron, pero fuera de un par de sopapos no muy los maltrataron. Es decir, para los que no me entienden, que ni les pegaron muy duro ni los torturaron. Acuérdense que somos chapines. Al final terminaron expulsándolos a Italia. Iban a palitos porque los condujeron en un carro hasta bajo el ala del avión de Alitalia pero ellos no sabían a dónde los llevaban. Pensaron que los desaparecerían porque a fines de los sesenta los meshicas se portaron muy mal, hasta el punto de quebrarse al legendario comandante, el chino Yon Sosa. Con ellos no pasó del susto. Pero lo de los archivos fue cosa seria. Se quedaron para siempre en manos de la federal meshica, y de la CIA posiblemente, dados los vínculos del Nassar. Va a haber que reclamarlos en la Biblioteca del Congreso en Washington un día de éstos para que los desclasifiquen. Total, el trabajo internacional quedó paralizado por años. Como premio por abrir el pico, a Pensamiento lo mandaron a Río con todos los gastos pagados. Pero eso sólo se supo después por alguna correspondencia que tuvo con Alfonso Solórzano. El eje, desde luego, no se iba a quedar de brazos cruzados. Por eso me mandaron a Río, a talonear al pisado y prepararle su camita para que otros le dieran agua.

Sentía como si ya lo conocía porque había visto fotos, leído informes de cómo era, sus costumbres, hábitos de todos los días. Pero no lo vi hasta después de que me tenía conectado a la Valéria. Lo fui a buscar por primera vez al café de la Rua Santa Clara. Según mis informes le gustaba sentarse algunas tardes en un café al aire libre en la esquina de esa calle con la Avenida Atlântica frente a la playa de Copacabana, al lado del hotel California. Se tomaba sus chopes y se daba sus calentones viendo las bundinhas que desfilaban por la avenida o echándole ojo a las levantes que llegaban al café.

Esa tarde había una chiquita morena que parecía paraguaya y va de buscar contacto de ojos conmigo. Me hice el baboso, más porque no me gustó que por otra cosa. En eso apareció el Pensamiento. Iba con una camisa anaranjada chillona, color lluvia de oro casi, pantalones y zapatos blancos y un sombrerito estilo panameño. El bigotito se le había vuelto gris aunque tan viejo no era, pero entre la panza y que era sapo, con el pecho inflado y el pescuezo corto, parecía una caricatura del Mico Sandoval. Para quienes no lo conozcan ahí les explico después. ¿Oíste Sibella?

La paraguaya comenzó a buscar contacto inmediatamente y él se dejó hacer. En cinco minutos ya se le sentó en la mesa y el Pensamiento le pidió una caipirinha. Empezaron a cotorrear. Ella arrastró su silla hasta estar pegadita a la suya y ya al momentito le sobaba la pierna con la mano.

Su servilleta parecía *voyeur*, volándole lente a todos los pormenores, midiendo en centímetros los deditos de la pegajosa paraguaya que se acercaba a la ingle amenazando con agitarle las sensaciones gangliosas que por dichos rumbos se ubican dichosamente en los triángulos de Scarpa. Tan entretenido estaba que ni me di cuenta que una mujerona más alta con unas bototas de cuero machacado, unos pantalones apretadísimos, un pelo negro que le caía hasta la cintura y una blusita que apenas le cubría los senos estaba parada frente a mí. "E você olhando os outros, no precisa de uma gatinha como eu pra fazer a misma coisa?"

Me quedé baboso para ponernos prosaicos por lo escultural de la mentada, aunado a una cierta naiveté de su parte que me dejó sin saber muy bien qué decir. Pensando que en ese momento estaba en tarea pensamiéntica me atreví a decir "Não, acho que agora não". Se sonrió más con timidez que con agresividad y respondió, "Acha? Vôcé não tem certeza? Deixe de falar bobagens, coitado. Então a gente pega uma chopinha e logo depois ve o que acontece, tá?" Sin decir más se sentó a mi lado y llamó al camarero. Justificando mi situación, se me ocurrió que qué mejor manera de tener pantalla para controlar al otro que hacerme como que buscaba levantes también.

Empezamos a platicar de todo y nada, de palavra e cultura, como va el cliché. Calculé en mi cabeza cuánta plata andaría en la cartera por si me daba por entregarme al antojo. Ella comenzó a contarme su vida, de lo gustoso que era, de irse a broncear todas las mañanas a Copacabana. Me agarraba la manita y sonreía mientras se tomaba su chopinha. Empecé a sentirme a tono y pedí otra.

De pronto levanté la vista y sentí un ligero golpe eléctrico que recorrió mi cuerpo hasta alojarse en la punta de los pies. En la Avenida Atlântica venía caminando la V/V. ¿Qué andaba haciendo por allí? Era una de esas terribles coincidencias de la vida que sólo se pueden explicar por medio de la teoría del caos o bien por la literatura. La V/V nunca caminaba en Río. Siempre andaba en taxi. Cuando caminaba lo hacía en Ipanema o Leblon, nunca en Copacabana que le daba mucho miedo por su mala fama de violencia y por la abundancia de prostitutas y travestis. Entre su epidérmico disgusto por todo lo que fuera de mal gusto y su miedo de ser asaltada que contrastaba con su propia fortaleza física tan amazónicamente evidenciable, nunca se me hubiera ocurrido en la vida verla caminar por allí. Me quedé alelado con la jugarreta del destino.

Quise alejar mi manita de la botuda que me acompañaba pero para entonces ya nos había controlado. Además la chava no entendió y me apretó más todavía. Me incliné para susurrarle al oído que allí venía mi mujer pero malentendiendo el gesto me lamió la oreja. Cuando llegué a susurrárselo se puso blanca como un tecolote lampiño que era lo más blanca que podía ponerse. En vez de hacerse la disimulada se le cruzaron los cables, se puso toda nerviosota y botó el vaso de cerveza. Se paró y se fue rápidamente, evidenciando el clavo de manera más que abierta. Me paré también para recibir a la V/V, en cuyo gesto de manzana caída era clarísimo que percibió todo lo que tenía que percibir, e imaginó mucho más aún. Tiré un dinero en la mesa para no armar el merequetengue de que me persiguieran los meseros o me llamaran a la policía, ni me fijé cuánto, y salí babosamente a hacerle encuentro con la elegancia de un hipopótamo en celo para que no me armara clavo frente al Pensamiento y él se grabara mi imagen en la memoria. En cuanto me vio levantarme y caminar hacia ella se dio media vuelta y comenzó a caminar en la dirección contraria.

Corrí tras ella. Comenzó a caminar rápidamente. Cuando lo hacía era cosa seria porque estiraba sus patas largas casi sin doblar la rodilla y con velocidad olímpica las accionaba más rápidamente que cualquier otra parte de su cuerpo con la excepción de sus lacrimales. Tenía que trotar como burro asustado con la pata quebrada tan sólo para mantenerme dentro del armonioso ritmo de su fuga. Avanzamos así una cuadra, hacia Leme. Cuando pensé que ya estaba fuera de donde pudiera llamar la atención de Pensamiento le grité "¡Victoria!" Siguió caminando rápido sin embargo. Empecé a correr tras ella hasta alcanzarla. Cuando estuve a su lado, casi sin aliento sería un eufemismo, le pegué un jalón del hombro. "¡Te estaba llamando!" Ella me miró con una de esas miradas que matan, cejijunta, llena de sulfuro, dignidad exasperante, y siguió caminando. Me fui bailoteando a su lado. "Mirá, te tengo que explicar, no es lo que vos pensás, te tengo que explicar muchas cosas pero por favor oíme, son importantes". Sin embargo se hacía la disimulada y seguía caminando, mirando hacia arriba. Sentí que me subía una prolija sensación morada hasta nublarme la cabeza e incendiarme las órbitas de los ojos. Por donde íbamos pasando había una serie de cafés en la banqueta, todos alineados a lo largo de la Avenida Atlântica. Como era media tarde y no era verano, había cantidad de mesas vacías. Agarré una silla de metal de una de ellas y la somaté contra la banqueta. La V/V reaccionó con penetradora angustia sibilante pero siguió caminando firme. Entonces corrí frente a ella y somaté otra silla a su paso. Durante un segundo evidenció miedo aterciopelado en sus ojos pero inmediatamente volvió a su mirada de dura, de "holier than thou" cargada de ofídico odio. La traté de jalar del hombro otra vez pero era maciza y acostumbrada al ejercicio físico. Consiguió zafarse con facilidad gatuna y siguió a paso firme. Somaté otra silla y empecé a gritarle con todos mis pulmones, "¡Victoria, parate por la vida de la gran puta!" Pero no se paraba. Somaté otra silla. Igual. Además había una conspiración del destino porque los semáforos estaban en verde de manera que ni se paraba en las esquinas. Seguía, seguía, seguía. Pasamos el hotel Excelsior, creo que íbamos por el Copacabana Palace. Dejé una hilera de sillas botadas que me seguían como serpiente a todo lo largo de la Avenida Atlântica, una tras otra tras otra.

Cuando con la lengua totalmente de fuera estaba por alcanzarla otra vez se atravesó hacia la playa toreando esos carritos brasileños todavía más agresivos que los chapines, si es que pueden creer eso, que le apuntan a uno con la misma saña que nuestros torturadores. Después me di cuenta que tenía buen rato de no hacer ejercicio. Caminamos unas diez cuadras o algo así, ni para qué les cuento, estaba completamente sin aliento, chambonazo que soy con el gravamen físico correspondiente, empapado en sudor agrio, sintiendo que el pecho se me atragantaba como si me hubiera comido un tamal entero, mordiéndome los labios de la pura cólera y desesperación. Ella en cambio iba hecho huevo como si tal cosa, ni sudaba. Así que no había de otra que hacerle de tripas corazón y echarse detrás como baboso, toreando ahora a los jugadores de paleta o de volley en la playa y sin siquiera parar un segundito para ver de reojo esas bundinhas apenas divididas por su filho dental.

La playa allí era ancha. Se la atravesó hasta la arena firme acuosamente mojada y remojada por las severas olas que se revuelcan sobre ella haciendo cachetes con su determinación fatal. Era cuestión de ir como salta-charcos porque explotaba la ola y uno tenía que hacerse el quite rápido. Si no medías bien salías con los zapatos empapados porque el agua te subía rápido hasta los tobillos.

La V/V me llevaba su buena distancia y me fui chanín chanín tras ella pero eso sí, ojo al cristo por aquello de que me sorprendiera una ola. Era como correr enmedio de un campo minado. El problema era que de tanto cuidarme la V/V cada vez me sacaba más ventaja. Mi temor era que llegara hasta donde acababa la playa y había unos riscos llenos de rocas de pesadilla. Allí se me iba como cabra con sus rítmicos pies vaporosos y a saber. Ella sabía caminar sobre rocas.

Dirán ahora ustedes, bueno, y por qué no la dejaste ir. Al fin y al cabo podías encontrarla más tarde en el apartamento de la Duque Estrada. Como era rentado no era cuestión de que cambiara de chapas aunque podía tirarme los tepalcates para la calle y decirle al conserje que no me dejaran entrar como María Félix con Agustín Lara. Al armarse el clavo podían descompartimentarse claves, papeles y pisto que cargaba o bien que me diera color con las autoridades brasileñas.

Pero en el fondo era orgullo encarnado. Era el puro orgullo colérico que me desbordaba. No aguantaba que me agarraran así a lo bestia y que allí terminara esa historia sin ton ni son. Lo de esa tarde por una vez no era justo. Estaba trabajando, estaba cumpliendo una tarea, la piernuda se me sentó al lado hacía cinco minutitos, la toleré porque me pareció buena pantalla y no pasé de agarrarle la manita. No era justo. Además la vida es contradictoria. Me pasé horas fantaseando el momento en que por fin la V/V se fuera, dejándome libre de verme con la Valéria sin contradicciones. Sin embargo ahora que por fin lo hacía, corría como un desesperado para impedirlo.

—...

Shó, Amapola Ojo Alegre. Tampoco te doy licencia para que te burlés de mí. La V/V era una especie de ancla sin la cual tal vez tenía miedo de irme a la deriva como buey al que le quitan de súbito las barandas del potrero. Era el freno del caballo desbocado. Admito tener una como doble personalidad. Por un lado, el profesor universitario, el consecuente hombre de izquierda. Por el otro, el transero, el jodedor que sale todas las noches buscando acostarse con cualquiera y termina metiéndose en cada lío que es la de nunca parar. Como dirían los compañeros, el burgués decadente cuyo mayor desviacionismo era su afán de figuración. Siempre le temí a ese lado de mí mismo. Necesitaba una policía anti-vicios que me frenara esos ímpetus. Por eso me metí con la V/V.

Entonces, la susodicha iba hecho huevo con su necedad encandilada por la playa y su Mickey Mouse detrás con acopio de dificultades. Ya nos acercábamos al final de Leme. Aparecían algunas piedrotas en la arena que acentuaban mi propia miseria. A pesar de ello, no muy me preocupé porque al fin llevaba zapatos puestos. Me chingaba más la arena suelta, toda esa infinidad de granitos singulares que se me metieron y se frotaban contra la piel como papel de lija. Me preocupaba más que se me escurriera por tan cruento terreno para los

pedales como una ardilla. Entonces me dije, "babosadas, le voy a poner ganas a la persecución aunque me moje las patas". Agarré mi último aire y
vámole pues, agitando las patitas como yo-yo trans-
luciente sin fijarme en lo que me paraba. Parecía un
mini-sátiro tras su virgencita.

En una de ésas, cabal pues que la ola subió
más de lo esperado. Aunque pegué el saltito tratando
de evitar el ranazo, choploc fui cayendo con un pie
en el agua. Sentí esa cosa mojada que me calaba en
los calcetines y dentro del zapato. Además estaba
fría. No fría-fría como es el Pacífico aquí pues, pero
tampoco ese mar calientito de Centroamérica. Era
junio, invierno allá, y aunque en Río da para meterse
al agua no deja de ser cariñosa la temperatura del
mar. Además me agarró de sorpresa. Sentí la babo-
sada como si me pusieran un grillete e instintivamente me fui saltando en un pie, de espaldas, para
evitar meter el otro. La ola se fue. Distinguí que ya
mero venía otra. Levanté la vista. La V/V se había
medio parado y me miraba garbosamente. Luego
controlé el mar para ver por dónde venía la nueva
ola, caminando de espaldas sin fijarme muy bien
dónde.

De pronto sentí que los pies pegaron contra
algo pero mi espalda siguió impulsada para atrás.
Empecé a aletear los brazos como zopilote agónico,
tipo esas caricaturas que cada bracito parece hélice
de helicóptero, pero ya no había nada que parara el
morongazo. Lo que pasó es que me tropecé contra
una piedra al caminar para atrás y caí ignominiosa-
mente de espaldas en la arena como un vulgar costal
de papas. Pero lo peor no fue eso. Lo peor fue que
caí justo en el momento en que llegaba la nueva ola.

Instintivamente levanté las patas y la cabeza en el aire pero cabal sentí esa cosa viscosamente fría en toda la espalda y en los brazos. Me caló hasta lo más hondo de la médula ósea y se me hizo tan gracioso esa entonación de mi propia miseria que empecé a atacarme de la risa hasta que se me salieron las lágrimas. Por persistencia instintiva me quedé inmóvil. Antes de que me diera cuenta llegó una segunda ola y ésta sí me mojó la parte de atrás de las piernas y todo el culo. Muerto de la risa cerré los ojos un instante a pesar de la sal y arena en los párpados. Cuando los volví a abrir la V/V estaba parada frente a mí. Me miró tratando de hacerse la enojada pero era obvio que contenía la risa y apretaba los labios fuerte para no evidenciarse. La miré, me miró, y por mirarme no vio que ya venía una tercera ola. Ni me moví ni di señales de percibir nada. Cuando sintió le cubría las patriarcas hasta el tobillo. Me empezó otro ataque de risa al ver la expresión de desvalida que puso. Ella ya no se pudo contener y también soltó la carcajada.

## 4

Caminaba por la Marqués de São Vicente rumbo a la Duque Estrada, cuesta arriba. Ya estaba casi frente a la PUC, el histórico lugar donde conocí a la Valéria. Me encantaba el barrio de la Gávea a pesar de que sin carro era más jodido salir a la playa que de Ipanema o Leblon. Por la Gávea pasaban menos taxis, sobre todo de noche, y se suponía que era más peligroso porque quedaba casi al lado de la Rocinha, la favela más grande del mundo. Según muchos, la gente se bajaba de la Rocinha para robar en la Gávea.

Iba caminando cuesta arriba cuando percibí un hecho insólito. A mi lado derecho habían varias casas con rejas con algunos cafés entre ellas. De pronto de una reja frente a mí salió una enana. Agarró la reja con su manita y miró para arriba como si buscara con la vista a alguien. Me le quedé viendo, asombrado ante la aparición. Cuando se dio cuenta se volteó hacia mí con la rapidez de una venada e hicimos contacto de ojos. Era una aparición fascinante porque a diferencia de la mayoría de las enanas, ésta era linda, lindísima de cara. Tenía la cabeza de tamaño normal y una cara más o menos tipo Ornella Mutti, con un pelo de esos encantadores que en una chava normal le caerían como hasta media espalda, como el de la Amapola Ojo Alegre sólo que en castaño claro. Pero el resto del cuerpo era de enana aunque relativamente bien proporcionado. Patitas así, como de un pie de alto, bracitos igual, el torso chiquito pero no deformado, de manera que no parecía ni jorobada ni con el pecho saltándole para el frente. Total, no me llegaría ni a la cintura y ya vieron que no soy alto. Sólo la cabeza era completamente normal, con unos ojazos que hipnotizaban. Además, para terminar de ajustarla, estaba vestida como cualquier persona que atraería mi atención. Tenía unos *blue-jeans* bastante desteñidos y una blusa roja abierta de los primeros botones. Se pasó los dedos de la mano por el pelo con la misma tranquilidad de una bañista que inconscientemente se considera *la* garota de Ipanema. Parecía una de esas esculturas de Miguel Ángel que emergen del trozo bruto de mármol y sólo el rostro y algunos detalles están perfectamente definidos mientras que el resto sigue prisionero de la roca. Le sonreí y dije, "Oi. Como vai?"

Se me quedó viendo con enojo. Me dijo que no me metiera en lo que no me importaba o algo por el estilo que no se lo entendí muy bien ya que habló demasiado rápido. Me deslumbraba el rostro bellísimo en ese cuerpo de querubín. Pensé que en Río hasta las enanas eran lindas. Le dije algunas frases más para alimentar la plática. La verdad, estaba intimidado. Aquello era todo un alucín. No me lo creerán pero a veces soy tímido. De veras, vos Amapola Ojo Alegre. No te rías. No la malcabrestés, vos Santos Reyes. De adolescente era re tímido. Fui de los que nunca tuvieron tráida, que no se atrevían a sacar a bailar a nadie. Cuando lo hacía era con una voz tan ramplona que ni bien terminaba de hablar me decían que no. O bien lo pensaba tanto que cuando por fin me animaba a acercarme se aparecía un pisado seguro de sí mismo, le caía, se la llevaba y a volver a esperar animarse con otra, pues.

—¡...!

—¡¡...!!

No jodan, hombre. Pero volviendo con la enana, cada vez que vivo una situación nueva pues me vuelve esa timidez repisada, me amisho todo. Era así como me sentía en ese momento. Lo cual no impidió que le echara la gran cotorreada. Le conté que vivía a la vuelta de la esquina en la Duque Estrada, que era chapín, que vivía en México, en fin. Me preguntó perplexa, engraçadinha, que si México y Guatemaya eran países que tenían frontera con el Brasil y le tuve que dar una lección de geografía. Los brasileños son tan ignorantes de todo lo que no es Brasil como los gringos de todo lo que no es los USA. Además sobra decir que su formación académica no era exactamente su fuerte. Encima era arisca. Estaba consciente de su deformación y súperalerta a detectar cualquier gesto de condescendencia. Me recordó las conversaciones con compas indígenas, que por mucho que uno diga y haga están esperando el gesto despectivo del ladino. Pero como me supe cuidar bien al ratito ya estábamos de cuates, sonrisita, sonrisita, y le cayó en gracia mi acento y mi frecuente uso de palabras castellanas en mi portugués.

La invité a mi apartamento que era en realidad el de la V/V, pero decidí jugármela asumiendo que no volvería hasta la noche. Me lo agradeció y me dijo que no, prefería no salir de su casa pero si deseaba podía entrar a tomarme un cafezinho con ella. Vivía con su familia pero desafortunadamente acababan de salir. Ni corto ni perezoso le dije que sí, pero que para celebrar la naciente amistad había que echarse un trago de cachaça. Me dijo que no tenía pero vendían en el café de al lado. De dos saltos estaba allí. Pedí una botella y regresé volado antes de que la enanita se me enfriara.

Me senté en el piso alfombrado de la sala. Ella se puso a mi lado en un banquito del cual sus piernas colgaban como las de los muñecos de los ventrílocuos. Nuestros ojos quedaban a idéntica altura. Después de un par de brindis me contó que se llamaba Soninha. Le acaricié con extrema delicadeza la manita que sería del tamaño de la de un niño de ocho años. Observé con ternura los dedos largos, las uñitas igualmente largas y pintadas de rojo, las venas verdosas que resaltaban nerviosamente en la sedosa piel color ámbar. Le pregunté cuántos años tenía. Me dijo veintidós. Le dije que era linda y se ofendió. Le juré que no le estaba tomando el pelo, que tenía un rostro maravilloso con la nariz puntiagudita, los labios carnosos pintados de rojo, los ojotes verdes en los cuales podría perderse el más sabio de los hombres. Se sonrió y me dijo que eso era pura paja. Le dije que paja era que un hombre no supiera admirar sus dones y sus gracias. Se agitó toda, aleteando los bracitos. Me dijo que me dejara de vainas, que con el cuerpo que tenía quién pisados se iba a fijar en ella. Le dije que no se acomplejara. Todos los seres humanos tenemos partes bonitas y partes feas. El arte del amor está en saber descubrir la belleza que todos tenemos y en ignorar las feas. Le dije que había conocido chavas con unas carotas espantosas pero que tal vez tenían el brazo o el antebrazo lindo y peludito hasta el punto que se me hacía irresistible besarlo, o bien chavas panzonas pero con unas piernazas que invitaban a navegarlas desde el dedo gordo hasta la ingle, o las de cara linda pero patas gordas y cortas y dedos de la mano chatos. Estaban también las que eran todas lindas pero con la piel desagradable por lo reseca o lo excesivamente grasosa y las nada bonitas pero que acariciar la piel era un deleite a la mano porque tenían la misma finura de la caoba bien lijada y barnizada. Estaban las de pies hermosísimos que uno se tiraba al piso para besárselos, lamiendo dedo por dedo e introduciendo la lengua en cada recoveco como si se comieran escargots pero que mejor no levantar la vista porque el resto le cortaba a uno el apetito, y las que lindísimas carecían de nalgas o faltándoles todo lo demás exhibían una perfecta abundancia de carnosidad en el trasero que invitaban con desasosiego a esquiar por sus colinas con el desenfreno del náufrago que por fin vislumbra la costa. Están las que al caminar frente a uno lo dejan sin aire por la perfección de los movimientos de sus piernas acompañadas de un perfectamente abultado trasero pero que al deshacerse de los pantalones evidencian estrías en la piel y exceso de celulitis que empalagan antes de siquiera probar bocado. El mundo de las mujeres es amplio y hay de todo y como en la buena cocina el gusto está en la adecuada mezcla de sabores y colores armoniosamente combinados con el lubricante idóneo.

Sellé la explicación culinaria con un beso que la sorprendió, acongojó y deleitó a la vez. Su lengua tiró de la mía hasta el punto que sentí que me succionaba una poderosa aspiradora y temí que me la batiera hasta convertirla en licuado. La enredada sensación era extrañísima. El beso, fuerte, era normal, como su cara y lengua. Pero al agarrarle los hombros para apretarla se sentía un pasmado desasosiego que aturdía la claridad. Estaba hincado en el piso, ella sentada en su banquito. Mis codos chocaban uno contra el otro en la contracción por la estrechez delirante de su tórax, produciéndome un toque eléctrico. Conforme la besaba ella agitaba con desenvoltura sus piecitos, pateándome los muslos como cuando uno carga bebés o niños muy chiquitos. Más de una vez se acercó peligrosamente al excitado miembro. La contradicción de las sensaciones entre la cara lindísima y suculenta lengua berrinchudamente aspirante con la de estar con un cuerpito de niño chico era como el choque de dos corrientes marinas en una verdeante noche negra. Por alguna razón que no le atino completamente me recordó la primera vez que comí sushi. Quizás la mezcla de sensaciones familiares con otras añoradamente nuevas, quizás la textura lisa del pescado crudo evocado en su piel de lactante.

Siguiendo ya mis instintos una vez besándose, las manos, independientemente de todo uso de razón, empezaron a acercarse más aún hasta posesionarse de los bultitos que pasaban por senos. Aunque pequeños eran mayores que los de muchas mujeres normales de poco pecho. Se dejó hacer. Quiso murmullar algo pero no dejé que desprendiera su entonada boca de la mía. Le abrí la blusita y pronto mis manos estaban amasando el pan y descubriendo con deleite que la piel de esos montículos era como harina de la más fina, croissants en miniatura.

Se me nubló la cabeza, era de pronto una vastedad de arena caída. Me sentí como si fumara mota e inhalara coca al mismo tiempo. Un frío temblor de nube mutilada sacudió mi cuerpo acompañado de una electrizante descarga de harapienta energía. Era como simultáneamente tocar a una niñita y posesionarse de una mujer. Doblemente intenso, porque era doblemente prohibido. Nunca fui de los que quiso manosear a niñas, *Lolita* fue más un deleite literario que la atracción de un libidinal impulso latente que se despertara en mí. Sin embargo con la enana sí añoraba el suculento placer desolado de emboletarme con una niñita chiquita, de empantanarme confusamente en los tabúes más prohibidos.

Con la blusita abierta ya fue cuestión de zafarle fácil el *brassière* y sentir la pielita suavecita, suavecita de idealizado bebé Gerber. Le acariciaba apenas las chiches como si tocadas por plumas de avestruz y se arqueaba como el elástico arco de un violín. En alguno de esos giros me empecé a abrir el pantalón. Cuando se fijó todavía hizo un desmesurado gesto de que no, pero dulcemente le dije que se dejara de babosadas y me la saqué. Me puso la manita a su alrededor y fue la frenética sensación más implacable, dado el tamaño de la misma. Era como si un güirito te estuviera tocando. Sin embargo era fuerte y apretaba con ganas. Entonces la contradicción de sufrimiento y gozo mezclados con el martirizado heroísmo de la manita producía una locura tibia, ese alado ensueño irreal como cuando uno se encierra en un carro y se llena todo de vaho cortándose de la lustrosa lluvia exterior.

Se me ocurrió decirle que me la chupara. Se resistió apenitas y le tuve que empujar la cabeza en la dirección apropiada pero sin desmedido esfuerzo. La sensación era de una intensidad sin palabras. Las desvividas espirales del oleaje, el sueño de los delfines. Por un lado era una chupadora maravillosa. Sabía lo que hacía. Era obvio que no era el primero. Tenía una pujante lengua pegajosa de buen tamaño y desaparecía las nubes con ella como el niño atragantado de azucarado mazapán. Me inundó de saliva. Se volvió todo tan húmedo como un profundo lago volcánico de aguas cristalinas, tibio y ligoso como debe ser todo antecedente de un encomioso orgasmo barroso. Sin embargo era extrañísimo porque era sólo cabeza y poco más. Entonces se sentía como si tuviera una gigantesca garrapata prendida de la verga, arrancándome intangible mis partes vitales como fogosa planta carnívora que te tapia el resuello. Esa contradicción entre un placer intensísimo empapelado de saliva y enjundioso de deseo mezclado con un miedo a lo turbio, ecos de temores inconscientes contorneados por la sal derramada en heridas ajenas, me produjo un jactancioso acabón apocalíptico que no he vuelto a tener desde entonces.

## 5

¿Cómo está la carnita? Me alegro. ¿Más vinito? No se me pongan abstemios. Tenemos toda la noche. Repítanse un poquito más de *coq au vin*. Que no les dé pena. Hay de sobra. La verdad, no puedo ofrecer una cenita simple. Parranda, parranda. Tiro la casa por la ventana encantado de la vida.

—...

—...

—...

Pasado el incidente le conté a la V/V la verdad de por qué andaba en Río de todos los eneros que en realidad deberían ser los febreros de carnaval. No muy me lo creyó. Le compartimenté algunas babosadas y agregué elementos de desinformación porque uno nunca sabe. Ella tenía que regresar a Guate al fin y al cabo. Se medio tranquilizó. No dejó de resentirme pero las aguas volvieron a su cauce. Total, medio hicimos las paces. Quedó ahí un resquemor porque era rencorosa y no perdonaba fácil. Pero la fuimos haciendo, mal que mal. Seguí viviendo en su depa bien tranquilo aunque anduviera un poco de capa caída.

Me pasé los siguientes días dándole seguimiento al Pensamiento, que como me salió en verso... mejor ni les digo. Llevaba vida de rey, no se cómo no se aburría. Se iba al café de la Rua Santa Clara que les mencioné. De vez en cuando se levantaba una, y obedeciendo leyes inmutables, se la llevaba al Oba Oba a ver el show de mulatas agitando el fondillo, se iba al Plataforma Uno a ver shows *ídem*, o bien al Canecão a oír a quien pisados estuviera tocando allí, reservando generalmente una mesa para él y su levante de la noche. A veces no encontraba saciedad y se iba hasta los shows de la Avenida Princesa Isabel donde se veían desnudos integrales y mujeres cogiendo con mujeres, hombres con hombres, cabras con cabras. Chavas casi desnudas se te sentaban en las rodillas y se restregaban sonoras contra tus muslos mientras veías distraído el magno espectáculo, susurrándote que les compraras un trago mientras te mordisqueaban las orejas y agregando que si querías, había un cuartito que se podía rentar al fondo del local.

La verdad, la pasé a toda madre siguiendo al pisado. Pero a la vez me daba cosa que alguien viviera así su vida. Yo andaba en tarea. Podía imaginarme que como turista haría lo mismo y me pasaría un par de semanas a toda madre. Pero todo el tiempo se me hacía una vida tránsfuga e irreal, terriblemente deprimente y solitaria, más aciaga que una fría tarde lluviosa. Era andar sin perspectiva por el mundo. El puro vagabundeo contante y sonante, día tras día tras día. Me encachimbaba. Me indignaba que viviera así con pisto hueveado a trabajadores chapines honestos que se fajaron como bestias sin más recompensa que un salario de mierda y además les disolvieron el sindicato y les desaparecieron a sus dirigentes. Ya tenía controlados sus movimientos. Había que poner manos a la obra.

Me vi una tarde con la Valéria. Nos encontramos en un café muy simpático de Ipanema donde se regocijaban las señoras fufurufas de Río, todas ensimismadas en sus muecas de severidad tropical con movimiento pausado. Un poco cariñoso el lugar pero buena pantalla. La Valéria venía toda jacarandosa, con una faldita corta, negra, y zapatos bajos de esos que parecen de baletista. Como acostumbraba, traía una especie de *halter-top* que dejaba al descubierto sus hombros, buena parte de su espalda y desazonaba al evidenciar la ausencia de *brassière*. Se me empañaban los lentes de contacto nomás de quedármele viendo. Bendije mi suerte de compartir algunos instantes de relumbre con tan peregrina hermosura, cuyos movimientos tenían más agilidad que una columna guerrillera y cuyas masas bien predispuestas eran infinitamente más consecuentes que el mejor de nuestros sindicatos. Temblaba cuando le di el beso de bienvenida.

Nos tomamos unas chopes protocolarias. Nos reencariñamos como correspondía, sonriendo vacíamente en la insomne azotea. Cuando ya caía el melcochoso sol le sugerí que nos pasáramos a otro barcito de la Visconde de Pirajá. Estaba apostando que, habiéndome controlado a Pensamiento, mi hombre aparecería alrededor de esa hora.

Nos fuimos tranquilitos en su taxi. Llegamos y encontramos a varios cariocas gritones escabulléndose de su vida alienada mientras trabajaban afanosamente los whiskachos pero ni sombra del Pensamiento. Me agité mi poquito, pero ni modo, de tripas corazón. Pensé que en el peor de los casos me salía una noche deliciosa.

Nos sentamos en una mesa frente al bar que por lo demás era bastante oscurito. Gritaban tanto los máistros sentados allí que ni dejaban que se oyera la musiquita de fondo que era algo así estilo Tom Jobim. Decidí que qué pisados y me aventé con una caipirinha. Empezamos a cotorrear sabroso, acariciarnos la manita enmedio de una conversa vestida de tul, en fin, todo lo que se acostumbra en situaciones de ese talante, cuando en eso entró Pensamiento. Las cosas empezaban a salir como quería aunque no dejé de sentir un fuerte retorcijón de tripas, señal de que el trabajo en serio comenzaba o se acababa la pura ola de placer con la Valéria.

Le di vuelta a la conversación. Empecé a hablar con nostalgia concertada de Guate, de las babosadas que tuvimos que vivir, le conté la ponderosa pesadilla de cuates que se los quebraron sin ton ni son, utilizando un lirismo tipo *Vámonos patria a caminar* que ya para entonces ni me creía. Le expliqué la geografía del país, la carretera Panamericana, la Sierra Madre verde que te quiero verde, y le conté que la primera vez que entré ya organizado desde México me recogieron los compas y nos fuimos hacia el Quiché. Cuando pasamos San Lucas, capital mundial del atol de elote, que para los que no conocen como vos Sibella está a sólo 26 kilómetros de la capital, el compa que manejaba me dijo: "A partir de aquí, para los dos lados de la carretera, todo el territorio que mirés está organizado por nosotros hasta cuando te diga". Obviamente me quedé baboso cuando me lo dijeron, estupefacto como dicen los chistes en los periódicos, y cuando se lo comenté a la Valéria se quedó estupefacta también la pobrecita diciendo, cáspita.

Le dije sin embargo que había un pequeño problema y le eché un cuento maravilloso de telenovela brasileña en la cual un hijo de la pareja que me adoptó en México y una antropóloga de primerísimo nivel, también amiga de la familia, se jodieron por causa de un traidor que se vendió a las fuerzas fascistas y entregó a todos estos abnegados luchadores por la democracia en las garras de los torturadores. No me alargo porque ya se los conté, pero agrego que cuando terminé se le escurrían lágrimas chocolatosas de los ojos. En un gesto histriónico sin par me puse a temblar, apreté la nariz como si quisiera contener un sollozo, me limpié el sudor de la frente, me pasé la mano por el pelo y acercándome a ella hasta casi meterle la nariz enmedio de los senos le susurré, "Quiero contarte algo muy doloroso". Se inclinó lo más que pudo contra mí, mareándome con el olor de su perfume almizclado, mezclado con la dulzura mascada de su piel. Suspirando fuerte le dije, "El hombre responsable de todos estos desastres está sentado allí".

Levantó despavoridamente la vista. Buscó con rapidez por todo el bar, una cortina de terror intensificando el negro de sus pupilas que ya eran un vendaval de furia. Le apreté el brazo para que fuera más disimulada. Cuando recuperé mi control le indiqué al hombre con la vista. Se le quedó viendo un instante y fue obvio que si estuviera armada lo liquida en ese mismo instante. Sonreí con satisfacción. "Você tem certeza disso?" "Tenho, meu bem, tenho".

Entonces comencé a contarle cómo me enteré que era él y prácticamente le solté toda la farafullada información. Me guardé un par de detalles. No le dije que andaba militando porque hay una línea fina que le cuesta atravesar a mucha gente que no ha pasado por ese tipo de procesos, en la cual entienden la necesidad de luchar por principios democráticos o por derechos humanos, entienden el horror de las dictaduras y lo espantoso de las atrocidades cometidas contra el pueblo, pero les cuesta aceptar que uno está dispuesto a dar ese paso clave que es disparar de vuelta y combatir la violencia institucional con la violencia organizada. Tampoco le dije que la idea de llevarse a Pensamiento a México era para que le dieran agua. Mencioné sólo que se trataba de "hacer justicia" sin entrar en detalles de quién ni cómo.

Me preguntó si era policía o agente de Interpol. Le dije que era un luchador por los derechos humanos. Me preguntó que por qué a México y no a Guatemaya. Le expliqué las atrocidades de la dictadura guatemayense, dándole detalles de cómo los militares metían a personas medio muertas en un hoyo excavado en la tierra que cubrían de madera, llenaban de gasolina y le prendían fuego. Eso la convenció. Me preguntó que cómo iba a llegar Pensamiento a México y le dije que allí estaba el detalle. La mejor idea que se me había ocurrido era que lo enamorara una hermosa mujer hasta el punto de embobarlo y convencerlo de irse juntos. Ya en territorio mexicano la gente respectiva se encargaría de recogerlo y de proceder como conviniera.

Se me quedó viendo a los ojos, como dicen todos los boleros. La miré enigmático, apreciando cómo se transformaba en un río de lava. Dibujó apenas una sonrisa en su rostro, una línea recta cuya ligera curvatura hacia arriba en la cercanía de las comisuras era apenas discernible. "Você me ama, mio bem?" "Claro, eu adoro você". "Mais você tá morando com issa bruxa..." "Não falemos mais dela. Puxa. Eu dixe pra você que eu tinha uma relação porque não daba para mentir. Mais agora é diferente. Eu fico doente de morar com ela. No momento en que eu poda me separar, eu deixo ela, e si da pra ficar con você meu bem, eu fico. Fico mesmo. Você é a mulher mais adoravel que he conhecido na minha vida".

La sonrisa se amplió ligeramente. Colocó su mano sobre la mía y apretó, no necesariamente con cariño sino con una especie de desesperación abrumadora, como si quisiera creer en mis palabras pero alguna sabiduría profunda se lo impedía. En realidad ahora sé que era la mujer más adorable que conocí en mi vida, la más bella y la mejor amante de todas. El problema como siempre no era ése. Era que lo anterior no es lo único que se necesita para emparejarse en serio. La pobreza carente de ciertos tonos y gestos del medio en que uno se mueve deja helados hasta a los pizpiretos culitos contentos. Allí es donde le hacen a uno cortocircuito la mezcla de las perfumadas emanaciones de la piel con el frío vapor de la razón. "Eu...". "Sim, meu bem?" "Eu não gosto dos homens que desaparecem sin explicação, sin ração, que esquecen as mulheres sin logica nenhuma".

Corrí a reafirmarle que tampoco, que ésas eran hijeputadas de mal nacidos que usaban a las mujeres sólo para chuparles todo el jugo y de allí dejarlas botadas como el bagazo condenado a podrirse. Sonrió tristemente reconociendo la escena que le describía, como alguien curado de espantos que me ve con los fríos ojos del que ve más allá de mis designios. Le sonreí de vuelta y llevé su mano a mi boca, inundándola de besos. "Quem va chevar ese cara para o Mexico?" "Você".

Sonrió con una melancolía acordionada que sentí como si una mano fría me estrujara el corazón.

Recordé la canción de la tristeza que cantaron juntos Caetano Veloso y Gilberto Gil. Hay un tipo de soledad que sólo los brasileños consiguen proyectar porque la magnifica su deslumbrante belleza física, su aparente dulzura y buen humor aunado a la ideología del "tudo bem" aunque uno sepa que nada está bien. Fue esa soledad descarnada la que me golpeó como si recibiera un bofetón en el rostro.

Se lo pido por amor y sé que lo harás por amor. Eso le dije. Sólo por amor. Será nuestro sello de amor. Será el lazo que unirá nuestro amor. Amor intenso, amor insigne, sellado por una complicidad única, por un gesto de sacrificio, por un rito sagrado, singular, que nos une para siempre. Sólo por amor, nada más que por amor, singularmente por amor, de ningún otro modo que por amor, amor, amor. "Que preciso fazer, então?" Lograr que él se enamore de ti. Nuestro amor, su amor, el amor que lo perderá y lo llevará a su merecido, a pagar por sus culpas, por su traición. "Estar sozinha com ele, agarrar ele e dar um beijo na boca, ou cualquer coisa. Senão, não adianta".

Me sentía extraño solicitándole que por amor a mí amara a otro. Pedirle que entregara su magníficamente tallado cuerpo a otros brazos, y para más, a los del que consideraba un desgraciado, un hijo de puta. Pedirle que se dejara endulzar por otras lenguas, que tolerara todo tipo de profanaciones en aras de una causa que no era suya. Por nuestra malhadada guerra interminable se sacrificaba hasta el ser más amado, el cuerpo más preciado. La causa lo era todo y obnubilaba con el resplandor de un diamante en bruto, de una turquesa colosal, de la mayor amatista del mundo.

La mística de la organización era el odio de clase, un odio tan bien encauzado y ordenado que no permitía que nada se interpusiera en el transcurso de su consumación, de su venganza sagrada que apestaba la memoria. Nunca conocí mujer más linda, más sensual. Pero peor, siendo linda y sensual era de una pureza, de una inocencia y modestia que rarísima vez suelen regodearse con la belleza. Sin embargo estaba dispuesto a sacrificarla para cumplir la misión.

Pedimos otras caipirinhas y al calor de la segunda me dijo que no podría hacerlo, que ella no era así, no era una de ésas. Pero me lo dijo sin convicción. No me alarmé. Más bien me pareció que ya había mordido el anzuelo, iba cuesta arriba y la suya era resistencia vana, esa extrañísima psicología femenina que hace que digan lo contrario de lo que su cuerpo indica, de manera que uno no se cree su discurso. Pedimos una tercera caipirinha.

Al final de la tercera me dijo que efectivamente no era una de ésas. Que tal vez por mí lo haría, tal vez, pero una sola vez, y sólo por mí, y nunca más, y aún así, sólo tal vez. Sonreí, la abracé, le besé las cejas, las pestañas, la orilla del cuero cabelludo. Cerró los ojos y sollozó. Le apreté la cabeza contra mi pecho y sollozó más fuerte. La tuve fuertemente, como si fuera una niñita, una tierna, y le murmuré que nunca la dejaría, que siempre estaría allí al lado de mi muchachita, apoyándola, brindándole fuerzas, sirviéndole de muro de contención. Sollozó, sonrió y me dijo, una sola vez. Una sola vez, le respondí, aunque entendí que lograría lo que quisiera y las veces que quisiera, siempre y cuando la tratara bien y no dejara de estar presente en su vida.

Después de la cuarta caipirinha se fue a sentar al bar y comenzó a hacerle ojitos a Pensamiento. Pedí la cuenta, pagué y me alejé lo antes posible, sintiendo un desconsuelo penetrante, un feo vacío por el éxito de mi misión. ¿Victoria pírrica? ¿Qué hubiera pensado la Víctor/Victoria de mi victoria? A lo mejor era pírrica aunque la bundinha era mejor que la de Samotracia. Me había desgajado por dentro, me arrancó una capa de humanidad que nunca recuperaría. Entregué mi más preciado tesoro. Pensaba en las manos de Pensamiento acariciando la piel de caoba pulida de la Valéria, sus ojitos de niña asustada, su boquita de venadita con dientes parejos y sentí que se me venía un ataque de asma. Algo de principios debería quedar todavía dentro de mí aunque fuera sólo un tenue reflejo y muy en la más profunda lejanía de mi interior. Ya en la calle se me escaparon unos sollozos aunque todavía no entendía la magnitud de lo perdido.

## 6

Como ven el melodramón me embarra todas las caniflautas y se me mete hasta por donde no debería como el abrevadero del ritmo hesicástico. Si supuestamente soy tan inteligente ¿por qué me meto en líos tan imbéciles?

—...

Mientras tanto vámonos por la tangente con cara sonriente y el culo caliente. Hay por allí un poema de Yeats con un par de líneas bastante significativas. Dice *The intellect of man is forced to choose / Perfection of the life, or of the work.* Siempre me incliné por la de la obra pero quise las dos. Una vez Pacha, mi mejor amigo, me dijo en un tono irónico cargado de toda la simpatía de quien guarda afecto por uno sin condiciones, "La envidia me invade de sapos, rayos y centellas. Me pongo color de caimito y me comienzo a somatar la cabeza contra la pared. ¿Cómo? ¡Afortunado en el amor, en la militancia y también en la literatura!" Sin embargo, a estas alturas de mi media vida, esos aparentes tres *home-runs* en realidad se asemejan más a tres *strikes*, lo cual implicaría que ya quedé *out*, ¿no?

De la militancia no quedan sino los lazos charolados del recuerdo. Del amor sólo las cenizas de los fuegos viejos. Después de lo que les conté de la Valéria tendrán que oír lo que pasó con la V/V si es que todavía me aguantan. ¿Y la literatura? Ya vamos cumpliendo una buena década desde que una casa editorial pestañeó al leer un manuscrito mío. Mis libros están calladamente agotados sin que nadie muestre el menor interés en reeditarlos. Quemé los últimos recortes de la prensa mexicana donde se referían a mi persona como "una de las jóvenes promesas de la literatura latinoamericana" porque ya estaban demasiado amarillentos por no decir que me dolía mucho verlos. Salud. Me cayó la maldición de Toth o del rey Thamus. Platón se cagaría de la risa. En cuanto a la política, hace diez años planificábamos lo que sería el primer ministerio de cultura del gobierno revolucionario. Cuando hablaba los comandantes se callaban y tomaban notas. Hoy planifico cómo evitar que me despidan del único empleo al que me aferro como salvavidas. Digamos que el camino recorrido ha sido abigarradamente tormentoso y deja bien marcadas sus mordidas azarosas.

Diez años que parecen mil, diez años sin sentido, la década perdida, la década del desahogo, del desaliento, de la desgracia, la década del desaliño, la década desalmada en que quedamos desahuciados como especie humana. La década del desangre, la década desaforada, desafortunada, desgarrada, desagradecida, desaguisadamente desarticulada, desairada, desajustada, desanimada, la década del desamor en que nos desalojaron de nuestras tierras déjandonos en el más vil desamparo mientras desandábamos descalzos el camino recorrido desde los dorados años sesenta, desanidados y descogotados cuando no desaparecidos, desaparejados, desapasionados, desapegados de todos los valores éticos y morales por el trauma de la guerra, desapreciados, desaprovechados, desarmados, desarraigados, desarticulados, desasosegadamente deprimidos por el desastre desatado por la desatención prestada a los más tiernos valores humanos, desatinadamente ignorados por las grandes potencias que en su desautorizado deseo por desasnarnos terminaron desbravando nuestras desavahadas desavenencias. Algún día dirán que la caída del muro de Berlín tuvo el mismo trágico efecto que la caída de Tenochtitlan en manos del desdentado de Cortés. Mientras tanto sólo descargamos antes de finalmente descansar.

No estamos bolos todavía. Ésta no es una fiesta chapina donde la atigrada mara se embola, le entra una solemne depresión, se insulta, se pega y llora con lujoso embadurnamiento de mocos. Además hay damas. Esas fastidiosas porquerías las hacen los hombres solos en cantinas de mala muerte donde esconden el no ser lo machitos que pretenden. Si estoy moqueando ahora es porque lo jodido que ando lo ando porque se nos evaporaron los sueños utópicos, se nos hicieron humo entre los dedos con la misma rapidez de los trucos de los magos de pueblo, de esos magos chinos que hilvanan agujas mientras se paran en un solo pie. Su pérdida me hace sentirme como Pip enmedio de la inmensidad del mar.

—¡...!

¿No te acordás de Pip, Malacate? Se cayó del Pequod enmedio del Pacífico y pensó que era su fin porque vio desaparecer el barco en el horizonte. Se preparó para morir, tuvo revelaciones profundas sobre la intimidad de su ser y los gestos posteriores de su muerte, azotado como estaba por las mareas de su tranquilización que absorbían el gran silencio de su vacía anonimidad. Cuando llegó el momento de entregarse, el barco que había dado vuelta en círculo volvió y lo rescató. Pip no se lo esperaba y el shock de verse salvado, vivo, lo dejó loco para el resto de su vida. Los ojos le quedaron vacíos de manera que Ahab no se veía reflejado en las pupilas de los mismos. Así me siento ahora. No tengo un yo yo, sólo soy un yo-yo emocional pero sin yo que fije egoísta, por no decir egomaníacamente, los movimientos pero muy empapado de los yerros que facilitaron que nos pusieran la yunta para que después nos metieran la yuca hasta el yeyuno. ¡Ya, yaya! En ese vomitivo país nacer ciudadano del mismo ya debe ser un castigo por pecados de vidas anteriores.

Todos los que militamos y sobrevivimos nos estamos muriendo ahora por el mundo de manera poco noble, poco soñada, nada literaria, invisible, invisible, invisible. Hicimos la guerra por la sentida

necesidad de ser visibles. Sin visibilidad no hay posibilidad de existencia. Pero perdimos. Nos quedamos invisibles. Sin embargo como ya dijo mucho
antes el maestro Girondo, una vida sexual activa y
muy fecunda es un camino para alejar el fantasma
del suicidio. ¡Viva el esperma... aunque yo perezca!

7

Dejé de ver a Valéria unos días y me empezaron a
pasar cosas extrañas. Un día caminaba, merodeaba
sería mejor dicho, por la Avenida de Nuestra Zanahoria de Copacabana. Ése es un chiste que nos in-
ventamos con la V/V para que veás que todo tiene
su otro lado, vos Sibella. La avenida se llama en
portugués "nossa senhora de Copacabana". Pero zanahoria se dice "senora" y la pronunciación es casi
idéntica. Para un extranjero decir zanahoria por
señora es tan común como para los gringos con-
fundir "embarazado" por "avergonzado". De chiste
empezamos a decir que andábamos en nuestra zanahoria de Copacabana.

Caminaba por nuestra zanahoria que es una
avenida ancha, comercial, llena de buses y de gente
chocarrera. Cuando me entra la melancolía me
encanta caminar por las calles, ver librerías con
tonos sepia, cafés embadurnados de olor a tabaco,
el bembeteo de las bundinhas maravillosas y me-
lifluas. Me sentía melancólico, tristón, solitario,
medio cansado. No andaba durmiendo bien y había
mucho calor a pesar de ser invierno, que no era calor en realidad sino humedad pesada aplomada por
el sol. No me atrevía a admitir que sentía una mezcla
de culpabilidad y de *saudade* por la Valéria, un deseo

incluso por tener un tipo de relación que nunca tuve, más simple, más honesta, más directa, con una mujer que sólo de verla me excitaba pero que no era un desafío intelectual.

Caminaba entonces por nuestra zanahoria y de pronto me dije a mí mismo, ya estoy por llegar a Eugenia. Ando por la colonia del Valle. Se me hizo lo más normal del mundo. Pensé en ver si aguantaba caminar hasta la fonda Santa Anita e incluso darme una vuelta por la plaza de toros cuyas estatuas me encantan porque me traen polvorientos recuerdos de una idealizada niñez en la cual mi tío me regalaba copias de las revistas *El Ruedo* y *Toreo de México*, todas de los años cuarenta, alabando las grandes tardes de los matadores cuyas estatuas hoy rodean la plaza: Silverio, Armillita, El Soldado, Manolete. Ni hablar de la avenida Alberto Balderas. Escuchaba, como siempre hago, las conversaciones de la gente en las banquetas. Me sonaban los acentos a chilango puro. Hasta reparé en lo gracioso del acento chilango con su cantadito del cual nos hemos burlado siempre los chapines como si nosotros no tuviéramos también otro tipo de cantadito. Los buses que pasaban me parecían ser los de la ruta 100, que no echan menos diesel que los que dicen "Etrada de Ferro", "Praça XV" o "Meyer". Me pareció discernir los rasgos toltecas en los transeúntes y decidí que sí, que iba a caminar hasta la plaza de toros y después tal vez echarme un trago en Los Guajolotes antes de tomar un taxi de vuelta a casa. Avancé así, con tal certeza que me sentía más el sudamericano de *El Otro Cielo* y prácticamente andaba buscando a Josiane en la Galerie Vivienne que en este caso resultó ser el túnel de Botafogo.

Fue sólo al cruzar de Insurgentes a la izquierda y descubrir que no estaba la plaza de toros sino el mencionado túnel que caí en cuenta de lo que me sucedía. Pensé que no era alucinación sino la pura realidad. Estuve en el DeEfe. Decididamente viajé a través de barreras insólitas, no podía tratarse de una fantasía por mi trastornado estado de ánimo. Al fin y al cabo las interpretaciones no determinan el sentido, ¿cierto vos Literal? Hay babosadas que pasan que tenemos que explicarnos de otra manera. O bien asumimos que todas las ciudades del tercer mundo son idénticas.

—...

Recordé que un amigo maya me contó que su tío abuelo era sacerdote. Un día, siendo niño, él lo acompañó a un cerro para realizar un rito. Camino del cerro se les atravesó una serpiente venenosa que en quiché se llama algo así como muerte verde. El niño se paró en seco aterrorizado. El tío abuelo le dijo que se calmara, que la culebra tenía razón porque ellos iban cruzando su territorio, estaban violando su casa, pero que él le iba a pedir permiso para pasar. Entonces el tío abuelo se encuclilló y le habló en quiché a la serpiente. Ésta se deslizó tranquilamente por un hoyo y ellos pudieron pasar.

El amigo se convirtió en un connotado profesional y me lo contó en pleno uso de sus facultades para diferenciar la cosmovisión maya de la occidental. No creo que mintiera. Igualmente pienso que lo que viví fue real. Estuve en el DeEfe, me fui de Río durante algunos minutos y luego volví al punto donde me encontraba de la manera más tranquila y natural.

—¡...!

—¡...!

No me cabe la menor duda. La pregunta era
por qué. Deduje que era un desconsuelo sorpresivo
por la ausencia de la Valéria. Empecé a confrontarme
con mis sentimientos, a hurgar en mis cavilaciones.
Pero veamos. Han acabado con la carne. Déjenme
recoger los platos y ponerles otros limpios. Veo allí
unas copitas vacías, qué vergüenza. Antes de recoger
déjenme sólo decir que creí que mi clavo era sobre-
ponerme al opacamiento de mi padre. Recordé a mi
viejo cuando era niño, con sus bigotes negros y
lentes de carey, mordiéndose como siempre el labio
superior y manejando elegantemente un Studebaker
gris. Iba orgullosamente a su lado. Mi primo Adolfo
sentado en el asiento de atrás. Estacionó el carro en
alguna calle y se bajó a entregar o recoger unos
papeles. Adolfo y yo nos quedamos dentro del carro.
Me corrí a su sitio aún calientito y empecé a
maniobrar el timón con mis manos, moviéndolo con
energía para un lado y para el otro hasta donde me
daban los bracitos de cuatro años, imitando la fuerza
y control de mi abnegado progenitor, embobado de
amor. Mi aturdido primo, mayor que este cerotón
tan sólo en edad y tamaño, me veía con envidia pero
no se atrevía a desplazarme del sitio privilegiado
porque el carro era de mi papá aunque fuera su tío
favorito.

Esa escena de la niñez se me confunde con
la de mi padre viejo, pasmado, manejando con dificultad un Fiat grisáceo, tratando estrábicamente de
discernir el semáforo a través de sus gruesísimas
gafas que parecían fondo de botella y descubrir que
la fantasía de niño era eso. El Studebaker no era de

mi padre sino de la corte suprema de justicia donde trabajaba como empleado porque ni siquiera logró sacar su título de abogado. Además, mi padre manejaba muy mal. Arrancaba y ni bien avanzaba que ya metía la segunda y la tercera. El motor perdía compresión y las revoluciones descendían peligrosamente. No sabía parar con motor ni utilizar los espejitos laterales. Su carro pasaba la mitad del tiempo donde el mecánico que lo revivía milagrosamente una y otra vez. Pensé entonces que la admiración que sentí de niño era un infantil espejismo, un velado deseo de tener una figura capaz de maravillarme. De adulto no se dejaba admirar. No hacía nada que inspirara el más mínimo respeto.

¿Les gustó el *coq au vin*? ¿En serio? Déjenme contarles cómo lo hice...

## Ensalada de colores para los que les gusta

### 1

*Multitudes, multitudes* empieza con un personaje a punto de ser ejecutado por un grupo de soldados. La primera parte transcurre mientras éste medita sobre su vida antes de morir. A mitad de la novela los soldados le cortan la cabeza. La segunda parte es la meditación entre el instante del corte y el momento en que la cabeza rodante recapacita sobre estar ya separada del cuerpo antes de perder la conciencia.

Ésa es una de las muchas ideas que tengo en mente. Está haciendo cola para ser escrita igual que los aviones esperan su turno para despegar en un congestionado aeropuerto. Como ven, tiene que ver siempre con la violencia de nuestro país. Por más que intento sacarme el estallante temita de la cabeza se niega a irse con la misma terquedad argentada de las fioaturas de viejos amantes que cuando menos se lo espera uno envían una cartita, dan un telefonazo, reafirman que las brasas plateadas no se han apagado del todo. Quisiera escribir de otros temas, gomosas novelas eróticas, roncosos libros de aventuras, dramas detectivescos, novelas que todos leerían y amarían. Novelas que me dejaran pisto. Sin embargo termino siempre empantanado en este asqueroso tema de la carroña que me aprisiona, que no me deja escapar, que me chupa hasta el fondo de su negra ciénaga.

He cambiado mucho en estos años. He buscado destruir ese otro "yo" que fui de militante. He

luchado tortuosamente por ser distinto, por alejarme, separarme, de aquel humeante otro, después del
desengaño ético. He buscado con voluntarioso
desorden la mayor cantidad de horizontes posibles
que me permitan zarpar como los marineros a lati-
tudes lejanas, poniendo entre mi "yo" y mi pasado
un espectral océano de distancia. Sin embargo mis
obras son el enredo gomoso que no me deja escapar. Son el ancla que me impide zarpar refocilante
del puerto, el albatros que llevo anudado al cuello,
el mono invisible sentado sobre mi hombro.

   Todas las noches lucho con fantasmas. Son
peleas sucias con patadas a los huevos y puyones de
ojos. Son peleas sin límite de tiempo y lo que está
en juego es más que una máscara o cabellera. Son
luchas por rescatar mi alma, por encontrar una cierta
quietud del espíritu, son deseos de borrar el pasado
y recomenzar. Son la imposibilidad de borrar nada
y la realización de que ya es muy tarde para comenzar
cualquier otra cosa. Son escapes fantasiosos, son sed
de venganza, son amarga imposibilidad de recuperar la inocencia, la ternura de mi niñez. No quiero
volver a los diecisiete. Quiero volver a los doce. De
allí en adelante ha sido un eterno resbaladero hacia
la oscura nada. ¿Dónde fue que me jodí? ¿O será que
no me jodí sino que es nomás el cruel destino de
todos los que nacen en ese mugroso país? ¿Estamos
condenados de antemano, imposibilitados de
salvarnos *no matter what*? Por allí se van mis impre-
cisos sueños, mis agotantes luchas, abundantes en
dudas, carentes de certidumbre. Estoy consciente de
que soy inexplicable para mí mismo, pero busco
siempre con obstinada terquedad una lucidez que
me permita trascender los mitos o la mitomanía. Por

allí se explica mi intensa necesidad de dionisíaca sublimación encarnada en la tersa sensualidad del deseo sibarita, la exuberante, la tibia caricia de una mujer. Volver a la inocente caricia primaria antes de que el horizonte se nublara, tronara y relampagueara, de que nos muriéramos en vida.

—...

Ya se me están subiendo los tragos ¿verdad vos Tacuacina? ¿Otro vinito para que baje un poco el *coq au vin*?

—...

Cierto, vos Santos Reyes. Mejor les sigo contando de la Valéria. Déjenme sólo ir por la ensalada. ¿Ya tienen platitos limpios? ¿Hacen falta tenedores? Y barajo paral que no se eche otra copa de vino. Ésta es noche de luna llena, noche de libaciones y de sacrificio a los dioses. Pongamos otro CD. Hay que seguir ajetreando la cintura para que no se nos pasme la cena y nos pongamos como esos panzones pesados que malamente consiguen atribular sus distendidas grasas glotonas con gentil exuberancia.

## 2

No quise ver a la Valéria después de que comenzó a amelcocharse con Pensamiento en el tejemaneje del cortejamiento. Supuestamente por no interrumpir el desarrollo de la tarea. En realidad no aguantaba que saliera con ese anemónico fantoche de llagada boca. Descubrí que era celoso. No quería que saliera con otro. Me desconsolaba que esa ave del paraíso se me lastimara a pesar de que la empujaba hacia tan violento e insospechado destino.

Cada par de días nos encontrábamos en un sitio señalado, generalmente el café Garota de Ipanema donde Vinícius compuso el himno a la belleza de la carioca con una dulzura de peras en almíbar. Usualmente me gustaba llegar antes de la hora. Ella no era impuntual, pues solía no serlo demasiado. Llegaba deliberadamente con anticipación para asentarme emocionalmente ante la inminente visita. Les confieso, en voz baja, que me gustaba contemplar la esbeltez de su marcha al verla caminar hacia mí, como fauno ridente con una copota de chopinha en la mano, lelo de pura salud.

Caminaba como una gacela, pero asentando los pies con fuerza y seguridad en el piso. Siempre llevaba vestidos o faldas con sandalias de manera que sus piernas quedaban libres al escrutinio público, invitando a rehileteados ojos a seguirlas y apropiarse de ellas, a examinarlas con detallada ternura evidenciando al entendido la sublime tensión de los pequeñísimos poros por las corrientes de aire que su propio andar generaban, produciéndole tumefacciones similares en distintos órganos del cuerpo al que acucioso los observaba juntando sus labios y soplando de admiración. Me gustaban sobre todo sus camotes abultándose presagiosamente conforme recargaba el peso del cuerpo sobre la kamasútrica pierna.

Una de esas mañanas me desperté después de un sueño extraño. Estaba en un salón idéntico al de la última escena del *Casanova* de Fellini. Yo estaba dirigiendo un coro. Empezó a cantar el último movimiento de la novena sinfonía de Beethoven. Me sentía feliz, dirigiendo y dejándome llevar por el vuelo de la música. De pronto el ala izquierda empezó a ir más rápido que la derecha, desajustando la armonía. Les hice señales desesperadas con la batuta para que retomaran el tiempo pero no hubo manera. Surgió entonces una mujer de mediana edad que parecía ser la verdadera conductora del ala derecha del coro. Les gritó a los otros que bajaran el tempo. Apareció otra mujer, conductora del ala izquierda, quien discutió con ella. Se pusieron de acuerdo y el coro recomenzó. Me quedé en el medio agitando la batuta como un juguete, como niño que pretende controlar algo que sólo existe en la imaginación. Entendí que no dirigía el coro. Simplemente pretendía hacerlo. Cada una de ellas dirigía su respectiva ala y nomás me dejaban la mima de ser el director de orquesta. Estaba bajo el control de dos mujeres encastadas disputándose el poder y lo negociaban de mujer a mujer como dice el bolero, dejándome como un objeto desposeído de fuerza.

Pensé al despertar si esas dos serían las dos desidiosas patitas de la "V", la V/V y la Valéria. Pensé también que la tentación desesperada de controlar mi destino se evidenciaba como un pobre simulacro en el mejor de los casos. No controlaba nada. No dirigía nada. No tenía poder sobre nadie. Los agrios me carcomieron el indigesto esófago con mordidas pulcras. No quise ponerme a lacanear mucho porque me aflojaba la cola esfinterótica pero tampoco pude sacarme el sueño de encima.

En los años de militancia esos trances se racionalizaban remachando la hartada frasecita "el costo social de la revolución". En ella se resumían todos los muertos, desaparecidos, torturados, masacrados. Pero también éramos nosotros que mentíamos, engañábamos, fingíamos, utilizábamos, instrumentalizábamos a cualquiera y especialmente a las personas que más queríamos en aras de "la causa". Nos deshumanizaba fundamentalistamente. Mataba los sentimientos. Nos volvíamos los robochafas de la izquierda. Estábamos comiendo frijolitos y nos tirábamos pedos de pollo.

Pensé que lo mejor era resolver la tarea de una vez. Cuando la Valéria llegó desaforada al contacto le planteé mañosamente la necesidad de salir para México lo más pronto posible, meneando el hocico desorbitadamente. Se quedó lela. Lo único que se le ocurrió decir como gallina picoteando el maíz fue que no tenía pasaporte. Estallé en una sonora carcajada matancera. Porque, la verdad, era un pequeño detalle que no se me ocurrió, con el agregado de no saber cómo sacar un pasaporte en el Brasil y ella tampoco desde luego.

—...

Allí funcionó la locura de la psicoterapeuta. Efectivamente al hacer memoria recordé cómo reaccionaba mi padre cuando tenía que resolver una crisis. Para no amargarles la ensaladita que, como ven, trae los colores más brillantes y bonitos que los vegetales ofrecen, déjenme contarles nomás la triste, pálida, ingenua, romántica y lánguida historia de lo que pasó cuando mi chucho, Duque, se tragó una pelota de jacks. Pero no vayan a creer que maté a mi perro para alcanzar mi meta de ser escritor porque ni por mucho que le pidiera a dios se me moría mi padre. De ninguna manera hice lo de Thomas Mann de matar a mi perro para luego escribir *La montaña mágica*. Tendría como ocho años, máximo nueve. A mi papá le regalaron un cachorrito pastor alemán lindísimo como pago por unos favores que le hizo a un viejo ricachón de esos de horca y cuchillo con el pistolón en la guantera del carro que estaba siempre en el candelero. Le puse "Duque". Mi papá era quisquilloso burócrata empuja-papeles porque no consiguió graduarse de abogado por razones que siguen siendo un misterio para mí pero que asumo tienen que ver con que chupaba mucho por un lado y tenía un complejo de inferio-ridad bárbaro por el otro. La cosa es que le regalaron un chuchito que de otra manera nunca hubiéramos tenido ni aunque nos pusieran jabón porque tenía *pedigree*. Era mi primer perro. Me enamoré perdidamente. Le daba de comer, lo bañaba, lo cuidaba, lo paseaba, jugaba con él. Lo único que no hacíamos era dormir juntos porque no me daban permiso. Según mi mamá los chuchos tenían que quedarse siempre afuera.

Una tarde después del almuerzo salí a jugar al jardín trasero de la casa y empecé a tirarle al Duque una bolita de jacks de esas que eran rojas, de hule, como de una pulgada de diámetro, bastante suavecitas. Los adultos seguían sentados en la mesa del comedor hablando de política como correspon-día. En una de ésas tiré la bolita para arriba. El Du-que se paró sobre las patitas traseras para recibir la bola, alargó el cuello, estiró el hociquito hacia arriba, abrió la boca y la bolita le entró como un perfecto enceste de básquetbol. Y ya no salió.

Me asusté porque pensé que el Duque se iba a morir en ese mismo instante. Subí la escalera corriendo hacia el comedor gritando con pánico "¡El Duque se tragó la pelota, el Duque se tragó la pelota!" Mi papá arrugó la cara como se ponía cada vez que se ponía como las erinias, valga la redundancia, y amenazó con cinchacearme. Los surcos de la frente se le marcaban como zanjas, se le saltaba la vena del temple, estiraba la comisura izquierda de los labios hacia abajo de manera que la boca adquiría una forma de "s" y ladraba como si el perro fuera él. En su espantoso tono golpeado ardido de cólera engomada reaccionó a puro instinto, y en vez de cantar como los pájaros, atacó: "¡Si algo le pasa a ese perro, no le compro otro! ¡O aprende a cuidarlo, o...!"

Mi mamá le puso la mano sobre el brazo como para impedir que se parara, pues de llegar a pararse era para quitarse el cincho y corretearme. Me paralicé, la cabeza regada de cenizas. Respiré profundo, sentí que se me anudaba el estómago y se me venía un mohoso ataque de asma, me di media vuelta y cuan rápido me daban mis tenis corrí de vuelta al jardín mientras mi madre mezclaba gestos de cariño y de mal de ojo para que la cólera se le marchitara urgentemente a su señor que le zumbaba el pocillo dándole la sobadita de ego de rigor.

El jardín estaba soleado, verde. Había un nisperal muy bello en el centro, margaritas tristes en la orilla que padecían de mis goles cuando jugaba futbol pues las siembras servían de portería y el Duque parecía estar de lo más tranquilo. Me saltó sobre la pierna y me lamió juguetonamente la mano. El ampuloso mundo seguía girando con hipertrófica satisfacción colorada. Me borré el mal trago y olvidé el incidente, que era lo que intentaba siempre con mi padre. Borrarlo como un cassette, limpiarme de su sucia presencia que mancillaba mis instintos de niño bueno. Su grosería, su incapacidad de razonar mínimamente, su inevitable dificultad para articular cualquier mínima idea sin perder la calma y ponerse como la tiznada se me hacían lo más bajo de la naturaleza humana, mi desgracia y vergüenza personal, mi estigma, mi marca de Caín, la fuente de toda la infelicidad que embargaba a un niño que de otra manera se sentía querido, adorado, consentido por su madre. Lo borraba. Se me olvidaba.

Pasaron las semanas. Un día el Duque amaneció con embetunada diarrea. Pasó el día y al siguiente, otra vez. Como al tercero de repetir mi papá se lo llevó temprano al veterinario después de soltar una sarta de lanadas de las cuales me hice la brocha, un tal Hermann Lesser que debía ser nazi refugiado en el país. Viejito alemán de aleve mal gesto que le mandó unas píldoras amarillentas. A pesar de ellas y de muchos otros viajes donde el tangencial viejito Lesser que ni pestañeaba, la diarrea no desapareció. Poco a poco el Duque, que no pasaría de los cuatro meses, perdió el apetito, debilitándose. Embargado de dolor intentaba morder todo y a todos, menos –irónicamente– a mi papá, quien en medio de su brusquedad era quien tempranito en la mañana lo sacaba a pasear, le daba su comida y lo llevaba donde el malhadado veterinario.

Finalmente un sábado estallé. El Duque estaba moribundo. Me sentía de una inverecunda impotencia estremecedora de verlo morir frente a mí sin poder hacer nada. Insistí tanto que mi mamá accedió a que nos fuéramos inmediatamente donde el veterinario. Como era sábado y más tarde en la mañana, estaba otro. Se llamaba Martínez del Rosal. Empezó a auscultarlo y de pronto dijo, "–Este perro tiene una pelota trabada en los intestinos–". Entonces se me vino de golpe el borrado incidente de la pelota de jacks. Como un moribundo que ve pasar toda su vida frente a sí, reviví el incidente y la rabia de mi padre por disturbarle su logorroico cafecito se me convirtió en propia por lo idiota de no llevar al Duque al veterinario cuando recién se tragó la pelota. Le hubiera ahorrado la terrible agonía, nuestra angustia y la suya propia. Grité todo lo fuerte que pude con un lamento de amargura que los niños no deberían conocer por el terror de tener un padre pustuliento como el que tenía. Esos desgalillados gritos atrajeron al alemán que recién entraba a la clínica con su porte europeo preguntando qué pasaba. Al ver al Duque dijo, "¿Sigue malito?" Martínez del Rosal ni levantó la vista. Nomás le piqueó, "tiene una pelota en los intestinos. Si llega a mañana lo opero temprano". Al alemán se le cayó ligeramente la mandíbula y abrió los ojos ligeramente pero no dijo nada más allá de un suavecísimo "Ahh..." que alcancé a oír, ardido, muerto de ganas de desollarlo vivo. El silencio más espeso cayó sobre su solícita presencia. Se fue de la clínica con su andar aristocrático de hombre blanco del viejo continente, seguro de sí mismo y limpio de responsabilidad, la espalda perfectamente recta como dicen los manualitos que debe ser la postura apropiada.

Nos llevamos al Duque de vuelta. Me desperté tempranísimo de mañana y salté de la cama como trompo. En cuanto vi a mi papá en camiseta abriendo un hoyo con la pala en el jardín un grito terrible desgarró mi piyama. Él nunca hizo trabajo físico. Nunca lo vi manejar una pala o abrir un hoyo en mi vida.

Estallé después en un sentido llanto que hizo fluir mis mocos con excesivo lujo. En la gran media hora de confusión que siguió, mi mamá me abrazó no sólo para consolarme sino también para impedir que corriera con toda mi furibunda impotencia de agresivo niño timado y descargara la cólera de mis pequeños puños sobre la espalda de mi padre, capaz a su vez de reaccionar con la más imprevisible y genocida de las maneras. "Se quedó mordiendo su costalito de brin" dijo mi madre. "Debió padecer mucho dolor. Dichoso que ya descansó".

Nunca se me quitó la obsesión por el Duque. Es una llaga que ha recorrido todo mi cuerpo desde entonces. No volví a tener un perro. Cuando pienso en el incidente no dejo de preguntarme, ¿por qué mi padre nomás me regañó cuando el Duque se tragó la pelota y luego no hizo nada? ¿Qué quería decir esa impotencia? Aun en los instantes de más alta y rapsodiosa ternura el más alto sentimiento que he sentido por él es una risible mofa embadurnada de superficial cariño. ¿Por qué dejó morir al Duque si él mismo lo quería, lo cuidó durante toda su enfermedad y lo llevó asiduamente al veterinario pagando el tratamiento de su disminuido sueldo? ¿No tuvo nunca voluntad propia? Ahora tal vez entiendan por qué podía sacarme de quicio lo de sacar un pasaporte en Río.

### 3

—...

No les voy a contar todas las peripecias del pasaporte porque en eso se nos va la noche. Digamos que me conocí con la doméstica, suave, asumible sonrisa de varios engomados amaneceres tristes todas las callejuelas de por la Praça Mauá. Allí quedaba la prefectura. Era un edificiote de cemento cuadrado, gris, despintado, de un pésimo gusto arquitectónico, como una gigantesca cagada de mosca. Por dentro estaba compartimentado en un sin fin de oficinas que me recordaron *El proceso* de Kafka, menos desde luego en las jetas mulatas de los aguacatones polizontes cariocas tan malencarados como cualquiera sólo que amulatados cuando no morados o barbipeludos. Por las callejuelas risopelibarburrientas había una abundante colección de porno shows baratos. También vendían buenos jugos frescos espesados por la polución enmedio del ensordecedor tráfico. Conocí partes del centro de la ciudad que nunca hubiera descubierto de otra manera. Era ese otro Río, el de Machado de Assis, tan legendario y romántico como casi desaparecido, y no muy recomendable para gente depresiva. Milagro de milagros, la Valéria salió de la larga odisea con su pasaporte en la mano. Seguía la visa del consulado mexicano y como creo que escribí alguna vez, "todo podía de nuevo recomenzar".

La cintura, la cintura, la cintura, la cintura, la cintura, la cintura, la cintura. ¡Afloja la cadera! Deliciosa esa otra "sopa de caracol", ¿no? *Conch soup*. Con rodajitas de guineo para que el banano no se aplatane. ¿Qué más se le puede pedir a la vida? Nomás que alguien le dé vuelta al CD o que pongan ese otro de boleros si queremos llorar. Pero eso mejor después de terminar, cuando ya estemos bolos que es la hora de llorar.

Hablaba de mi papá. No niego que la niñez la cargue uno como procesión que pesa desengaños. Es un *delirium tremens* transpuesta en *delectatio morosa* a la cual se le dan impotentes manotazos como a las moscas que le rondan a uno por la cabeza cuando picniquea a orillas del lago de Amatitlán. La lujuriosa naturaleza de Río que me sacó por cada poro del cuerpo esa cuota de febril encantamiento que siempre habría que tener en la vida, me dio la fuerza imaginativa para reconstruir ligeros espacios de mi pasado. La intención era la de llegar a tener como las cariocas un superávit de felicidad casi indecorosa. Entre besos y beijos divinos y dispersos, maluco, ficando todo enrolado, fui repensando la relación con mi padre para no seguir con esa cólera histórica e histérica que lo lleva a uno a las filas de los ejércitos revolucionarios con ceguera masoquista.

El problema era que mientras pensaba en eso, cargaba con la Valéria. En esas vueltas y revueltas por las ruas de la Praça Mauá, pensando y repensando lo carnavalesco más en sentido dostoyevskiano que en el de Ríotur, fui dándome cuenta que me sentía culpable por explotarla. La instrumentalizaba como carnada. Me sabía a agrio sólo porque me gustaba, cierto. Pero eso me frustraba y aunque descargara por otros rincones de Copacabana e Ipanema empecé a admitir que no es lo mismo desear a una mulatinha en abstracto al verla pasar con su filho dental que desear a una mujer por la cual uno siente cariñito y que además es carioquinha y usa filho dental. Es una línea fútilmente finísima pero fundamental.

*In short*, me empecé a enamorar de la Valéria, cosa rejodida cuando uno pensaba en el costo social de la revolución. No que fuera el único que despilfarrara la moral revolucionaria. Estaba el comanche que cerró el Club 45 para su uso personal y podría contar otras. Pero la meditación trascendental sobre mi enamoramiento *light* me llevó a pensar en por qué me metí a cosas de hombres en primer lugar. ¿Qué quería probar? Al fin, Miguel Mármol dijo que para que triunfara la revolución sólo se necesitaban dos cosas: marxismo y huevos. Sin embargo mis huevos los probaba más bien con las carioquinhas.

Dándole y requetedándole le atiné que tenía que ver con mi viejo. Me tocó mal negocio a la hora de la repartición de papás. Me salió un modelito defectuoso. Ante semejante vergüenza pueril, aprendí a compartimentar cosas. Pretendí de niño que no tenía viejo o que el verdadero era otro, uno difusamente imaginario que me inventaba en la pulcra lindura tímida de la fantasía color de azafrán, mientras escondía ante mis amiguitos que el de verdad no llegó a la casa por tercera noche consecutiva y mi vieja lo buscaba en todos los bares nauseabundos de la ciudad y hasta en la morgue. Calladito, eso sí, porque no fuera que fueran a decir, y el "qué dirán" era lo peor de lo peor que podía pasarle a una familia que, pobre económicamente y ramplona culturalmente, se consideraba aristocrática de espíritu. No se es chapín de balde, pues.

—...

Mi viejo estaba obsedido con la muerte. Pero como era tan rudamente cobarde y tan cruentamente débil ni siquiera tenía los huevos para suicidarse. Entonces chupaba. Se daba unas perdidas de película. Había que sacarlo como boquiabierto fauno inconsciente aposentado en la ahogante fetidez de aserrín de las cantinas y prácticamente revivirlo con sonda. A falta de suicidio exhibía un masoquismo inflexible que le permitía trascenderse mugrosamente a sí mismo. Sólo entonces se atrevía a hablar. Sus "desapariciones" en las más innobles cantinas de nuestra gloriosa capital plástica que ya es toda ella una sórdida cantina rabelaisiana, eran una forma ritual de combate para determinar sus virtudes y valor, su inocencia y culpabilidad. Se sometía a esa prueba para verificar que todavía le quedaba un asomo de voluntad y de control sobre su desbarrancada vida aunque la ejerciera sólo en el acto rebelde de ponerse bien a pija. Renunciaba a todos los poderes terrenales para entregarse de lleno al poder místico del abandono alcohólico que le posibilitaba vivir fuera de sí mismo, cambiar de piel, negar ser quien era y matar a ese otro que era él pero que no quería reconocer. Por eso su servilleta aquí presente creció con su autoestima ligeramente trastornada, abollada no sólo por los chinchones que me dejaba el pisado cuando su agresividad hacía mella en la guacalosa superficie de mi cráneo, reduciéndome el volumen de materia gris, porque fuerte sí era el hijueputa.

Me generó una necesidad de reconocimiento cabrón. Por pinches locuras de la época que me tocó vivir visualicé el mismo como entrar triunfalmente a la Guatepeor en un traje verdeolivo mientras las masas aplaudían histéricamente coreando mi nombre. De nacer en España hubiera sido torero. Era la pose de la foto famosa por la cual me preguntaron desde un principio.

—...

Cierto, vos Sibella. Divago. Le sacamos su pasaporte a la Valéria y con el apoyo económico de la vanguardia indiscutible del pueblo guatemayense conseguimos también su visa mexicana. Se acercaban las despedidas. Para mí, el momento de los insomnios. ¿Más ensalada? Aprendí de la V/V que el secreto de una buena ensalada es hacerla de los más variados colores posibles, vivarachos como retozo de delfines en celo. Como ven hay aquí verde, rojo, anaranjado, le mete uno pedacitos de todo, semillitas de granadilla, zanahoria. A su manera es otra sopa de caracol. Entra de todo. Seduce visualmente, arrulla el paladar y prepara las glándulas para lo que tiene que venir. ¡Sacude, sacude!

## 4

Quería despedirme de la Valéria sin interrumpir su frenesí con el Pensamiento para que este pisado no se echara atrás en su voluntad de viajar hasta Chilangolandia. A pesar de que estaba babeando por mi bella todavía peor que yo, al Pensamiento se le paraban los pedales y sentía fríito en el culo de pensar en regresar a Tenochtitlan. La Valéria le dijo que sólo un par de días, cuestión de negocios, que el corazoncito lindo se podía quedar en el cuarto del hotel todo el tiempo si quería y después para San Francisco y el Hawai a gozar de lo lindo. El Pensamiento pensaba y repensaba, poniendo su limitada cantidad de células cerebrales en *overdrive* para ver si se le prendía el escuálido foquito lo suficiente para vislumbrar lo más sabio en instancias tan comprometedoras. La ventaja para mí era que como la mayoría de los machotes el Pensamiento pensaba más con la punta de la verga que con sus muy disminuidas células grisáceas. El arte de la Valéria en esos trances era sublime. Avasallaba y pulverizaba hasta enhebrar un espacio dulcemente infernal en el cual el pobre hombre ya sólo miraba sus piernas morenas, sus recortadísimos pelos del pubis, perdido en la obcecación que dañaba el diseño del sueño, borraba la coherencia, encadenaba el deseo al rítmico movimiento de sus camotes que uno quería siempre besar, lamer, besar, arrastrado en el piso como lagartija, descoyuntándosele hasta el alma, perturbando hasta los ritmos más básicos, moviéndose como sonámbulo, anhelando el infinito momento en que ella, ella, ella permitiría otra vez que la lengüita húmeda coronara su clítoris mientras uno murmuraba "te adoro, te adoro, te adoro" como un mantra, frases que parecían chaleco salvavidas para un ahogado porque no existían palabras para nombrar la innombrable emoción que se sentía en ese exquisito momento.

La Valéria me contó que el Pensamiento dormía y comía poco. Menos que yo. "Existe uma coisa muito chata nisso, uma energia muito negativa, não sei direito ainda". Cuando salía de su aparthotel se sentía asfixiado como una foca enferma arrojada por la marea sobre una playa rocosa sin alientos ni para volver al líquido que sería su salvación. Pero en el aparthotel también se desesperaba y renegaba del amor que lo consumía y se lo llevaba al lugar prohibido, al espacio inefable. Lo hundía día y noche en la más jorobada de las angustias y en el más picoteado de los placeres, trenzados ambos de manera inseparable. La tortura en que era mejor estar con ella mal, pero con ella, que penando sin ella, sin verla, sin sentir su voz, sin escuchar sus enrojecidas quejas. Era la necesidad simbiótica de estar con ella.

Yo andaba igual. Muerto de celos. Pensé que era un momento adecuado para recomponer mi

situación con la V/V pero ella no tenía el sentido
de humor para entender o siquiera imaginar mi
predicamento. Seguía en su sazonado frenesí, tan
diferente del mío. Trabajar el día entero, cenar
cansada como rumiante lengua de buey, quejarse
enérgicamente del cansancio por abrir un día más
a puñetazos, mantener una cierta distancia física de
mi persona, brecha que no cicatrizaba nunca, la cara siempre súperseria como si padeciera dolor de
muelas, alegar exceso de, sí, cansancio, acostarse
temprano como las gallinas e ignorar olímpicamente
mi presencia en la cama excepto para quejarse
involuntariamente desde el fondo acuoso de sus
sueños de que movía excesivamente el colchón
cuando me masturbaba frustradamente a su lado.
Hasta para la pajita tenía que controlarme y hacerlo
dis-cre-ta-men-te. Sin embargo no la dejaba. Estaba
enredado en la trampa de la militante pura y dura,
consecuente, que me mantenía en jaque para que la
mala vida no me desbordara y me posibilitaba
conectes impecables con sectores responsables de la
sociedad ante quienes deseaba mirarme "respetable".
Bajo esa superficie nítida gravitaban mis fantasmas
que ahora ostento ante ustedes con lujo de
desvergüenza. Para no tronar recitaba masticada-
mente como las monjitas los cinco principios y las
diez ideas de nuestra organización para protegerme
de la lluvia o de la muerte. Pero por mucho que
medio recordara líneas tales como "la guerra
revolucionaria no es para nosotros solamente la vía
de la revolución, sino que es la estrategia global de
la lucha revolucionaria por la toma del poder, porque
concebimos que en esta guerra, si bien los destaca-
mentos militares juegan un papel decisivo y funda-

mental, deben ser complementados con la organización política y amplia de las masas", las imágenes que hinchaban mi desorbitada cabeza eran las de las frutales piernas musgosas de la Valéria, la cabellera renegrida en los pezones violáceos que me encantaba morder y verlos triplicarse en tamaño conforme ella aullaba quedito, los restos de semen vidriado y del blancuzco líquido de su sexo mezclados e indiferenciados, escurriéndose por sus muslos. ¡Y no poder verla!

Me ideé una noche secreta en que ella dejaría al Pensamiento sumido en la angustia más profunda, contemplándose su cara de mico en el espejo del baño mientras nos fugábamos al motelito del Vidigal sobre los melancólicos acantilados mullidos, rodeados de un mar salado y ruinoso, a vaciar la bragueta y clamar succión con ojos opacos, buscando forzar el goce con lujo de alaridos. La despedida.

Me enamoré. Era una locura. Me enamoré de esta loquita que no tenía razón de ser en mi vida, objeto proletario sacrificado en aras de su clase por la justicia revolucionaria sin la cual no se podía purificar el mundo nuevo que construíamos. Me estaba viendo mal. El revolucionario puro y duro no se enamora. No se aparta ni un solo instante de la línea vertical que es su consigna y su tarea. Claro. Lo hacían todos pero para eso existían las sesiones de crítica y autocrítica donde uno confesaba sordamente sus pecados en público y la responsable, una sacerdotisa hipnótica de pelos rubios y piel lechosa, le absolvía a uno sus crímenes e imponía la penitencia: limpiar letrinas, servir de correo en un operativo difícil, en fin. Pero en Río no existían los límites. Era gastos, desperdicio, exceso. Era perseguir sombras inconsistentes que ofrecían vértigo y néctar de luciérnagas. No había estructura, no había célula, no había nadie que me amarrara los deseos a la fría razón. No había nadie que me dijera que no conocía a la Valéria, que nunca la conocería, que no tenía manera de entender mi propia perversidad.

Quise dañarla para quitarme su tormento de encima. Fantaseé que sacaba la navaja suiza que la V/V me regaló en su malhadado afán de convertirme en *boy scout* y le tasajeaba turbio la cara dúctil con ella, le dibujaba garabatos de niño festivo en la panza, le diseñaba estrías ensimismadas en las largas piernas de su piel asombrosamente lisa y candente, a empujones y oscuras patadas la jalaba del asombrado pelo hasta el mugroso lavamanos lleno de agua cobriza y le zambullía la cara en el líquido hasta que pataleara por falta de aliento. Cuando ya estaba a punto de ahogarse la sacaba, dejándola que respirara apenas como vaca sedienta mientras le amarraba los brazos tras de la espalda. La dejaba caer en el piso y la orinaba toda, dejando que el dorado refresco recorriera su bien formada espalda como los afluentes del Amazonas. Luego le daba la vuelta y remataba tan preciado gesto depositando los últimos borbotones de mi chorro en su boca. Se medio ahogaba, tosía como manatí atrapado en una red de pescadores. Le volvía a dar vuelta con lujo de fuerza y empezaba a penetrarla rectísimamente por el añudoso ano apretado mientras ella se ponía lívida azulada y encogía las piernas con desesperación. Matar mi deseo por Valéria. Dejar ese exceso de pasión convertido en un espacio en blanco, borrón y cuenta nueva, recobrando mi autocontrol, mi frialdad, mi armadura emocional.

Desde luego no hice nada de esto. Era nomás verla y caía redondito, casi desmayado de puro deseo. Valéria, tensa, tensísima con la situación que vivíamos, con la inminencia de su viaje a México, con la ansiedad de dejar a su hijo con su madre, se me convirtió en la V/V. Me salió con que estaba con dolor de cabeza, cansada, muito cansada meu filho, y por qué nomás nos dábamos beijinhos y abraços, cara, porque no creía que aguantaba para más. Me dio un capricho de niño de siete años. Exigí mis derechos de penetración como pago mínimo por todo lo que hice por ella, sacándole pasaporte, comprándole ropa fina en las boutiques de la Visconde de Pirajá, manteniéndola en un aparthotel y enviándola a México con todos los gastos pagados. Que no chingara ahora y me saliera con que siempre no cuando era la última noche que la veía y ni siquiera toda la noche, un par de horas y ya, proletaria canija, antes la estrangulaba y la poseía que irme sin coger esa noche. "Olhe bem para minha cara, você está falando sério?" Se me salieron las lágrimas. Poquitísimo faltó para que no le descargara toda la fuerza de mi puño en el hocico. "¡Borracha!" le grité, estás así porque te tomaste más caipirinhas de la cuenta y ahora te me venís a dormir justo antes del *performance act* más delicioso que haya inventado la humanidad, chís la mierda.

Me enojó que en vez de gritarme de vuelta o insultarme, llorar o hacer algo, nomás se mantuviera con el rostro impávido, una sonrisa maliciosa en la cara y apretara su cuerpo desnudo contra el mío abrazándome con ternura. La V/V o me hablaría con ese tono metálico de sargento de los *marines* o si lo suficientemente exasperada tiraría cosas a lo largo de la habitación, me daría un puñetazo en el ojo, hablaría sin cesar hasta que desconectara y se me mezclaran los significados y significantes del mar de palabras disparadas en mi contra con la intensidad y fuerza de un cañón calibre 50. Me amenazaría, me destruiría con su fría lógica racional capaz de sacarle silogismos a la situación más inusitada, me odiaría durante tres semanas. En cambio la Valéria nomás se me apretujaba dulcemente, ausente y ensimismada, mientras más le soltaba mi retahíla de insultos. Era de lo más frustrante.

Apiadada de mí, haciendo acopio de fuerzas de flaqueza y evidenciando mi absoluta imbecilidad en el proceso terminamos en un abordante hundimiento tan olisqueante como indefinido. No hubo placer para ella. Sólo un mínimo borbotón de goce para salvar mi propio orgullo. Se nos acabó el tiempo, vino el empleado a tocarnos la puerta y servirnos los cafezinhos, nos dimos un beijinho de pajarito y agarramos nuestros caminos separados.

## 5

El día que se fueron los seguí hasta el aeropuerto. Toda esa tarde se oyeron cantar pájaros melancólicos y el ambiente estuvo pesado por las densas nubes bajas espesamente cargadas de agua. Sin embargo no llovió. Pude estacionarme cerquita del aparthotel y controlar esa histérica salida programada para justo cuando la mancha roja del poniente se reflejaba por toda la Lagoa ceñida de espejeantes edificios irisados cuyas caprichosas sombras moduladas por el brillo delicuescente recurvaban los corazones más violentos. Ya el horizonte marino está claveteado de oscuro.

Fue de lo más cómico. La Valéria, con una minifalda de *blue-jean*, una blusita negra minuciosamente transparente, un chaleco anaranjado y botas blancas hasta la rodilla, iba cargada con miles de chunches de todas formas, tamaños y colores, corriendo como ninfa alocada de una punta a la otra del aparthotel. El Pensamiento parecía un rechoncho estereotipo de traficante de cocaína, con sombrerito de palma blanca, pañuelo de seda amarillo al cuello, camisa verde perico y pantalones blancos que acompañaban a los zapatos igualmente blancos y lustrosos. Pretendía ser hombre de mundo exhibiendo lujo de calma pero era evidente su nerviosismo. Le temblaban las manos, tenía un tic de marciano en el ojo izquierdo, estiraba sin cesar el labio para abajo y fumaba los fugaces cigarrillos a medias, destrozándolos entre sus dedos crípticos. Tenían tiempo de sobra pero actuaban como si estuvieran a punto de perder el avión. Por fin apareció el taxi. Pararon todo el tránsito de la General Urquisa mientras cargaban lo que parecía más una mudanza que un viaje de algunas semanas. Pensamiento sacudía los brazos como loro con alas cortadas que desea fútilmente emprender el vuelo y formulaba ebrias frases de barro cuyo significado buscaba adivinar desde la distancia. Valéria agitaba histriónicamente su cuerpo. Era una escena de indescriptible exageración carnavalesca en la cual los dos se movían desproporcionadamente como títeres fuera de control. Los chillidos hicieron que los niños de la calle los rodearan como celebridades o bien para ver qué podían pillarse entre tanta alharaca.

Salieron doblando para la Ataulfo Paiva. Yo iba detrás a discreta distancia. Al llegar al canal que separa Ipanema de Leblon doblaron hacia la izquierda por la Epitacio Pessoa, circunnavegando la alveolada Lagoa esmaltada que enamora a cualquiera de Río con sus edificios de luces reflejándose como vangoghianas noches estrelladas que convierten la muerte en vida y la vida en fiesta al colar su agua de luna, antes de agarrar el túnel de Rebouças con su agrio olor a humo pegosteado de ajo. Casi se me pierden entre la salida del túnel y la entrada a la Avenida Brasil pero en esa anchura ya no había tanto tráfico y fue fácil seguirlos desde los muelles del puerto hasta Galeão.

Ya cerquita de la terminal no aparecía ni un solo carro y tuve que poner distancia entre ambos vehículos para no ser muy obvio. Observé de lejitos cómo dudaban sobre si descender en salidas nacionales o internacionales, deteniéndose finalmente en el lugar adecuado. Los rebasé rápidamente para estacionar en el parqueo enfrente del edificio de la terminal. Cuando entré ya estaban en fila para checar maletas en la Varig. Valéria me vio. Hicimos contacto de ojos fulguroso. Durante un brevísimo segundo se hinchó de júbilo. Recuperando el tino se hizo la disimulada con tanta obviedad y cruzamiento de pies que deduje que Pensamiento era un soberano pendejo para no darse cuenta de la cruda actuación. Escuché un retorcijón disonante de tripas al pensar que Valéria se me iba. Se disipaba trémulo su jeitinho dulcito y empalagoso.

Me alejé. Cerré los ojos y la visualicé como un hermoso y frágil pájaro con las manos tensas y el mentón altivo. Tenía que conjurar aquella niña loca que dormía satisfecha después de llenarse golosamente con su abundancia de hombres. Pensando en que la dejaba ir, que la abandonaba, me dio tal pena que casi me desata un ataque de asma. "Vaya", me dije mientras me limpiaba el rostro. "No soy tan de una vez insensible a pesar de todo".

No quise verla más. Preferí imaginarla porque era tanto más hermosa imaginada que en la realidad del aeropuerto con su ropa ridículamente grotesca y de lumpenesco mal gusto mientras el obeso cuerpo de Pensamiento se zangoloteaba a su lado como una araña de hule de ésas que venden en las ferias de pueblo. En mi mente, la sacrificada que tan lindamente aceptó el operativo porque me quería era una morena Mona Lisa contemporánea. Sin ropa era una princesa árabe tendida a todo lo largo de su alargado cuerpo, los ojos absortos en un más allá impenetrable, clarividente de radiante grupa, capaz de borrar la peor de las melancolías con una ligera sonrisa que exhibía aún dientes de niña sana.

Muy de reojo los vi pesar maletas, discutir con la mujer de Varig, pagar por el exceso, dirigirse a la cola de migración. Vaya que le di bastante efectivo a mi amada amante. Era lo más extraño del mundo pensar que lo hacíamos por la revolución. Era internarse en aguas pantanosas, turbias, me revelaba una zona de horror que no conseguía sacarme de la cabeza ni con un parpadeo continuo e invitaba a una rápida mezcla de whisky en las rocas con un par de tylenoles. Por muy grueso y aventado que uno sea no deja de tener su corazoncito ¿no? Eran caminos extrañísimos que parecían las rayas de los dibujos de los niños: totalmente arbitrarias, sin ir a ninguna parte. Pero la consigna era la consigna y gocé mi estancia en Río a costillas de la organización.

Distinguí cuando checaron migración y entraron a la sala de espera donde ya no tenía acceso. Me quedé vagando por el aeropuerto, comprando cachaça, cassettes de Milton Nascimiento y Paulinho da Viola, una *T-Shirt* amarilla de la CBF con las tres estrellitas del tricampeonato, comiéndome un sandwich, hasta que el avión despegó. Después bajé a verificar a Varig si todos los pasajeros abordaron el vuelo. Cargado de una melancolía que me pesaba peor que un ladrillo o un coco vacío volví por el carro rentado e inicié el triste camino de vuelta a la zona *sul* por la ruidosa autopista. Me sentía mal. Mi vida estaba controlada por otras leyes pero eran leyes que no entendía. Siempre le tuve fobia a las cucarachas pero ahora me sentía como una, sucia, inmunda, obcecadamente perdida entre objetos ajenos, temerosa de la pureza de la luz. Automáticamente me dirigí de vuelta a la Duque Estrada.

Al entrar al aparthotel el mundo volvió a iluminarse aunque era otro tipo de resplandor. Más parco, frío, como el reflejo de una noche de invierno en Estocolmo. Era la luz neón de un mundo controlado y racional que me establecía pautas, cuya lógica no me era ajena y cuya estructura de poder era nítidamente clara. Me sentí un parásito. Para vivir tenía que chupar la energía de los otros. En cambio la V/V era un huracán. Arrollaba todo en su camino, arrasaba. Su obstinación, su terquedad, su verborrea incontenible desarmaba al más valiente. Era una fuerza natural, fuerza descontrolada.

Llegar donde ella era escuchar su inagotable monólogo durante buena parte de la noche como un cadáver con un traje recién planchado. Me desalentaría por su uso y sobreabuso de conceptos positivistas. Tendría que oírla explayarse con lujo de detalles sobre el largo camino aún por recorrer para ser una persona políticamente correcta en un frustrado simulacro de comunicación. Pero al final dormiríamos. El cuerpo estaría tibio, dormida era cariñosa y cuando hablaba dormida hasta divertida porque era niñita y no monstruo. Los sueños atizaban el fuego de su voluntad, transformándola en fermentación cálida que arrullaba y facilitaba el descansar. Si la V/V durmiera siempre hubiera sido perfecta.

## 6

Uno de los grandes misterios de la vida fue la V/V. No me mirés pérfidamente Tacuacina. Siempre que se enojaba me miraba con ojos desorbitados de Robespierra inerte. No había suavidad ni disponibilidad en su mirada ni en sus gestos. Todo el cuerpo se le sacudía como traspasado por una corriente eléctrica. Después se ponía a llorar. Ese corpachón que pegaba más duro que yo, de caderas macizas y piernas de futbolista que destrenzarían a cualquiera en un campo de concentración nazi, se ponía a llorar. Siempre se me hacía inimaginable, un oxímoron. Victoria llorando.

Se llamaba Victoria porque su abuelo quiso homenajear a la reina a la cual nunca conoció desde luego en buen chapín. Por lo menos en una cosa acertó: la V/V era victoriana en su moralismo. ¿Por qué entonces se metió conmigo? Sin embargo debajo de su coraza, de su imagen mítica de Mujer-Diosa, Mujer Guerrera, Súperniña, era temerosamente delicada, una niñita en un cuerpo grandote, sorprendida por la maldad del mundo y con un destello en la mirada que es inconfundible. No quería volverse a casa y comer gusanos. Toda una perla victoriana. Por dentro era frágil pero con una concha de acero protegiéndola que era imposible abrir. Decididamente no era quién para hacerlo. Sólo podía ver la Mujer-Diosa, una proyección de mis propios miedos pero también una imagen que ella nutría para protegerse.

Ahora me siento como si destripé un pajarito, un colibrí coloraditamente fino. O como cuando extasiado de emoción infantil le tocaba las alas a las mariposas y lo único que lograba era destruirlas al impedir que volaran, quedándome con el polvo de oro entre los dedos. La última vez que la vi le dije, "esconde el antifaz de tristeza y ponte estrellas en los ojos. Escribe de lo lindo del mundo y dale de comer a la tierra". No le di mis fuentes. Shó vos Amapola Ojo Alegre. Ella se sentía vacía y vivía esa quimérica angustia fatigosa. Sin embargo no me soltaba. Intentaba cambiarme como si eso fuera posible. Se quejaba siempre de ser rechazada pero volvía por más. Era una neurosis que nunca entendí.

—...

Sí. Siempre reaccionó con violenta cólera, dolor y áspera sorpresa por mis dudas y angustias. Arrullada por las tibias olas irisadas de Río de Janeiro decía reconocer la naturaleza esencial de mis dudas acerca de nuestra relación. Cada gesto mío, cada acción, cada palabra, la obligaban a repensarlo todo como si hubiéramos tirado todas las cartas al aire. Cada día tenía el potencial de un renacimiento o de un entierro. Esa noche que se fue Valéria le pedí disculpas antes de que comenzara a insultarme. Lo que quedaba de la noche no bastaría para que me dijera lo que tenía que decirme pero una vez más reparó en que pidiera perdón. Le gustaba que uno pidiera perdón. Para mí era casi un reflejo condicionado. No tenía que pensarlo mucho. Sabía que si me disculpaba se ablandaría y ya. Lo hacía hasta con los ojos cerrados. "Perdón, mi amor, perdón". "Lo primero que quiero que sepás es que te quiero, pisado, pero desconfío. No creo que entendás lo que significás para mí. Sos un símbolo".

Efectivamente no lo entendía. Eramos re diferentes. Ella lo admitía pero decía que nos atraíamos por eso. La lógica se me escapaba. A mí me atraía su ser político. Le tenía fe ciega a sus instintos. Como andaba militando en la época dicha motivación no dejaba de ser poderosa. Pero lo demás me repelía y no encontraba cómo el ser diferente pudiera conducir a una atracción. Uno no podía ser amante por consigna y amantes éramos pésimos. "Quiero a alguien que represente un desafío. Alguien que me desafíe. Si eso no es lo que buscás vos no tiene sentido que sigamos juntos".

No era lo que buscaba. Pero cada vez que articulaba mis dudas se sentía amenazada y me decía que estaba destruyendo la relación. Mi hablar era su destrucción. La energía, según ella, se iba en plantear la duda y no en construir la relación. Se preparaba para dejarme pero no me dejaba irme. Esa fue una noche increíble por lo larga e intensa.

Siempre me quejé de su ropa porque se vestía como Víctor y no como Victoria, y mucho menos con secretos. Es decir, se vestía como anglosajona. Fachuda, ropa cómoda pero nada sensual que escondía el cuerpo en vez de resaltar las curvas, zapatos poco graciosos e indeleblemente masculinos. Esa noche estaba con un camisón de algodón con un cuellito victoriano de vuelitos bordados. Conforme se paseaba por el cuarto gritándome y discutiendo el enorme camisón volaba violentamente por todas partes como una aparición, la siguanaba, cada vez que se movía como una furibunda cautiva ligeramente atada al tronco de un árbol o bien caracoleando como un arisco caballo pura sangre. A mí me recordaba los peligros del mar. Las cejas eran regias, más espesas que nunca. Siempre me enamoré de las mujeres por sus cejas, sus antebrazos o sus camotes. A veces por los pies o manos, rarísima vez por el rostro, los senos o el culo, nunca por las orejas, sí por una cabellera espléndida. "...perdón, perdón, perdón..."

Efectivamente quería que me perdonara. Cumplida la tarea y despachado el Pensamiento necesitaba disciplina. A pesar de tener mi edad, era tan madura como demasiado poco engalanada. Además de encarnar la virtud revolucionaria, la pureza de la mujer nueva en el mundo que vendría y que sin duda sería muchísimo más aburrido al comparárselo con la maravillosa decadencia carioca capitalista que recién concluíamos. Si mujeres como ella llegaban al poder no tenía empacho en volverme hueco. Era como Cubita la bella sin ese desmadre maravilloso que relata Cabrera Infante en *Tres tristes tigres* que constituye la esencia de la vida. Sin carnaval, para qué vivir. Eso sólo se le puede ocurrir a un puritano enemigo de la noche o a un místico, y todavía este último vive el carnaval en su alma. "¿Por qué no salimos mañana a cenar al Grotto Mare? ¿Recomenzar de nuevo sobre un buen pie y mejor comida, meu bem?" "No me cito con imbéciles". "Sólo los contratás para tus trabajos". "Vos no estás bajo contrato". "Vos no estás bajo ninguna obligación. Si querés que me vaya, decilo y ya". Pero no lo decía. Se contentaba con regañarme, decirme de todo, abusar de su machismo insultándome con las más gruesas lisuras, agredirme sin cruzar esa línea invisible en la cual me pediría que saliera de su vida. "...perdón, perdón, perdón..."

"Te envidio tu irresponsabilidad. No puedo ser así. Ni me imagino siquiera cómo se puede ser así. Te acostás con cualquier puta y de allí la descartás fresco como una lechuga como si fueran cáscaras de banano que uno tira al basurero junto con los condones usados. Después decís que andás metido en babosadas para mejorar la condición del pueblo cuando al pueblo, o la mitad de él al menos, ya te lo recogiste y tiraste a la basura con una superficialidad y cinismo que no atino a comprender". Sabía que era cosa de aguantarme el chaparrón. Ella disfrutaba esos lances retóricos pues sus orgasmos eran orales y su oralidad se expresaba verbalmente como esa explosión de burbujas olorosas a dentífrico de todos los grandes oradores de la historia que preñadas de amor propio dejaban al desnudo frases altivas recargadas de tormentosos presagios. "Te engañás, Victoria. Tu única pasión es la política. Los hombres sólo forman el marco de un valioso cuadro que vos misma has pintado y que es tu vida de activista".

Intenté darle un beso en la mejilla pero se hizo el quite. Las lágrimas le rodaban por los cachetes de melocotón, coloreándole una amargura cartilaginosa que surcaba su rostro descompuesto como si la hubieran capturado y desfigurado con lujo de latigazos. Me desarmaba y decepcionaba verla llorar. Sabía que tardaría días en disipar esas marcas de tortura. Detestaba su falta de sentido de humor en esos trances ilógicos envueltos en su discurso cargado de razón, preñado de virtudes. Le sugerí que la paráramos y nos fuéramos a dormir, a menos que no quisiera que me quedara. Lloró, gritó y le zumbó tanto el pocillo que retrasó horas el ansiado momento en que pude refugiarme en la fragancia de los sueños. Sólo durmiéndonos podíamos ser otros, los que fantaseamos desde que nos conocimos, los que nunca fuimos en la realidad.

—...

¿Más vinito? ¡Chupen, con lo rica que está la noche! ¿Vos Santos Reyes? ¿Tacuacina? Miren al Literal y a la Amapola Ojo Alegre. Ellos sí tienen un aferramiento brutal al culto de Baco.

## 7

En cuestión de días la sexofóbica V/V y yo repetíamos la ruta de la evasión. Ahora ella se iba pero en otras circunstancias. Se volvía para ese indigesto país donde por pura mala pata nos tocó nacer. ¿Qué es ser guatemayense? En el mejor de los casos un apabullado patán avergonzado de sí mismo que busca aniquilar esos sentimientos con soberbia alcohólica.

—...

Como ven, las cosas entre nosotros variaban con la rapidez del clima de San Francisco. Como buena relación neurótica, el día de su ida a Guatemaya estábamos con cariñitos nerviosos mientras pegaba un par de brincos de canguro hacia la ventana cada vez que escuchaba el ronroneo de un automóvil en espera del taxi que nos llevaría. Cuando por fin llegó, bajamos de prisa por el elevador cargando sus maletas y corrí por el piso de mármol con tal celeridad que casi me resbalo y caigo de bruces clausurando mis dientes para siempre. Me hizo recordar, con un sentimiento de temor, otras despedidas menos tiernas de mi infancia.

—...

En serio, vos Malacate. La infancia marca los abandonos. El más común era el de mi jetudo padre. De eso les platicaré otro día. Se iba a trabajar y nunca sabíamos si regresaba. Era un temor ampuloso ver a mi mamá desesperada telefoneando a todas las cantinas de la ciudad y la mal disfrazada tranquilidad mezclada de aguda cólera de cafetera hirviente cuando descubría que estaba en tal o cual. A veces hasta se escuchaba su voz subida desde la vía telefónica hablando sin cesar, contraste brutal con su mutismo cotidiano de sobriedad triste bigotudamente bizca. Su cara lustrosa, los ojos como calamares y el cabello negro alejándose progresivamente de su ancha frente, se iluminaba al volver envuelto en radiante vaho alcohólico y tufo de tabaco. Esto podía suceder días después, cuando por fin reaparecía con el traje arrugado y la corbata con vómito tieso jalada hacia un lado. Su gracia singular era abrazarme. Eran las únicas veces que lo hacía. Me desataba una náusea vertiginosa con su aliento etílico mientras declaraba su amor con tono bromista y un aire fiestón.

Como un desconchado soplo de aire fresco que descendía por entre los doentes, dundos Dois Irmãos, un ángel invisible y oscuro atravesando fulgurante por Leblon e Ipanema de sur a norte, o bien la estela anaranjada del sol poniente convirtiendo la Lagoa en una bañera color de mercurio oxidado causando el más ligero de los escalofríos insólitos, la V/V se fue mientras la oscuridad cubría Galeão, de manera que cuando ya volvía de dejarla los aviones militares estacionados cerca de la pista parecían dinosaurios fantasmas colocados allí para atormentarme el alma. Se me salieron un par de lágrimas que me nublaron la vista y supe lueguito que no eran por ella. Los límites de mis sentimientos eran los límites del mundo. Era una especie de "no llores por mí, Argentina". Un poquito por Valéria, por el deseo de abrazarla otra vez, sentir su carne suavecita y atrayente pegada a mi cuerpo sudado. Pero más que eso, era la realización de lo solitario e hijo de puta que era.

Mi consigna era quedarme en Río unos días más por lo del *alibi* en caso de que saliera mal el operativo. Al fin, Valéria no estaba organizada y podía cantar. La Federal de Seguridad Mexicana con Nassar a la cabeza se podía poner pesadita con los compas si el turco no estaba metiendo carros chuecos por San Diego en los momentos que surgiera un clavo. Es mejor precaver que precadáver. Cada ciertos días iba a un apartado postal del correo de la Avenida Marqués de Sao Vicente a recibir información en clave. Terminé haciéndome amigo de una morenita que atendía allí y se quejaba de la clientela. Querían que trabajara rápido y eficientemente con lo mal que les pagaban. Como a mí me valía y tenía todo el tiempo del mundo pues terminamos de confidentes y la morenita anónima se enteró en portunhol de muchos de los sentimientos que desgarraban mis pobres tripas corroídas de ácido mientras recortaba revistas de mujeres para confeccionarse trajes igualitos a los que lucían las actrices de telenovela más de moda en aquel momento.

La mayor parte de las veces no había nada en el apartado. Era lo del coronel que no tenía quién le escribiera. Los días pasaban. No tenía la menor idea del tiempo transcurrido. Me sentía con una soledad rosa ocre, una tristeza de muebles con tapicería de terciopelo rojo, perturbadoramente abandonado, víctima de una maldición desquiciadora. En uno de esos días cualquieras en que amaneció nublado, con el viento bajando por entre los Dois Irmãos y el puro cansancio físico del estrago del trago de días lo hace a uno pensar que parece invierno afuera y una tundra dentro del corazón, apareció una cartita descolorida. La abrí presuroso, rompiendo el mensaje con los dedos atolondrados. Venía en clave. Apenas si me la recordaba aunque tenía embutido el código en algún lugar de mi habitación, si no en mi corazón. Pero quedaban en mi memoria suficientes elementos, aunque apergaminados como los espantos que rondan las casas coloniales, para entender el grueso del mensaje. El operativo fue un éxito completo. Valéria volvía al Brasil en tal o cual fecha. Yo debería reportarme a mi responsable en México a más tardar en tal otra. Cifras frías, ausentes de emoción, vacías de pasión, carentes de ternura, escritas por algún chaparro bigotudo sapurruco que no era sino una tuerca más en el vasto engranaje del desdén y deshumanización que era mi querida vanguardia, la arquitecta del hombre nuevo. La carta llegaba con el consumado atraso de todas las comunicaciones entre el Brasil y México. Eso quería decir que a esas alturas ya Valéria estaba de vuelta en la cidade maravilhosa circulando su pequeño taxi por la Tijuca en su traje anaranjado y sus sandalias doradas movida por algún frenético deseo de reparación.

## 8

Déjenme servirles otra copita... ¡No se hagan de rogar! ¡Esta noche somos dioses, somos dioses! Aprendan de la Amapola Ojo Alegre que no sabe decir que no. Así me gusta, Literal, Santos Reyes, gracias por aceptar esta graciosa dádiva del sagrado valle de la Napa. Les decía que la Valéria volvería perturbada porque para convencerla de que se fuera le hice una oferta que no podía rehusar. Le dije que después de volver me la llevaría a los Estados Unidos conmigo. Sobra decir que ganas no faltaban. La sola idea de vivir con esa mujeraza me causaba una erección ardiente casi tan fuerte como la argamasa de las pirámides. Asimismo la idea de tirarlo todo por la borda y lanzarme hacia las Calipatrias para recomenzar de nuevo, sólo que ahora teniendo el amor como centro, el amor, que no por mítico menos delicioso, me causaba un estremecimiento que agitaba por los poros de mi malhadado cuerpo los malos vapores del sufrimiento violinesco. La verdad, empecé a dudar de muchas cosas al encamarme con la Valéria pero no tenía los medios económicos para escaparme a las Califas. Era un vil burócrata que devengaba su sueldo mensual, sólo que en una empresa tantito más azarosa.

La V/V en esas circunstancias era también una tentación, no sólo porque su disciplina de mujer fornida y despótica opacaba el aburrimiento de su ética compañía, sino porque los millones de su familia no dejaban de deslumbrar al menos ético pero más herético de los pelados. Quedarse con ella simplemente para heredar no dejaba de ser una tentación abrumadora. Claro. Implicaba casarse y todo ese lío que no estaba deseoso de digerir, pero ni modo. Hay precios a pagar en esta mugrosa vida cuando uno llega desprovisto de recursos. En esas circunstancias no tenía alternativa. Me plegaría a la disciplina militante y volvería ante mi responsable en el término de la distancia. Siendo el año que era y las circunstancias del mundo tan asombrosamente diferentes a las actuales, enmedio de mis instintos de libertino todavía creía en la certidumbre de la victoria final. Por lo tanto no hubo chance de que desobedeciera la consigna de volver a México. Pobrecita la Valéria. Pasaría a ser un *ítem* más de esa larga lista que denominábamos "el costo social de la revolución".

No era tampoco que me evaporara en el tenue aire marino que ascendía por los morros de Río hasta inundar de tufo tropical las narices del Corcovado. Mientras la lindísima de la piel más lisa andaba por tierras toltecas le escribí una fría carta que deposité personalmente bajo la puerta de su apartamento. Toqué el timbre y me alejé. Alcancé a ver cuando la negrita flaca se asomó con pasos deslizantes, miró en todas las direcciones con ojos asustados dignos de una película de Hitchcock, percibió el objeto blanco a sus pies con ojos de buey nordestino, lo recogió como si estuviera marcado "frágil" y cerró la puerta tras de sí rodeada por una misteriosa neblina invisible.

No sé francamente qué fue lo que me llevó a optar por esa salida. ¿Sería que me consideraba fuerte en el manipuleo del lenguaje ante la pobre Valéria que apenas sabía leer y escribir en portugués? ¿Sería señal de mi propia cobardía, de esa gusanería tan típicamente chapina que impedía que uno mirara al otro a los ojos? ¿Sería la versión melancólica de todo un proyecto lunático en el cual me embarqué sin medir las consecuencias y que intentaba infructuosamente resolver por medios muy fuera de lugar? A saber qué fuerzas me comandaban a veces en el desarrollo de estos sentimientos tormentosos que me deshilachaban como ráfagas de viento huracanado dejándome oscilante como triste bandera abandonada a su suerte. Violines por favor. La cosa es que así lo hice. Le escribí en un portunholcinho corregido por la morenita del correo los hipócritas azotes de mi alma de acuerdo al personaje público que adopté como pantalla.

Intenté imaginármela muchas veces llegando exhausta de tanta emoción interminable, *jetlagged*, al borde de un ataque de nervios por el largo viaje y porque le empezaba a entrar hasta lo más hondo del cerebelo el triste fin de Pensamiento y su complicidad en tal destino. Confusa y nerviosa a su entrada a Galeão como venado que intuye los cazadores de medianoche, temerosa de ser arrestada, de que todos los que están allí saben quién es y qué fue lo que hizo, convencida de que los agentes de aduanas la van a arrestar, sorprendida de que la dejaran pasar a pesar de todo, pesimista sobre si le alcanza el dinero para tomar un taxi hasta su casa. Finalmente llegar gozosa pasos antes del sueño y encontrarse con mi carta. El corazón palpitándole al verla, tirando por un lado el vestido de escote abierto, entreabriendo los labios en cansada pero dulce expectativa, los ojos cándidos de párpados pintados luchando por mantenerse abiertos y relamer cada una de mis palabras con cada una de sus largas pestañas negras ya humedecidas de la emoción, las mejillas encendidas traicionando su ímpetu por empalagarse de mis declaraciones de amor.

Enseguida, palabra a palabra, como sacudida por un inesperado terremoto que le congelaba las venas en un oblicuo chillido y soltaba las amarras de todos los músculos del cuerpo, descubrir la arenosa verdad. Masticarlas una a una las infames, las traidoras palabras hipócritas, pretendiendo que mis oraciones no tenían sentido, que su significación no era ésa, la que ella leía, que tenía que ser un error o estar escrita en clave, o bien alguien me forzó a decirlo a punta de pistola, palabras que ahogaban, que pesaban como las bases de cemento con las cuales la mafia tiraba a sus víctimas al agua. Sentiría que el corazón le quemaba y que si no se recostaba le iba a estallar. Tal vez si dormía, ya no estaría allí la carta al despertarse o bien diría otra cosa, las palabras cambiarían de significado, apuntarían en direcciones diferentes. Sin duda era su cabeza la que se confundía porque lo que estaba escrito allí, no podía ser. Sencillamente no podía ser. A duras penas llegaría al dormitorio, dándole rienda suelta al rebalse de sus lágrimas, dejándose caer con todo su peso por sobre la cama sin la energía de sacarse las pocas prendas que aún llevaba puestas y sumirse en un sopor que creaba tan sólo la ilusión del descanso porque atormentaba el alma hasta dejarla seca de energía. Fui el hijo de puta que ocasionó eso. Todo eso y más que ya les contaré.

—...

Partí un par de días después para las alturas de Tenochtitlan, Tacuacina, sin machu-pichear en ningún momento. Tripliqué la ya malhadada ruta que bordeaba la gloriosa Lagoa embadurnada de naranjas seguida del insípido túnel maloliente, la enmarañada mezcolanza de vías de cemento grisáceo y descascarado que conducían hasta el puerto desde donde uno bordeaba las hermosas estructuras coloniales ubicadas en las islitas enmedio de la bahía de Guanabara, tanto más bellas conforme se iluminaban por la noche, en busca de ese otro epitafio de espanto modernista, la avenida Brasil, que finalmente me conduciría a las penumbras tranquilas que envolvían a Galeão. ¡Qué no daría por que ciudad Guate fuera como la cidade maravilhosa! Al repensar a Chipilínlandia con su pistita de aterrizaje colgando sobre el barranco como los jardines de Babilonia, su torrecita del Reformador y sus angostitas avenidas que sólo los santarroseños confundían por grandes bulevares, no dejaba de darme cosa en la panza por provenir de las más interiores y recónditas partes del íleon, posiblemente el yeyuno del mundo, y nuestra ciudad capital no sería sino la válvula iliocecal de tan baja y prosaica digitación cósmica.

Y, ni modo. Ahí nos tocó por ladinos. Qué le íbamos a hacer. Además, como en esa época era bastante más sirínico en mi rechazo al doctor Fraude, decidí por decreto que no me sentiría culpable por lo pasado. Era una tarea. Estaba bajo consigna. Este capítulo que cerrábamos era nomás el costo social de la revolución. Si la Valéria se jodió, fue por bruta. Por no atinarle, por dejarse dar atole con el dedo. No me iba a sentir culpable. A lo hecho pecho. Un par de tragos en el avión que se cuadriculaban por la presión de la cabina y me ponían a navegar en etílico esperpento bastaban para borrar el simpático episodio de mi conciencia. Al fin, toda mi vida no era sino una novela, fluyendo con elocuencia de ámbar rumbo al mar color de rosa, aguas tibias con ecos irisados, recubierto de las flores blancas de Yemanjá. Escenas de una diáfana delectación sensual que producían hormigueos en la piel. Nos sentíamos dioses. Todavía no sabíamos que éramos ángeles caídos.

## 9

Quiero escribir un cuento en que una persona es torturada. Conforme la torturan, recuerda todos los poemas que escribió desde niña como proceso para reconstituirse y no ser "borrada" de la historia por los militares.

    —...

    ¿Que si ya me zumbé? No jodás vos Literal. Zumbado o tarado no es sino el hombre de culo aguado, así que aguas, máistro que si no te la damos en el trasto. ¡Azúcar!

    —...

    Shó Santos Reyes. Empínese esa copita. Mi narración se acerca vertiginosamente a los Panajacheles. Algo les anticipé hace rato. Pero primero los platitos. A ver, tenedores también. Vacíen copitas. Se viene un vinito diferente y démosle vuelta al cassette, ¿no? ¿O quieren volver a oír "Sopa de caracol"? Por cierto, les tengo que contar también de esa canción para no hablar de los efectos mágicos de la *conch soup* que ya irán descubriendo como por la hora del postre o a más tardar cuando lleguemos al coñaquito. ¿Sale?

Queso roquefort, *chevre* con ceniza o
Camembert maloliente pero no muy reseco

1

Las tareas no se acaban nunca y parecería que mis
dotes de culero o de camaleón sin don servían para
cierto tipo de necesidades menos fumigadas que las
de los combatientes en el roído macizo montañoso.
Pero de todo existe en la villa del señor y de todo se
necesita en una organización político-militar. No
tenía alternativa. Ilota que era, nomás recibía orien-
taciones de mi responsable. Estaba compartimentado de las otras estructuras. Se establecían erizados
mecanismos de comunicación, pustulosas claves,
las formas de embutir y me soltaban a la calle a
hacerme el loco. Pero como el mundo es un pañuelo,
por no decir que es un naufragio de sueños inútiles,
la siguiente tarea iba sorprendentemente a acercarme a las aguas azules del lago más lindo del mundo.
     Primero déjenme cerciorarme de que todos
tienen un platito limpio y cuchillo para su queso.
Me perdonarán el esnobismo vos Literal pero lo
vamos a hacer a la francesa, señores. Sí, Amapola
Ojo Alegre. A la francesa. El queso después de la
ensalada. Nada de esas gringadas de servir queso
como boquitas.
     —...
     —...
     El queso desde luego no lo hicieron mis ma-
nos. Es puro queso francés, eso sí, porque la
fragancia y el aroma tienen que tener una exactitud
olfática que simplemente no la dan los quesos

locales. El queso es como el beso. El beso no necesariamente requiere de dos pares de labios porque el
beso puede darse en la aspiración del queso, cuyo
emoliente masticamiento responde al más básico
impulso libidinal estimulando las papilas en un
gesto pre-orgásmico mientras se empapa de los residuos del último trago de vino. Queso perfumada-
mente humedecido, queso penetrado por el tinto
líquido, merecido emolumento de quien a la boca
se lo lleva empavonado. Unidos en la boca queso y
vino se entremezclan para alfabetizar el esófago con
su sabiduría de musgo suave, reverdeciente, que
sólo produce la correcta mezcla de las cenizas con
la sal y leche vestida por el frondoso perfume de uva
pulsante que se desparrama gozoso por la florida
cava.

Para contrastar, desde luego, tan peregrina
hermosura, comparamos dichas sensaciones con el
más cáustico, el más punzante sabor del roquefort
cuyos verdes musgos salados confrontan la lengua
con la intensidad emotivamente pringueante de un
ligero latigazo de amor. Gorgojeante mientras
atraviesa la tersura de la lengua reclamando líquido
que lubrique sus ebúrneas sendas, la mordida invita
a la bebida que invita al hálito del beso que conduce
a la lujuria que resuena en el punto más oscuro y
húmedo de la garganta con la clarividencia del sol
de mediodía sobre el tibio mar tropical. Conforme
se come el queso gotean las bocas su ámbar de deseo
y se tranquilizan las lenguas con el lento deslizarse
del fermentado jugo de uva que insinúa plenitudes
incomprensibles en el borde de los dientes.

Admiro la precisión gala para extraerle
preciosamente con bisturí el preciso sabor a la mezcla

de productos podridos pérfidamente indigestos como la ceniza o el moho cuando recubren con éstos la pureza de la leche. Te estás burlando de mí Sibella, ya te reíste. No me jodan. Con ustedes no se puede tener gustos refinados ni dejar que los manjares inspiren la lengua en la impetuosa erotización del lenguaje, el deseo de la lengua de acercar el paladar a la palabra. Salvajotes, bolos, coman. Aquí hay pan baguette que por favor me lo parten con la mano porque es mala suerte en el país vasco meterle cuchillo. Vos Malacate que estás cerquita de la botella hacete el favor de servir más vinito a los que ya empinaron sus copas.

—...

Decía que a mi vuelta a México me cayó una nueva tarea no menos ignominiosa que la anterior. Según lo explicó mi responsable, un compa nuestro cayó en un operativo en Guate, desarticulando buena parte del frente urbano. El golpe fue duro. Parecía que cayó porque lo denunció un infiltrado que conocía bien la orga. El infiltrado estuvo en el frente urbano, subió a la montaña y ascendió hasta segundo de Camilo que comandaba el FACS, Frente Augusto César Sandino, que cubría el altiplano central. Conocía a compas del trabajo amplio y del interno. Sin embargo los compas lo dejaron andar. El comanche en jefe se enredó en otros asuntos y no contestó los informes que se le enviaron al respecto.

—...

¿Que en qué andaba el comanche, Literal? Híjole, en tantas cosas. Una vez andaba pensando tanto que se le olvidó que iba manejando y estrelló su jeep contra la paredota de la vieja Escuela Politécnica que ahora la usaban como centro de torturas de la G-2. De allí se les escapó Edgar Zelada, un cuate que conocí después en México y me contó cómo se descolgó del muro. El comanche se fue a chocar contra el torreón y no tenía licencia para manejar. Los soldaditos que cuidaban saltaron para ayudarlo, preguntándole si estaba bien y sacudiéndole el polvo de los pantalones. Como lo vieron tan respetable, todo un caballero que bien podía ser miembro de una de las familias más poderosas del país, ni le pidieron papeles. Les podría contar otras pero entonces se me va el hilo de mi propia historia.

—...

No jodás, Santos Reyes. Dejame seguir. Mi responsable se puso los anteojos de sol para subrayar lo intenso del momento. Me dijo que el infiltrado en cuestión estaba en el DeEfe. Al fin, Tenochtitlan era una casa de putas. Parecía Tánger en la segunda guerra mundial. Uno se encontraba a todo el mundo. Como se irán imaginando, me fue cayendo la tarea de trabar amistad con éste para poquito a poco jalarlo donde los compas pudieran agarrarlo para hacer justicia revolucionaria.

—¡¡...!!

Parecería que no tiene que ver con la Valéria pero ya van a ver que sí. Paciencia piojos que la noche es larga. Así pues, empecé a trotar por los cafés del DeEfe en busca de otro que cruzó la raya entre el bien y el mal. Nosotros mugíamos una actitud dogmáticamente cristiana. El bien y el mal estaban claramente delineados y eran perceptibles en el lujurioso ser humano. Los buenos eran los revolucionarios, los que se sacrificaban por el pueblo, los abnegados, los modestos, los que borraban su indivi-

dualidad, los que se levantaban a las cinco de la mañana a correr en el Campo de Marte y se acostaban
pasada la medianoche después de hacer los últimos
embutidos y escribir el último informe que nadie
en la Dirección Nacional leería. Nos decíamos
marxistas-leninistas guevaristas pero en realidad éramos unos místicos teresadeavílicos-sanjuandelacrú-
cicos. Como al fin y al cabo ninguno de los
militantes había leído ni a Marx ni a Lenin no había
clavo. La gente conocía los cinco principios y las diez
ideas. Algunos la línea militar y la de masas pero en
versión abreviada. Nadie se hacía bolas. Lo que
querían era quebrarse chafas. El marxismo-
leninismo no era más que un mito de cuerpo entero,
inmortal en la ignorancia que proyectaba en todos
sus fieles. Una frase, un enunciado *sous rature* como
se dice ahora, que inspiraba energía moral, generaba
intensidad mística de dimensiones imprecisamente
gulliverianas. Y como para la mística no hay como
los cristianos, eran ellos los que se rayaban en estas
actividades. Los más abnegados, los más disciplina-
dos, los trabajadores más duros, etc. La bronca era
que aunque aceptaban superficialmente las consig-
nas marxistas-leninistas en realidad seguían creyendo
en jesucristo súperestrella y en los principios cató-
licos que nosotros abjurábamos. Por el otro lado
estaban los indigenistas que admitían que se metieron para montar su propia conspiración dentro
de la conspiración como decía el Pablo Ceto. Tenían
su agenda muy suya. Coherencia ideológica en el
EGP pues, ni la mencionen. Era un vibrador sin
baterías.

Luego estábamos los insumisos que sentíamos que no subirse al carro de la historia en esa

coyuntura era ser pura mierda. Sin embargo, reconocíamos una despeñada contradicción dentro de nosotros mismos. No distinguíamos claramente entre el bien y el mal. ¡Viva el anarquismo erótico! ¡Viva Nietzsche chancroso! Teníamos una compulsión hacia la maldad como parte de nuestra tosca existencia que forcejeaba continuamente con nuestro lado bueno por decirlo de alguna manera perfectamente disneylándica. Sabíamos intuitivamente que el secreto para vivir plenamente era hacerlo peligrosamente y confrontar la muerte cara a cara. A lo único que le teníamos horror era a una vida aburrida. No militábamos por caridad cristiana. Pensábamos que todos teníamos la posibilidad de ser fascistas, en nuestra cabeza y en nuestro comportamiento cotidiano, en nuestras palabras y en nuestros actos. Era una fuerza helada que emergía desde lo más profundo y nos empujaba hacia el desmadroso placer, hacia la ambición de poder, hacia nuestra capacidad de matar a otros. Era ese lado perverso, retorcido, que nos permitía gozar cuando nos quebrábamos a un pobre soldadito y todavía lo rematábamos dejándolo como colador. Claro, los hijos de puta eran peores. Nosotros nunca nos comimos los hígados de nuestras víctimas como ellos ni les cortamos los huevos a los hombres, ni les sacamos los fetos a las mujeres, ni... uy, perdonen. Dénse otro traguito para lavarse el saborcito ese.

—...

Tranquila, Amapola Ojo Alegre. Por culpa de esa vertiente cristiana, en esos años todavía teníamos miedo de ser nosotros mismos. Aún buscábamos autoridades que valoraran nuestro comportamiento. No sabíamos que teníamos dere-

cho a jugar y que la verdad no podría encontrarse
ni dentro de nosotros. De lo único que no sentíamos
miedo era de morir. Eso venía con el territorio.
También la certeza del triunfo, de que la historia
estaba de nuestro lado. Dentro del país lo único que
una persona seria podía hacer era militar. No había
alternativas. El ejército se encargaba de obligarlo a
uno a entrar a puro huevo a echar verga. No era una
experiencia límite. Era una experiencia reducida.
Surgía fuera de nuestro control y voluntad. Aunque
hablábamos de la necesidad de crear el famoso
"hombre nuevo", no dejaba de ser otra consigna
fantoche porque nadie sabía cómo hacerlo. Quienes
tenían claridad eran los cristianos pero su abstemio
modelito casto nos quedaba corto a muchos. ¿Le
podés dar vuelta al cassette, Sibella, porfa?

## 2

La organización me pasó las fotos del compa, todo
sobre sus movimientos. Leí informes de sus
características y de sus actividades. Éste no era
mujeriego como el Pensamiento. Coche Contento,
como terminé poniéndole de seudónimo, en
realidad ni era tan coche ni muy contento que
digamos. Grandote sí. Cachetón. Altote, nalgudo.
Pero no gordo. Era un tipo más bien fino, aunque
hablaba lento y bajo como pitón del Petén. Destilaba
buenos modales y buen vestir. Tenía una mirada
profunda que burlonamente podríamos definir
como "satánica" y una boca en perpetuo gesto de
caracolado enojo. Su coquetería la ostentaba en su
ropa. Esta fichita venía de buena familia. Era
evidente en cada uno de sus gestos y ademanes.

Tenía un "don de mando" que desentrañaba sus movimientos lentos y solemnes. Lo conocí en un bar de la Zona Rosa donde me informaron que solía aparecerse. Me topé accidentalmente con él. Le pedí mil excusas. Cuando me soltó su "no hay de qué" le pregunté, "¿Usté por acaso no es guatemayense?" "Sí, cómo no", dijo asombrado. "¿No me diga que se me nota?" "No se le nota, se le oye. Los chapines siempre creemos que no tenemos acento. Nos burlamos del cantadito mexicano, pero ya fuera de Guate se nos distingue a la legua. Es impresionante, la mera verdad, usté".

Insistí en invitarlo a un trago. Aunque recatado, terminó por aceptar aunque no dejaba de escrutarme con ojos chispeantes. Empezamos una conversación banal sobre la nostalgia del país, preguntándole, como si no supiera, qué estaba haciendo en México. "Negocios, nomás. Pero se me complicaron y me tuve que quedar unos días. Además, ya sabe usté. Nadie quiere invertir en Guate ahora con el relajo que se traen los subversivos. Creen que el gobierno está a punto de caer o cualquiera de esas babosadas que salen en la prensa mexicana". "Sí pues, usté. La verdad, no muy le atino a la política, no me gusta, pero es un escándalo eso que está pasando en Guate. Daña la imagen del país". "Arruina todo, usté. Nadie quiere comprar nuestros productos. A los turistas les da currutaca y dejan de venir, hablan mal de uno en todas partes, hasta en Miami. No sabe el daño que ocasionan esos babosos". "A mí lo que sí me contaron fue que hasta volantearon las procesiones de Semana Santa con esa su propaganda subversiva". "Imagínese usté, ya nada es sagrado. Hasta las procesiones, figúrese. Allí los pobres cucuruchos que no sólo les pesa el santo sino encima tener que romper su concentración por las porquerías esas... no puede ser. ¿Adónde vamos a parar usté? Es que bien dicen que en Guatemaya la gente sólo es llevada por mal". "Y que les gusta la mano dura". "Les gusta y la necesitan, usté, porque si no la indiada se nos baja del monte y nos corta la cabeza a todos". "Sí pues. Qué horror. Imagínese no-más". "Así como estamos no se puede usté. Que dios nos guarde".

Nos despedimos, intercambiando teléfonos. Quedamos de juntarnos otro día para echarnos un par de tragos. El contacto quedó establecido. Lo más cómico era que no se sabía quién apantallaba a quién. Coche Contento era un gran actor. Obvia-mente le seguí la corriente porque tampoco quería evidenciarme. Los chapines al fin y al cabo no son babosos. Nunca le dicen a nadie lo que piensan. No como aquí que todos llevan sus escasas ideas impresas y pegadas en los bómperes de sus carros. En Guate ni de chiste. Se sobrevive baboseándose hasta a tu compañera sobre tus verdaderas convicciones. En caso de un clavo nadie sabe ni mierda de lo que pensás. Por eso, que dijera lo que dijo no era sorpren-dente. Lo interesante era averiguar su pantalla. Al fin, de alguna manera tenía que pegármele y ver cómo lo iba orillando a la cuneta. Los escritores de misterio gringos creen que los únicos motivos para un crimen son el amor o el dinero. Se les olvida que en la mayor parte del mundo son la ideología o el fanatismo. La política mata más que cualquier despecho aunque Barbara Cartland diga lo contrario. El escenario por el cual se despacharía a Coche Contento empezaba a ser urdido y la ingrata tarea era mía.

## 3

Por muy de tiempo completo que fuera la tarea no podía verme con él todos los días. De allí que me quedara tiempito para averiguar qué fue de las dos "V"s. Al fin, al estar sin mujer me entra una desazón, una pulposa melancolía como mandarina podrida que dificulta reconciliar el sueño y baja el nivel de energía. Por encima de mi cinismo, egocentrismo, de mi mala leche, mis excesos, cabronadas, de mi irresponsabilidad, insensibilidad, de la dificultad para entender lo que alguien ve en mí o pueda desear, lo único que he querido siempre es una mujercita linda que me abrace y duerma tiernamente apretadita conmigo, acariciándome la cabeza mientras me asegura que no van a salir fantasmas de debajo de la cama durante la noche. Por encima de todo lo que más he buscado y nunca encontré fue un poquito de ternura. Un poquito, aunque fuera sólo una cucharadita.

Cuando mi cabeza se inundaba de recuerdos, obsesiones, de conversaciones imaginarias, de peleas, de fantasías de toda índole, éstas recorrían el abanico desde las sexuales hasta las de casarse con novia de blanco. Fantaseaba desde cómo recuperar a la Valéria hasta cómo deshacerme de la V/V. Fruncís el ceño, Amapola Ojo Alegre. Detectás contradicciones entre mi comportamiento carioca y mi desespero chilango. Hay una explicación básica: la soledad alimenta la locura y alienta la fantasía. Personajes limitados en la realidad se vuelven más grandes en el espacio de los sueños. Mentes que actúan como si tuvieran 15 años mal cumplidos se convierten en refinadas damas con percepciones de sofistas en los recovecos de la memoria.

La Valéria me evocaba ahora algo más intenso que nunca: la ordinaria felicidad humana. Después de abandonarla, obliteraba mi torpe razón. Era un amor alejado de proyectos de vida, de las contaminaciones del mundo exterior. Me evocaba el pegajoso peligro de las emociones, el abandono más naufragoso. Nunca viví eso. Fui siempre un aventurero y un *voyeur* de desastres. Nunca participaba aunque participara. Mi indiferencia era tangible a pesar de mi muy publicitada militancia. Por primera vez me iba de boca en un *maelstrom* emocional y mi novatez era evidente.

La fuerza del erotismo eran unos avivados garfios más amenazantes que la inminencia de la mordisqueada muerte. Era la estela del recuerdo constante de la impermanencia de la vida, de la pasión física que disolvía todo brote de razón, de las risibles soledades absolutas y brutales, valerosas hinchazones fútiles. La muerte en comparación era tan sabrosa como el desconsuelo suave de un baño de jacuzzi. Me obsedía el cuerpo de la Valéria. No me interesaban otros después del suyo. Lo palpé tan bienaventuradamente, lamí con intensidad sedienta, estaba tan impregnado de sus almibarados olores, de la afligida dulzura de su lisa piel, me marcó tan intensamente que cualquier otro me sabía insípido y eso tenía un efecto inmediato en mi entristecido miembro que se negaba a crecer a la altura de las circunstancias.

Cada vez que me acostaba con otra era sólo para evocar lo perdido. Me sentía manco sin haber estado en Lepanto. Extrañaba la ausencia de lo amputado insensiblemente. No podía funcionar sin el miembro ausente. Era menos que la totalidad de mí mismo sin ese cuerpo complementario. Nunca antes se me ocurrió que el amor pudiera tener consecuencias.

Lo que sentía era una perpetua llaga que me obligaba a reconsiderarlo todo, a replantearme todo un comportamiento, toda una actitud. Cómo conectar con alguien que verdaderamente quería. Cómo romper el anillo de acero que me aprisionaba y aislaba, me dejaba sumergido en la más ingrata soledad de hueso blanco impidiendo que mi mano extendida encontrara otra tendida, caliente de ternura.

Recibí una carta todavía en México, en un apartado postal de emergencia que le di tiempo atrás. Decía en mal portugués: "Rodri. Estou morrendo de saudade de você. Gostaria que você estivesse aqui conmigo, pos depois que você foi embora tudo aqui ficou chato. Quase não vem ninguen aqui nesta casa horrivel. Estou louca para sair daqui. Aqui vou terminando com mil beijos para você meu amor. Te adoro muito, olha disculpa mais não deu para mim mandar fotos por que o dinheiro que ganhei não deu para pagar o filmagem. Assim que tiver um dinheiro te mandarei. OK! Valéria".

4

Les conté cómo justifiqué dejarla clavada. Ahora les suelto que gemía mocosamente por ella con toda una retahíla de sentimentalidades kitsch que desentonan con el cinicote de Río. Bueno. Parte de la cosa es precisamente que lo sentido en el Brasil era cuando estaba cómodamente montado sobre la mula con las plumotas bien esponjosas. Ese otro yo era el solitario, deprimido, triste, aplastado por sus inseguridades, que reemergía de las oscuridades de mi indiano interior idealizando a la mujer que cagué pocos meses antes. Como decía mi envenenada abuelita, sólo hay dos tipos de criaturas en el mundo: los jardineros y las flores. Yo soy una flor. Valéria también. Cuando dos flores se juntan el resultado es destructivo. Ninguno de los dos sabe cómo cultivar al otro, cómo nutrir. Las flores siempre esperan ser seducidas. Por eso una flor siempre necesita un jardinero.

Todavía la vi antes de irme. En mi carta le dije que ya me habría ido cuando leyera esas líneas. Sin embargo no. Recuerden estimados y locuaces congéneres que recibí el mensaje después de su fecha de vuelta. Una tarde regresaba de unos baños sauna donde unas morenazas de fuego le enjabonaban a uno todo el cuerpo, caminando plácidamente contentón por la Prudente de Morais con ese ligero torpor del cuerpo relajado por la descarga del amor, cuando empezó a lloviznar. Decidí tomar un taxi para volverme. Seguir caminando hacia el final de la tarde enmedio de la arboleda agitada por el viento lluvioso dejaba de pronto de parecerme apetecible como paseo. Disminuí el paso para ver si detectaba uno vacío. Era más difícil de lo que pareciera por la cantidad de buses que se detenían unos tras de otros del lado de la acera en la cual caminaba. Medio tapado por un tronco de árbol estiré el cuello al máximo para ver si me podía anticipar a las gentes que vacilaban por la esquina con similares intenciones. Entonces la vi. Instintivamente me retraje tras el árbol. Fue como una descarga de electricidad. Me atorozó los intestinos con calambres paranoicos.

—...

Sí, Tacuacina. Me escondí. La esquivé. De una manera que sería obvia porque el taxi disminuyó velocidad. Ella se volteó a ver como dudando o quizás imaginando que era una alucinación, el espejismo de una bruma divina. No pudo detenerse porque tenía tráfico. Cortó, no sin riesgo de accidente, del carril izquierdo al derecho y prendió el pidevías para cruzar. Deduje que pensaba dar la vuelta a la manzana y dada la pequeñez de las mismas en esa parte de Ipanema, no tardaría en reaparecer. Alocadamente vi en todas direcciones y distinguí el cuadrado bus rojo que lentamente se detenía frente a mí con su mugido de vaca. Sacando apresuradamente algunas monedas de la bolsa, salté dentro casi en el instante en que reiniciaba su pesada marcha. A pesar de que la tarde refrescaba rápidamente, estaba bañado en sudor. La camisa se me pegaba a la espalda. Me hubiera caído de no agarrarme con fuerza del pasamanos, aunque pudo ser también lo exabrupto del arrancón.

El bus avanzó. Iba rodeado de coloridos personajes que rebotaban bruscamente contra mi cuerpo como costales súbitamente desatados. Sin embargo tenía grandes ventanas y podía ver para afuera. Conforme se alejaba percibí cómo el taxi reaparecía por la esquina anterior, doblaba en nuestra dirección y pasaba tosiendo por la abandonada parada de buses. Enseguida aceleró y nos rebasó en la cuadra siguiente. Fue la última vez que la vi.

## 5

Conforme desarrollaba mi amistad con Coche Contento se fue abriendo y confiándome más y más de su vida. Señores y señoras, es sorprendente lo que uno descubre en esos encuentros predestinados. Los hombres siempre conversan banalidades a menos que se echen sus tragos. A matraca hablan de política y de mujeres. Así pues, Coche Contento me empezó a contar de una relación que tuvo en Guate hacía años que lo seguía obsesionando. Pensaba que a pesar de su brevedad fue el gran amor de su vida. Se prodigaba con un lenguaje infantilmente lírico, pegajoso de ardor y desgarrada emoción para describir a esta mujer que tanto y tan poco amó.

"Era, no sé, de una energía feroz. No estaba acostumbrado. Bonita, canchita, pero un poco hombruna. Además hablaba con lenguaje grosero y tenía un tono metálico en la voz". No le puse demasiado interés. Esperaba que consiguiera titilarme con algún relato fuera de lo común que me despabilara y de paso pudiera servirme para chantajearlo en el futuro. "Se trataba de tú a tú con los dirigentes de cualquier organización internacional porque se sentía la dueña del mundo. Sentía que tenía agarrados por los huevos al león, la mamá de Tarzán y la de los pollitos, todo junto. Era una súpermandona de primera. Ése era el peor lado de su carácter. Era de aquellas que te ve haciendo algo en lo cual vos sos súperhacha y se mete a decirte cómo hacerlo. De las que te quita de las manos el destornillador cuando estás metiendo un tornillo porque se desespera de ver lo que te tardás. Pero cuando el tornillo es tu vida, la cosa se complica. Pero también es leal, franca, honesta, recta y consecuente con sus ideas. Es chapinísima, pero de ese tipo de chapín nacido para ser patrón".

Pedí más tragos, bostecé. El barman sonrió con la blandengue sonrisa del que entiende pero deja entrever que prefiere ubicarse del lado opuesto del bar. Sonreí de vuelta más por reflejo que por complicidad y volví al fastidioso problema que agobiaba a mi Coche Contento. "Iba sobre la carretera principal de la costa hacia Coatepeque en mi carro. Venía manejando, entretenido, oyendo canciones sabrosas en el radio. A la menor presión del pie sobre el pedal del acelerador, el carro se echaba suavecito pero cada vez más rápido hacia adelante y tragaba camino sin dificultad. Al momentito nos pasó una Wagonier blanca y se adelantó. Yo tranquilo. Sin embargo, como a los diez minutos más o menos iba llegando a Cocales, donde hay un retén fijo. Allí era normal que lo pararan a uno y lo controlaran. Pero al chilazo distinguí que había cola más larga que de costumbre, que habían bajado a gente de camionetas y los tenían formados frente a ellas. La Wagonier estaba parada al lado de una ceiba donde un cuque estaba sentado sobre una de las raíces repasando una serie de documentos. Me paré a la orilla de la cuneta para hacer tiempo. Fue entonces que vi venir por mi espejo esta camionetilla Toyota en dirección a mi carro manejada por una chava distraída que estaba intentando atinarle a lo que sucedía en el retén. Me di cuenta inmediatamente que por estirar el pescuezo no se fijó que estaba allí parqueado y me iba a pegar en el baúl. Me puse a bocinearle y agité el brazo por la ventana. Casi al último momento se dio cuenta, se despertó y pegó tremendo frenazo. A pesar de eso el carro le patinó y terminó pegándome en el bómper. La chava salió de su carro para cerciorarse que no me hice ningún daño y me sonrió. Le sonreí también. Me pidió disculpas. Salí de mi carro y empezamos a platicar del casi accidente, del retén y del calor. Ella detestaba el calor. Le sugerí que nos tomáramos una agua en la tiendita de enfrente. Para mi sorpresa aceptó. Y fue así como terminé conociéndola".

Sobrecogido por un presentimiento siniestro comencé a pedirle más detalles sobre el presunto amor de su vida. "¿Era buena amante?" "¡Buenísima! Fuerte además, parecía luchadora macizota de esas mujeres que si te llegan a dar un puñetazo te dejan el ojo morado y te sacan de la cama del manotazo. Cuadrada". "¿De tu alto?" "Casi igual, nanascona. ¿Por qué?" "Curiosidad nomás. Se me metió la espinita de que podría conocerla". "¿Será?"

El ruido provocado por tres golpes secos nos hizo voltear la cabeza alocadamente. Los latidos del corazón se aceleraron malthusianamente y ambos buscamos infructuosamente el arma que no llevábamos encima de nosotros. Instintivamente agachamos la cabeza con la idea de tendernos al pie del bar. Antes de quedar ubicados en semejante trance se hizo evidente que el detonante de tanta contorsión no era un arma de fuego como asumimos sino el sonido sordo de un martillo de hule con el cual se inició en ese instante la reparación de la puerta de entrada. El barman nos miraba incrédulo y alzaba sus ojos al techo como solicitando al cosmos paciencia para aguantar la locura de sus clientes. Era vergonzoso evidenciarse tan culeramente como chapines de hueso colorado, traumados hasta el tuétano por los ardores de la guerra.

Sobra decir que allí concluyó nuestra reunión. Pasaron varios días antes de volvernos a encontrar. Me quedé con la espinita de la famosa enamorada capaz de ganarle dos de tres caídas. Por debajo de la abortada anécdota de su encuentro sentía algún fatídico destino lastroso que se me abriría de pronto como revelación. O como nuevo rasgo de una pesadilla.

Nos volvimos a reunir en nuestro ya rutinario proceso de ablandamiento de la carne destinada al matadero. Cada vez se me hacía más difícil encontrármelo. No sabía cómo mirarlo, dónde ubicar mis ojos, si quedaba todavía algún lugar donde ponerlos. Los destinos se cumplen y la disciplina revolucionaria no perdona. Pero hacer el papel de cebo de los verdugos, porque eso era lo que era aunque fuera por la causa y todo lo que fuera por la causa se valía y además este hijueputa traicionó y entregó compañeros, no por eso dejaba de ser pesada la tarea. Primero Pensamiento y ahora Coche Contento.

Más por matar el tiempo que por otra cosa le pedí que me siguiera contando de su mujer. Le entró gustoso. "Era fuerte, ya te lo conté. No te hablo sólo de fortaleza física. Era fuerte de personalidad. Tenía opiniones claras. No me quedaba patente si era capaz de querer nada, aunque todo lo que hacía lo hacía por salvar el mundo. Era una predestinada. Su papá me dijo una vez que le agradó mucho cuando le regalaron un cachorrito y observó con qué cariño lo cuidaba, porque era el primer ser viviente al que veía que le prestaba alguna atención. Imaginate. Cuando me dejó, le dijo que sin duda me hizo algo malo". "¿Qué hace en Guate?" "¿Por qué?" "Curiosidad nomás". "¿Pensás que la conocés?" "A lo mejor. Guate es un pañuelo. Encima, todo el mundo está emparentado". "Dame otras características de esta persona que conocés. A lo mejor así te lo digo". "Familia alemana, dueña de finca de café en San Marcos. Los viejos viven en Panajachel".

La mandíbula del Coche Contento se vino hacia abajo como en las caricaturas. Sus cachetes nerviosos y pálidos se agitaron con cada palabra que no consiguió pronunciar. Me entretuve tanto viéndolo reaccionar que obvié el hecho de estar en shock. El cinismo distante como mecanismo de defensa. Efectivamente estaba dividido entre la cómica reacción gelatinosa del homúnculo ese y la turbiedad de mis emociones al verificar que tremebundo pisado anduvo con la V/V. Era el laberinto de pesadilla. Me cuestionaba el terror pánico de que para bien o para mal ella no fuera la persona que creía y era culpa mía no poder descubrir su verdadera y notable identidad. Además detestaba la información que recién recibía sin poder articular o evidenciar el menor gesto de emoción. "¡Conocés a Victoria!" "Apenas un poco" mentí. Coche Contento se soltó en una serie de comentarios que pretendían prevaricar metafísicamente sobre la naturaleza de las coincidencias y terminaban siendo básicamente cursis. Apresuré el trago sin hacer caso de sus exclamaciones. Hay ciertas emociones en la vida que sólo pueden asimilarse bien a verga y siempre se me dificultó aparentar indiferencia enmedio de gemidos ahogados y mugidos llorosos.

De golpe recordé cómo estaba cuando la conocí por primera vez. Tenía un liviano traje blanco que creaba una imagen entre ángel y provocación erótica. El viento le sacudía el vestido y la cabellera, ni muy corta ni muy larga. Su garganta sin adornos evidenciaba una ficticia fragilidad que me enterneció y que nunca más volví a percibir. Recordé su humor picante, su rapidez mental y su ironía mordaz, moviendo bruscamente la cabeza cuando estaba descontenta que era casi siempre. Miré a Coche Contento. ¿La V/V con él? ¿Cómo imaginar que sus finos labios pudieran siquiera rozarse con la amoratada trompa de Coche Contento? Labios que sin duda bajaron a pozos tenebrosos, bebieron aguas inmundas, labios llagados con costras de desidia y mendacidad. Me dieron ganas de obliterar esos labios atrevidos, estallarlos, hacer sus purulentos líquidos explayarse por las áridas paredes de la cantina.

"La verdad que era más simpática que otra cosa. No tenía esa maestría de las mujeres que han desenredado el arte de la seducción. Cogía como adolescente. Con entusiasmo juvenil, con inocente desenfreno que impedía el tranquilo desarrollo del juego erótico". "Yo diría que cogía sólo muy de vez en cuando y por deber. No es alguien a quien le guste mucho el sexo, la verdad sea dicha".

Ahora fue mi turno de ver la solícita cara de Coche Contento contorsionarse como sacudida por un silencioso ataque epiléptico. El impulso inmediato fue de carcajearme como chompipe pero me contuve. Sería una azorada provocación. "No me vas a salir con que..." "No te estoy saliendo con nada. Fue una observación nomás. Además, como decía por allí un compadre, en un país como Guate sólo existen como 250 personas y se conocen todas". "¡Pero no todos son hermanos de leche!" "A saber,

Javier. Los chapines entre broma y broma meten la paloma". Empezó a poner cara de bravo. Me di cuenta que cruzaba una impura línea invisible que señalaba el punto exacto en el cual la tolerancia cesaba y la ceguera pasional de macho herido nublaba la vista. Era el momento de un repliegue táctico, a menos que quisiera echar todo el trabajo por la ventana y resolverlo de la manera más prosaica y menos elegante: dándome vergazos de puros celos. "N'hombre, tranquilizate. Te estaba jodiendo nomás". Una ligera palmadita al hombro como gesto reconciliatorio y la amplia sonrisa acompañada del guiño de ojo disolvieron la tensión y disfrazaron los ardientes celos que efectivamente sentía. ¡Coche Contento y la V/V! ¡No podía ser!

Pensé que como sucedió años antes, tenía que ser una inocentada. La que conocí, la principista, la purista, la máquina de pensar de la manera políticamente más correcta no podía meterse con Coche Contento ni por equivocación. Sería un momento de debilidad, un titubeo, una ansiedad sentida que se cristalizó en un desliz amatorio, lo haría hasta por pura armonía. Aunque pensándolo bien, él fue compa. Aunque fuera traidor. Manejaba el derretido discurso. Sabía qué decir en un momento de endulzarle el oído a las mujeres. No era feo. Venía de un sector social que sabía cómo manejarse en ese medio. Y bueno. Cualquiera se echa una canita al aire. La V/V tampoco era puritana. Nomás asexuada. A lo mejor no lo fue tanto antes de convertirse en *workaholic*. Quizás hasta ella tuvo una vertiente más carnavalesca, como una llovizna desgobernada, aunque después la extirpó con la misma frialdad de acero bien templado con la cual libraba sus interminables batallas políticas. Dicho en otras palabras, queridos, me cayó en los huevos enterarme que don Coche Contento se acostara con ella. Como suele suceder en esas circunstancias, me entró un hondo deseo por verla y aclarar la vida mentida. Cosa de hombres. A lo mejor el imperativo territorial. Quizás la sangre quemada, el sabor del fruto ácido. La cuestión es que salí con la preclara convicción de que tenía que volver al interior para verla.

## 6

Ya se me están subiendo los tragos. ¿El quesito? ¿Más vinito para aligerarlo? ¿A poco no se resbala delicioso por el esófago al embadurnarlo el queso con su pringante néctar?

—...

Déjenme volver con la otra. Siempre en estas vueltas está "la otra". Sobre todo cuando uno no puede romper el círculo. La otra, la que envolvía su cuerpo mesmerizante en este pobre cerotón que siempre se voltea en el momento oportuno hacia la mujer equivocada. Si una deslucida V/V me sopapeaba, escupía abusos verbales con gesto amargo y me trataba como perro viejo, la otra exigía que la montase como una yegüita briosa, siempre destilando por los poros de su apetecible cuerpo moreno caribronceado con líneas de luna rodeado de inigualable música toda la pasión repleta que era incapaz de verbalizar. Mi coqueta desesperada se quedó en el sulfuroso calor de Río. Fuera de mi ángulo de visión ya no era sino un centelleante espejismo cargado de sinuosos recuerdos, de esos que lo despiertan a uno sudando a las dos de la mañana prefigurando la inminente necesidad de un mustio orgasmo que es más una maldición que un placer.

El deseo se me quedó titilante, pero no me inclinaba demasiado a pensar en ella, no tanto por indiferencia o desinterés sino por pereza mental. Me despreocupaba de los sentimientos de otros. Una mujer alimentaba la eléctrica corriente del deseo al perseguirme murmurante, permeaba la imaginación con el fulgor de sus fluidos febriles, sacudía el alma como una tormenta indeseada que interrumpía el tránsito de las necesidades mundanas. Pero no era un ser humano al cual le prestara atención, cuyos sentimientos me espantaran el sueño, cuyas inquietudes me despabilaran, cuyas ideas generaran impulsos nerviosos en mi materia gris. Eran, lo admito, simple y sencillamente objetos de deseo, necesidad de posesión, ardiente realización seguida de molestosa presencia.

Pero para Valéria, a miles de kilómetros de distancia, yo era una obsesión. Me enteré casi al mismo tiempo en que descubrí mi lechosa hermandad con el Coche Contento. En mi mente asocio ambos recuerdos como dos mitades de un solo corazón, los dos bordes de una herida nada simple. La historia me llegó en diferentes versiones, por entregas, siguiendo vías indirectas. Una fortuita coincidencia de amistades y contactos. Se enteraron por vías distintas que en muchos casos lindaron con el melodrama. Sumergidos en una colectiva telepatía sintieron el impulso de pasarme lo sucedido como si así descargaran su malestar refilándolo hacia mi persona. Como la noche avanza, la intolerancia alcohólica abusa y la capacidad de comprensión se estrecha, permítanme contarles sin más vueltas. Me cuesta. Hasta este cerotón tiene pruritos para confesarse en público.

—...

La Valéria estaba convencida que seguía en Río. Sobre todo después de lo que les conté, cuando me vio esperando el bus. Parece que empezó a hacer memoria de la gente que conocía y a preguntar por mí, a exigir que le dijeran la verdad. Según dicen, o bien así me la imagino, estaba atormentada. Como loca. Afeada. Los ojos de desvelo mal maquillados, los cachetes chorreados. Una sombra de cuando esgrimía sus risitas retozonas. Le temblaban las manos, las uñas ajadas y semidespintadas, la ropa del peor gusto posible. Estaría presa de un humor desabrido atravesado por jaquecas y desmayos. Trabajaba poco, indiferente a las penas económicas que deberían atormentarla y a las presiones de su madre que se quejaría no sólo de su mal estado sino de la falta de ingresos. Comería en demasía y necesitaría más sueño que nunca a pesar de su desgarbada incapacidad para conciliarlo una vez los párpados se arrejuntaran sumiéndola en una oscuridad intolerable. Mi mente de pronto se agiliza con la expresión melodramática y la frase cursi.

Uno de esos días en que a la ya tormentosa situación del alma se le adhirió la humedad pegajosa que anticipa los calores del verano que tanto dificultan la respiración, deberíamos cambiar la musiquita por un violín seguido de un *crescendo* que presagia intensidad dramática, se le ocurrió darse un chapuzón en la piscina de su condominio. No durmió bien en semanas. Los miembros se le hincharían, la vida entera era una pústula enorme, una ampolla que no conseguía reventar, el calor y el mar una anegada llaga. Se le dormían los brazos y le atormentaba el dolor de nuca que la obligaba a retorcer continuamente el cuello. Tenía las piernas aguadas y el vientre hinchado. Maldecía mi nombre entre gargajos como culpable de que la vida se le opacara.

Les conté ya de la piscina. Era chica. Estaba en una de esas terrazas rodeadas de cemento con un barcito donde los fines de semana vendían caipirinhas, sobre el techo de un gran parqueo, teniendo debajo tres pisos de puros carros antes de salir a la calle. Las torres de los apartamentos crecían a su alrededor como champiñones salvajes.

Decidió darse un chapuzón. Llovió esa mañana pero para entonces el calor húmedo había prácticamente borrado en vilo toda reliquia del refrescante chubasco. Su único recuerdo era la miseria escondida de los charquitos de agua estancada en la desnivelada terraza. Perdida en la burbuja que la envolvía sin duda musitaba por enésima vez el sabor amargo que le dejé en la boca. Pasó su vida nadando contra la corriente y ya se estaba cansando. No terminaba de entender por qué le tocó tan difícil, tan injustamente complicado. Sin embargo la vida era instintivamente resistencia para ella e ignoraba que nadar con la corriente, sin nada que le ofreciera resistencia en su camino, le hacía caer al fondo como un avión que despega en la misma dirección del viento. En ese momento necesitaba huir, como siempre que la presión se intensificaba. Un refrescante chapuzón le refinaría sus instintos. Su falta de introspección le impedía articular soluciones que sonaran coherentes en oído ajeno.

Según me contaron, lo primero que le pasó al bajar fue que se paró en mierda de perro. Suena chistoso, pero es menos de lo que se imaginan. Por el calor y los hábitos cariocas bajó descalza. Pararse en mierda cuando uno está descalzo es bastante menos cómodo, por decirlo elegantemente, que cuando la distancia está mediada por una suela de cuero. El incidente le borró la sonrisa. Lo leyó como símbolo de estar salada. Su fortuna estaba en franco deterioro y se prendió del menor pretexto para autojustificar su mala suerte. Gritó. Maldijo. Empezó a saltar en un solo pie, buscando dónde limpiarse la desencantada sustancia amarillenta cuya adormilada fetidez rápidamente ascendía hasta sus hipersensibles narices. Pensó que los charquitos que cubrían el cemento serían el sitio idóneo para limpiarse. Como el asco la abarcaba entera y no quería sentir esa masa aguada deslizándose por los resquicios de la planta del pie, prefirió saltar hasta el más cercano.

La atención mental determina la habilidad para la maroma física. Ausente la misma, era inevitable el desenlace. Saltando en un pie hasta el charquito más cercano apenas vio las orillas resbalosas en su torno. Cuando se dio por enterada era porque ya volaba por los aires patas arriba, los ojos fijos en el sol y en el azul. El impacto se lo dio en la espalda y parte baja de la cabeza. Si se desmayó no sería por mucho. Los que corrieron a ayudarla comentaron que se levantó sola. No sé qué tan fuerte se golpeó. Lo suficiente, pero sin las fracturas del cráneo o muertes súbitas de las novelas románticas. Todos concuerdan en que cayó dando una tremenda voltereta que impresionaría a cualquier acróbata de circo y luego quedó tendida en el cemento. Pero antes de que nadie se le acercara ya se levantaba. Sólo entonces gritó y se alocó.

—...

Acuérdense que iba a nadar a la piscina. Estaba descalza. Llevaba un traje de baño. Es decir, un filho dental que malamente cubría su montículo de venus, un sostén igualmente diminuto que apenas cumplía con los mínimos requisitos legales que impedirían un arresto y una blusa blanca, transparente, de delgadísimo algodón, de las que se meten y sacan por sobre la cabeza. Gritó. Aleteó los brazos sumida en un repentino ataque de histeria, vibrando demoníacamente como poseída. Algunos que no presenciaron el accidente sólo corrieron en su ayuda al oírla. Los lúgubres detalles fétidos de la escena marcaron a todos. Se agitaba como si le dieran toques eléctricos. Gritaba con una voz ronca que no parecía salir de esos labios carnosos de melocotón, sino de una desazonada garganta oscura que venía del mismo centro de la Tierra, subrayando la agigantada presencia de los dientes como las pinturas de los caballos en los murales de Siqueiros.

—...

Todos asumieron que se trataba de los estertores de la muerte o algo parecido. Sin embargo se movía. Estaba sentada en el cemento con las piernas semiabiertas. Espantó a los que trataron de ayudarla con manotazos que no toleraban interferencia, alejándolos de un pequeño círculo invisible que constituyó a su alrededor como una sombra evaporada. Valéria apenas intuía lo que pasaba al ver los ligerísimos canales de sangre corriéndole por la entrepierna, al sentir la desagradable viscosidad del desprendimiento, la ardiente comezón dentro de su sexo, el desgarramiento sin delicadeza de las tiernas interioridades de su vientre.

Demasiado shockeada permitió por fin que brazos fuertes la asieran y la levantaran. Cedió inmediatamente ante el estallido de luz que entumeció el último confín de su cabeza. Casi se desmayó y vuelve a caer. Apenas alcanzó a decirles cuál era el número de su apartamento. Insistió que la llevaran allí en vez de llamar una ambulancia. No tenía el dinero para pagarse ese lujo. La subieron hasta su cuarto, la recostaron en su cama, le alcanzaron un vaso de agua y un par de aspirinas. Insistió en el *tudo bem*, que la dejaran sola. De tener otro nivel social hubieran insistido en hospitalizarla. Pero era un condominio popular y el nivel cultural brasileño a veces me hace pensar que en Guate no estamos tan mal a pesar de todo. La dejaron en la cama, caldeada por el sol que entraba por la ventana, inundándola toda con un aura maldita.

Pueden entrar ahora las lúgubres flautas y un redoble de timbales. Me la imagino sola y envuelta por el dolor. Se habría puesto a pensar sin mirada y sin voz, a pensar la dolorosa interrogación, a pensar la impalpable melancolía. Uy, ¿suena muy melo? Pero no era sólo pensar. Le corría sangre por entre los muslos. Le ardía su interior como cuando a uno le da una infección y se muere cada vez que hace pipí. No podía pensar porque la cabeza le tintineaba horrores, doblegándola mudamente. Estaría poniéndole más atención al dolor de cabeza y al miedo de habérsela fracturado que a la sangre de la entrepierna. Imposible fijarse en todos los dolores. Se agarraba del que creía que más la recargaba, que más le deshacía la razón y entorpecía el ánimo.

Pasó el tiempo. Desatendió el estrato más bajo de su cuerpo, dejándose llevar por ese río viscoso que desanudaba la maraña de su existencia y desembocaba en la fría luz sin sombra de la nada. ¿Les gustó mi frase? De pronto se convulsionó. Se sentó sobre la cama. El dolor se desplazó unánime hasta su centro de gravedad. Unos horribles retorcijones crecieron en su bajo vientre apuñalándola sin piedad. Se dobló en dos incontenible, se retorció como las personas picadas por culebras cascabel que inician su última agonía, petrificada su doliente conciencia, extenuada, inerme en el baldío de esa casi muerte. La sangre manó con mayor fuerza.

Me contaron después que dijo haber recordado mansamente a su madre en una situación análoga propagada en otra noche igualmente habitada por despiadados recuerdos. Desearía encontrar algún consuelo especial para obviar el castigo. No era justo. Pero tantas cosas no lo eran que pensarlo era gracioso. Se rió al sentir el olor a mierda de perro mezclado al otro dulzón, ligeramente descompuesto de su sangre. El dolor se intensificó. Eran tantos los caminos anticipadamente sin salida, las falsas direcciones, el extendido cansancio de vivir así sin romper el círculo por mucho que luchara. Mejor transparentar el dolor paralizante y sobrecogedor, inconfesado, el último desengaño de su vida, la intensidad amarga. ¿Suena muy recargado?

Pujó porque el cuerpo se lo exigió. Pujó y se convulsionó. Pujó intocable y sintió el objeto que se deslizaba cuesta abajo rajándole interioridades, estrechándola agónicamente hasta salir cegadamente inconcluso, insalvable, marchitado. Vio el embrión. Percibió sus rasgos, sus contornos, entendió perfectamente su sustancia y características sin omitir detalle. Algo tremendo, horrendamente comprendido de un solo golpe como si la iluminara de pronto un repentino haz de luz la sacudió enterita, con toda la salvaje descarga del dolor que es más dolor que el dolor físico. El rostro diminuto que alucinadamente reconocía en el embrión la amenazaba como el relampagueo que anuncia el fin de toda coherencia. Ese rostro visto en el corto hálito de la respiración entrecortada era el mío. Me maldijo y mi recuerdo la alocó más aún. Temblaba incontrolablemente. Sintió frío. Las lágrimas rodaban incontenibles, su cuerpo era un incendio, una llaga, un témpano. No podía respirar, las paredes se le estrechaban duramente. Se moría sofocada.

Saltó de la cama donde el engendro fue concebido y donde terminaba sus días en un apestado charco púrpura. Caminó torpemente hasta la lejanísima cocina, dejando un propagado reguero de sangre a lo largo del corredor. Una vez allí se apoyó agotada contra el mostrador al lado de la estufa con los codos apretados y la respiración entrecortada. Tanteando más por hábito que por certeza o precisión localizó el cuchillo para cortar carne.

Impulsándose con la escasa energía que le quedaba flotó de vuelta hacia la habitación. Dando traspiés, llevada más por la dirección dada a la inerte masa que era su propio cuerpo, cruzó de nuevo el espacio, rediseñando con su paso el corredor como si fuera una especie de Jackson Pollock nativista.

Volvió a su cuarto. Abrió la ventana para respirar. Sintió un atisbo de vida, un fragmentario impulso colérico. La inundó el aire que le pareció fresco a pesar de su espesa calidez. Le dio la energía suficiente para emprender la tarea para la cual se procuró el arma reluciente. Súbitamente lúcida, los ojos ardiéndole turbiamente tranquilizadores, apuñaló sistemáticamente la cama como si aliviara su demoníaca pena con ese gesto.

Uno tras otro, uno tras otro, apuñaló y apuñaló, golpeando certeramente el colchón en lugares que antes recogieron sus acalorados gestos, golpeando secamente, desesperadamente rompiendo memorias, destruyendo ataduras invisibles. Una tras otra las cuchilladas secas y certeras, incontenibles, imparables, inconmensurables, hasta que del triste colchón con manchas de humedad no quedaba sino un alboroto nauseabundo de algodones deformes sin orden ni sentido. Se relajó ligeramente como si el gesto simbólico aliviara temporalmente las penas. Era un breve respiro que aflojaba los músculos, destensaba el cuello, le devolvía la sensación a las puntas de los dedos de la mano.

Enseguida jaló el colchón desde una punta, con dificultad, hasta que se deslizó sobre el sommier y cayó al piso enmedio de una nube de pelusa de algodón. En ese momento volvió la sirvienta. Se sorprendió de encontrarse a la senhora en esa situación, pero como buena nordestina no preguntó nada que no le concerniera. Valéria le pidió que la ayudara. A la muchacha le tomó poco darse cuenta que no conseguirían bajarlo entre las dos solas y fue a pedirle ayuda al guardián del edificio que la enamoraba cada vez que pasaba frente a su reducto. Entre los cuatro, pues este guardia se jaló a un colega suyo, lo bajaron hasta la parte trasera de los edificios donde se depositaba la basura grande que no cabía por el incinerador. Lo dejaron y se fueron.

Valéria insistió en quedarse. La timidez de su criada impidió otro desenlace. El guardia prefería... Pudo así acompañar a la susodicha de vuelta al elevador metiéndole mano sin que la senhora se diera cuenta. Una vez sola, Valéria fue hasta su auto. Extrajo la lata extra de gasolina que llevaba siempre en el baúl del taxi por si las moscas y volvió al colchón. Lo roció parsimoniosamente y lo encendió de un certero fosforazo.

El colchón ardió como paja seca. En unos segundos las llamas saltaron un par de metros mirándola a los ojos. Se cruzaron miradas con la inocencia de su simultáneo calor sin medir la fuerza de su respectivo ardor destructivo. La Valéria y las llamas, las llamas que ya eran la Valéria, heraldos de anacaradas bendiciones consumiéndose liberadas de toda pena. Contadas veces se contagia tanta consuntiva pasión entre la vida y la materia, exponiendo sus esencias la una a la otra, desafiándose.

Me imagino que en ese instante recordó una escena que me contó después de una noche de amor mientras se adormecía rumorosa en la cama. Cuando tenía cinco años quería ser blanca. Una tarde, desesperada de sentirse permanentemente condenada a ciudadana de segunda clase por el color de su piel se metió a la ducha y decidió restregarse hasta quedar del mismo color del jabón. Puso el agua lo más caliente posible, agarró el estropajo y se frotó desmedidamente con la infantil añoranza de la ausencia de color. El vapor se hizo denso y el agua comenzó a correr mórbidamente por sus pequeños pies. Se frotó y frotó hasta que la piel quedó al rojo vivo de tanto frotarse, transparentando la informidad de su figura en la inaprensibilidad opaca que brotaba del vapor. En la creciente plenitud de su tiniebla era blanca. En ese instante entró la madre violentamente al baño. La sacó en vilo, apagó el agua, la envolvió en una gigantesca toalla de color verde perico y la empujó fuera. Allí esperaba la figura corpulenta de su padre con un cincho de cuero en la mano peluda. La volteó brutalmente sobre su rodilla y sin frenar su fuerza ni reprender en lo más mínimo su violencia y su resentimiento de macho herido le dio una de las peores y más purgativas tundas de su vida.

Mousse de mango sobre un par de bolas de helado natural de vainilla servidas con champán de la viuda

## 1

Necesito darme mi ronda por la cocina, con su permiso. Para mientras distribuyamos las dulceras. ¿Todos tienen cucharitas? ¡Aquí viene el postre! No pongás cara fea Amapola Ojo Alegre. Está re delis. De chuparse los dedos. En serio Tacuacina. Por ustedes, queridos caros pisarrines, me levanté tempranito al mercado de los Farmers allí por Alemany para seleccionarles los mejores mangos habibles y por haber. Es que el mango, señores, no es una fruta cualquiera. El mango, *mangífera índica*, árbol terebintáceo como nos dice el gran libro de la rial, de fruto aromático y astringente que despierta ardores amorosos, *es* en la fruta lo que el caracol en la sopa. Aterciopelado, empalagosamente perfumado, desencadena sentimientos turbulentos tan intensos como la fuerza de las grandes ceibas sólo al inhalarse su pelusa. Es sin lugar a dudas la más sagrada de todas las frutas, la más sensual. ¿Cómo concebir el flirteo y la seducción sin un bocado de mango? ¿Cómo puede uno ofrecerse a sí mismo sin antes degustar tan damasquinada dádiva de oro verdoso que inmediatamente rasga toda pretensión de castidad? La afrodita de Knidos es inconcebible sin comer mango. Sin duda de la mano izquierda, amarillenta, le chorrean todavía gotas del copioso jugo recientemente succionado. El sátiro de Barberini descansando exhausto después de darle rienda a sus ins-

tintos parecería chorrear mango de su boca entreabierta. ¿Si no, cómo explicar ese profundo sueño perfumado que es la justa continuación del merecido
orgasmo, la desgastante efusión de lícita ternura?

Aquí les tengo entonces una su mousse de
mango que les va a deleitar el paladar de seda, Literal. Es bien simple. Nomás eché los pedazos de
mango al cuisinart con yemas de huevo y un poquito
de ron. Bien batidito todo hasta que quede parejito
y luego servirlo alrededor de las bolas de helado
para cortar el ardor tropical con la dulzura glacial.
Lo más difícil es pelar los escurridizos mangos. Sobre
esa nota déjenme verificar que tengan copas limpias
porque al postrecito hay que acompañarlo con un
burbujeante champán de la viuda para que revolotee
goloso por todo el esófago, recogiendo con suavidad de seda y la misma frescura de la fuente de
Trevi los ligeros residuos dulces de la pasión
manguífera y cubriéndolos como un aterciopelado
velo sobre los exhaustos cuerpos desnudos para
llevárselos dormidos hasta el olimpo de la digestión
donde uno verifica que ha bebido estrellas. ¿Servidos
todos? Si estamos les puedo seguir contando.
¿Seguro que no querés postre Amapola Ojo Alegre?
Está de chuparse los dedos. No sabés lo que te
perdés. ¿Verdad, vos Santos Reyes?

## 2

Coche Contento se cocinó en su propia salsa. A todo
coche le llega su sábado y terminan siempre con la
manzanita entre la boca. No me tocaban esos menesteres. Nunca supe cuándo, cómo ni dónde. Simplemente me informaron que la tarea estaba con-

cluida. Agregaron que en lo que se reestructuraba el frente internacional me dejarían sólo con responsabilidades de propaganda escrita. Objeté, argumentando que preferiría volver al interior. Me felicitaron por mi compromiso. Dijeron que considerarían la solicitud pero, ojo, no olvidar que estaba quemado y no tenía experiencia en el trabajo interno. Les aseguré que me bastaría algo simple como ir de correo.

Tuvimos una reunión en la casa de los responsables, una patojita dientuda peloparado cuya idea de viajar al extranjero era ir al Salvador en camioneta extraurbana y un lampiño ex agitador universitario de anteojitos redondos que tenía todos los gestos y actitudes de un cura de pueblo con puntadas en el hígado.

La casa de ellos estaba compartimentada para mí. Me recogieron caída la noche y me llevaron por el estadio Azteca. De allí me vendaron los ojos con un enorme pañuelo rojo con lunares negros y me dieron una de vueltas para que no supiera dónde andaba. Cuando paramos estaba a punto de vomitar del mareo. Me encontraba dentro de un garaje en una modesta casa relativamente cochina con escasísimo mobiliario. Las paredes estaban descascaradas. En el cuarto sólo se veían sillas de pino sin vetas y una mesa rústica con virutas sin lijar en los bordes. Todo estaba permeado por un aroma aleccionador de café recién hecho. Lo más interesante fue el cuarto oscuro donde se desarrollaba el material que llegaba del interior o se microfilmaban los informes que se embutían para enviar a la capirucha.

Una reunión con los responsables es como ir a misa. Sobre todo en una organización cuya ideología dominante era la teología de la liberación. El primer punto era la discusión de la línea. Le puse la misma atención que a la misa después de mi primera comunión. Mientras el cura hablaba en latín se me iba el pájaro pensando en el futbol, con acento en la "o" y no en la "u". A lo mejor tendría sentido para los compas analfabetos del macizo montañoso del Quiché revolucionario pero ni mierda qué ver con el nivel nuestro en México donde leíamos la revista *Dialéctica* de portada a portada y teníamos la edición italiana de los *Quaderni del Carcere* de Gramsci editada por Valentino Gerratana. El saber es una serpiente venenosa, un valle de huesos muertos. Siempre conduce a la anarquía y a la disidencia. Sobre todo cuando choca con la ciega confianza de los que caminan dormidos con los pies llenos de hormigas, de los que hacen un culto secreto de la acción mientras desdeñan todo conocimiento intelectual con un escupitajo que subraya un resentimiento de clase.

Llegamos al punto de agenda que me interesaba. Como sabía por dónde cojeaban mis amores planteé mi entrada al país en términos de la necesidad de experimentar la disciplina de la clandestinidad. No era posible que me ganara el grado de militante sin ello. "Me da mucho miedo que vos entrés sin experiencia porque siento que la cosa está más seria en el frente urbano de lo que sabemos aquí". "Miren, si es lo que me sospecho, no hay clavo. Y no crean que a mí no me da miedo. Me da horror. Pero tengo que hacerlo. El novillero sólo aprende a torear tirándose al ruedo". "Púchica, cómo sos de aventado. Pero acordate que el clavo no es que te agarren a vos, sino que con vos cae información sobre la organización que nos puede desarticular todo un frente como pasó con el Coche Contento. ¿Qué garantía tenemos que no te van a quebrar y que no vas a cantar?" "Ni modo, entrémosle a la cosa pues, pez". "La cosa reposa en la poza gozosa". "La cosa es porosa, esfinge que finge, grandiosa gran diosa morosa olorosa golosa". "Compañeros, por favor. Estamos en una reunión seria". Allí solté una carcajada que sacaría de su madriguera a una ardilla. Nuestra responsable tenía cara de ardilla por cierto. "Tiene razón la compañera. Explícanos tu súbita pasión por irte al interior". "A todo el mundo se le cae el brillo. En cuanto a la pasión les garantizo que la política sin sexo no existe". "Por favor, compañero..." "Estoy serio. Piensen que la vida es corta, que en Chipilín-landia nadie se muere de causas naturales y uno no puede martirizarse como los monjes que se flagelan al sentir un deseo cuando un deseo es ¡es una bendición! Lo único que uno no puede perdonarse es no levantar la voz en nombre de la justicia. Por lo demás, hay que sacudir el polvo siempre..." "¡Escandaloso!" "No se me pongan cuadrados, fresitas, que por eso queremos cambiar el mundo, para que las únicas fresas que queden sean las silvestres, y no hablo de Revueltas. Si a las buenas conciencias les parece escandaloso pues ni modo. Denúncienme por desviacionismo ideológico. Rezaré cuatro comandantes nuestros para limpiarme del pecado. Pero dejémonos de babosadas. La revolución es vida, es alegría. Prefiero ser de los felices. Vivir con solemnidad es una pendejada. La vida es para vivirse desmedida y rifarse el físico porque a uno se le ronca. La revolución no es monopolio de los tristes, de los resentidos ni de los amargados. Es de todos. Hasta de la gente dulcemente desdoblada. Es puro carnaval, paladeo de la intensidad vivida. Déjenme cantarles una cancioncita que me aprendí en el Río de todos los eneros:

*Não existe pecado*
*do lado de baixo do Equador.*
*Vamos fazer um pecado*
*rasgado, suado, a todo vapor.*
*Me deixa ser teu escracho capacho,*
*teu cacho diacho, riacho de amor.*

## 3

Año nuevo en Guatepeor. ¿Qué más pedir? Un día que no permite monotonía. Un día fuera de serie, precioso cuando no preciso. Sírvanse otro. Los esófagos, como cualquier otra morroñosa parte de similares configuraciones, deben estar lubricaditos. Y por favor no me confundan la lubricación con la lubricidad porque al fin la lascivia y la salacidad son también aceitosas.

Conseguí entrar contra todos los pronósticos. Fueron semanas o meses que parecieron años pero me dieron permiso de entrar a empaparme de la *rrialidá* nacional cuando no de su errancia herrumbrosa. Con esa burocracia centralizadora de opereta que teníamos no es de sorprenderse que perdiéramos. No saboreaban el mundo. Las decisiones tomaban añales cuando uno no podía susurrar sus pedidos en los oídos de un comanche con el cual tenía cuello. Rolando tenía que leer todos y cada uno de los informes que subían hasta sus augustas cimas desde donde soltaba como Zeus sus truenos y relámpagos de mostacilla. Pero permiso me dieron. Me tocó hacer de correo con algunos embutidos. Iría directamente a los helados Arnold's de la zona 9, a encontrarme con una mujer con cara de gringa, hablarnos en inglés y le entregaría el embutido previo intercambio de las contraseñas acordadas. Creo que llevé los negativos de los acuerdos de la unidad o cosa parecida. Iba con el pelo teñido y anteojos de carey, supuestamente para que no me reconocieran. Llevaba los papeles falsos de rigor.

La paranoia hacía sudar y daba sed. Sentía un elemento de desnudez al caminar íngrimo y solo entre la colorida apretazón que serpenteaba por las angostas calles del centro de la ciudad como trozos de pollo en un cocido hirviendo. Apenas quedaba un estrecho pasadizo para moverse. Las banquetas en perpetuo estado de reparación estaban llenas de vendedores ambulantes que parecían fruta amontonada a punto de podrirse. Uno flotaba en un mar de suciedad, olores a sudor y gente verdeoscura con ojos de lince dándose empujones, pellizcos y codazos. Cuando pensaba que había logrado sumergirme en un rinconcito de oxígeno medianamente fresco me caía en plena cara el pútrido aguacero calcinado del escape de algún bus urbano como bazucazo mientras la perpetradora camioneta burlona, viejísima, rugosa de color disparejo se alejaba con rechinidos estrepitosos que amenazaban la virtud del tímpano.

Me daba miedo, sí. Estaba convencido de que me seguían. Me daba una especie de calambre en la nuca por encima del cerebelo. Sentía que por allí entraría el balazo. Era demasiado expuesto caminar por las calles aunque quisiera absorber un poquito de su tufo por el recuerdo del olor de los zapotes. Frente al hotel Pan American me subí a un taxi. Agarramos por la sexta avenida rumbo a la torre del Reformador. Le pedí que parara frente a los Arnold's y me esperara. Lo repetí como cinco veces. Caminé hacia la heladería. No estaba muy concurrida a esa hora. Para entonces iba empapado de sudor y no era por el calor. Estaba convencido que me iban a prensar. Había vuelto al país a morir como un gusano mudo.

Entré con tembloroso paso ardido. Vi a la gringa. Durante el tiempo en el que se derrite una granizada se me olvidó la consigna. Me quedé con cara de batracio pero ella se movió con la agilidad de quien tiene costumbre de este tipo de contactos y en menos de lo que canta el zopilote ya estaba concluida la transacción. Hasta terminé comprándome un helado de pistacho. Una larga exhalación y de vuelta al taxi. Le pedí que me llevara al Budget de la Reforma donde alquilaría un flamante auto japonés para irme a Panajachel.

Acabábamos de pasar el primer toro cuando se escuchó el estallido de una bomba. A lo lejos, por la Plazuela España. Deduje que la pusieron en el edificio Etisa. El taxi aceleró. Se veía humo derramándose en tímidas columnas por encima de las casas. Pensé en los ojos de los mirones, miles de ojos, ojos vueltos dentro de sus propios párpados, ojos que se negaban a confrontar la realidad, ojos que exigían cerrarse para olvidar la violencia contemplada, ojos que aspiraban a la noche total, ojos transgresores que representaban la finitud del ser guatepiorteco apuntándole al lugar del estallido. Se empezaron a escuchar sirenas. Recordé que para mí la única sirena era Valéria, "Va"... qué rico suena su nombre en la puntita húmeda de la lengua, chasqueándola al pronunciarlo, "lé" de huraño guiño divertido, "ria" de ámbar de ensueño. "Ojalá que no hayan muertos", comentó el taxista mientras se apresuraba hacia la intersección de la calle Montúfar para evitar el inevitable congestionamiento que se formaría en minutos.

Cuando me bajé tenía ganas de llorar. Estaba emocionalmente exhausto. Era año nuevo y no podía visitar a mi familia que vivía a menos de un kilómetro. Estaba en Guate. Tenía un miedo pisado de que me mataran. Acababa de estallar una bomba. Por primera vez pensé haberme equivocado. Al mismo tiempo re-reconocía que los grandes flujos de adrenalina eran estimulantes. Sólo la muerte que nos retaba era capaz de mantenernos gozosos de estar vivos.

Pasé al bar del Camino Real a tomarme un trago. No tenía el lenguaje para expresar lo que sentía. Las palabras eran espejismos insinuándose de forma imprecisa. No encontraba la manera de decir, de afirmarme por medio de la palabra hablada. Salía equivocada, a destiempo, sin gracia, desatinada, chillona cuando no muda. Mis pensamientos, si es que lo que transcurría velozmente por mi cabeza merecía tal calificativo, eran oscuros y sorpresivamente carentes de sustancia. El único placer de expresar el temor, vacío y nostalgia de vivir otra vida más hermosa en otro lugar estaba en maldecir cabronamente porque qué pisados hijos de la gran puta, arrieros somos y en el camino andamos, maldiciendo tan sólo para recordar que seguíamos vivos y bien pijudos como diría la guanacsia.

4

¿Qué decir de Panajachel en año nuevo? Un día diáfano donde refulgía todo lo que estaba en condiciones de refulgir brilloso y barnizado, blanco fulgurante. Atontado y refulgente. Repetitivo como mis palabras por la cantidad de gente canche rosadota que se fotocopiaba por sus estrechas calles, caminante no hay camino, pero allí iban de todas maneras, caminando y abriendo camino, comprando huipiles, manteles, camisas típicas, servilletas, llevándose pegajosamente sobre el lomo las ropas más delirantes, hechizantes. Le hacían la competencia al barniz más brilloso de cualquier mueble de Totonicapán. El colorido de los mercados ya no son ni los vendedores ni los productos vendidos. Son los turistas compradores.

Enmedio de ese movimiento de masas que no era exactamente el que tenía previsto la organización en su línea, ni eran masas de mazapán ni masa de galletas de navidad, pero sí empalagosa como las galletas de miel, masas sin mesura, masas rabelesianas, masas que no se rebelaban sino rabelaban, más y más masas mascando masaco como en una masada donde masajeaban a todos los transeúntes amasándolos con el lomo londinense o lombardo, caminaba buscando la casa de la familia de la V/V.

Quedaba en una callecita lateral. Una casita modesta de adobe con regular jardín, exquisitamente adornada por dentro. Una reja de metal pintada de rojo. Tenía una pensión casi al lado, una cantina casi enfrente y un sitio con covachas y gallos que lo despertaban a uno tempranito casi al otro lado, como correspondía en Pana del pandemónium añonuevero. Ya habían bastantes bolitos tirados frente a la cantina.

La V/V me esperaba frente a la reja. Sonrió con picardía al verme y dijo "te ves vacío". "Por lo menos me veo. No soy transparente". "Por lo menos indica un mínimo grado de reflexividad. Hay señales de vida en la masa encefálica". "No empecés desde el principio". "Si éste no es el principio. Si acaso el fin". Nos miramos en silencio. Nos dimos un besito en el cachete sonriendo forzadamente. El año nuevo prometía. Todos los anteriores añonuevos que pasamos juntos peleamos porque ella no chupaba, no bailaba, no cogía, no hacía nada más que vestirse fachudamente. Mi fantasía era que me resultara cogiendo a mí. Con tal que fuera sabroso a mí no me importaba revertir los roles. Siempre dije que estaba dispuesto a probar todo por lo menos una vez en la vida. Como buen cínico me regocijaba en el escándalo. El contrapunto aseguraba mi seriedad gastada. Cuando las fuerzas me alcanzaban desafiaba todo, chingando hasta que algo cediera, torturando mi realidad, interrogándola con lujo de provocación, desatando mi animalidad, renovándola como una giba desinflada que recrece.

"La casa está llena de gente. De hoteles olvidate. Pensé que podíamos agarrar la lancha e irnos a Patzizotz". "¿Solos los dos?" "¿Te importa?" "Me parece abusivamente romántico". "Podemos llevarnos una botella de champán". "O dos o tres". "Si te las chupás vos solo. Yo a duras penas me acabo una copita. Y si te las chupás vos solo me voy a encabronar". "Faltaba más".

Patzizotz quedaba del otro lado del lago. Su familia tenía una casita rústica de piedra escondida tras la diminuta bahía lindamente acomodada de escurridizos recovecos, con chimenea y un amplio dormitorio con una conmocionada vista del lago y de los volcanes que en las soleadas mañanas obligaba a evocar un sereno cántico de gracia hinchado de cremosa desmesura. La peña caía directamente a la aplomada agua como si alguien la hubiera cortado con cuchillo, con un abusivo exceso de yerbazal que inflamaba la vegetación como resoplido de caballo brioso, creando la sensación de que la montaña entera se le venía encima a uno. No había ni un alma, fuera del guardián, su familia y más de alguna columna guerrillera. Uno estaba cortado del mundo en ese rincón. No tenía ni electricidad pero sí una refrigeradora de gas. "¿Y para comer?" "La muchacha nos preparó todo. Ya está dentro de la lancha. Para que no te quejés del servicio vos que estás tan malacostumbrado". "¿Sólo es cuestión de arrancar y ya?" "Y de que descargue la lancha el guardián al llegar allá". "Shó servicio". "De primera, como te gusta". Así fue que emprendimos el camino ese loco año nuevo en que sin mucha conciencia de mi parte y bastante obsesión de la suya nos juntamos para tratar de cerrar el círculo que nos arrejuntó como fuego sin alas.

Nunca pasé los añonuevos solito. Me gustaba estar rodeado de gente. Bastante gente. Me gustaban los gritos, la música, el reventón, sudarla. Ahora iba con la tripa apretada de pura aprehensión. Me gustaba bailar, sentir el movimiento de mis lonjas, el ruido, el alucín que rompía los esquemas de una percepción aburridamente realista de la cotidianidad. Me asustaba la soledad, la oscuridad. Me gustan las luces, muchas luces, luces de colores, luces que se encienden y se apagan, el ruido que silencia al silencio, sonidos que hierven las aguas que agitan el oído. Nunca me gustó quedarme solo en mi casa de niño, casa donde por lo demás vivía toda una tribu. Mi abuelita, mi tía, otro tío antes de que se casara, dos primos que eran hijos de otro tío que los dejó al abandonar su matrimonio y el país más las muchachas, la lavandera y los ratones.

La oscuridad era el campo y yo era un bicho de ciudad. El silencio era el liso mármol de la muerte que aprisiona. La soledad también. El campo eran insectos que no podía controlar. Me mataban del susto si no de verdad: avispas, alacranes, arañas de caballo. Allí estaba pasando el año nuevo, solo en un rincón oscuro de un campo que no controlaba ni era mi territorio, sin electricidad, en una casa con alacranes. Ella había matado más de alguno. Tal era la fuerza de voluntad de la V/V. La obstinación, la terquedad que por razones inexplicables que sin duda eran todas culpa de mi papá de quien huía siempre sin poder hacerlo nunca como me enteraría de tener el pisto para hacerme el análisis que ella insistía que tenía que hacerme a huevos y candelas porque era una *born again* analizada, me ablandaban el cerebro y la voluntad. Terminaba siempre rindiéndome a sus deseos aunque se me cosieran las amoratadas tripas por dentro de la cólera de ceder una vez más. Todo eso generaba un ansia de revancha que llegaría en su momento porque a todo coche le llega su sábado.

Cruzar el lago en lancha fue sabroso, pegando contra el oleaje como deslizándose por sobre una marimba ensimismada. Las ráfagas de viento eran una fría corriente liberadora que despertaba los poros del alfilereado rostro. Había un poquitito de xocomil aunque no tanto por ser fin de diciembre. ¿Qué es xocomil, Sibella? El viento del sur que sube de la costa del Pacífico y se cuela por entre los tres volcanes, el Atitlán, el Tolimán y el San Pedro, agitando las aguas del lago. Generalmente se siente en época de lluvia, de mayo a octubre. Sube cargado de nubes de agua, moradas y pesadas como un camión de carga. ¿Más preguntas de los no chapines? Salud entonces.

Llegamos. El guardián amarró la lancha. El primer conflicto fue que me quedé de brazos cruzados mientras descargaba. "¡Ayudalo pisado! ¿No ves que pesan?" "Sí pero no tengo costumbre de cargar bultos y menos montaña arriba". "Gran puta ¿y decís que estás metido en la revolución?" "Yo no he dicho ni mierda". Ayudé simbólicamente. Lo suficiente para aplacar la cólera que ella sentía por los de mi clase que aspiraban a tener lo que nunca tuvimos, a saber, los privilegios que ella tenía: dos chalets en el lago, lancha, finca, casa en barrio fu-furufo de la ciudad, etc. A mí en cambio me gustaba que me sirvieran de vez en cuando tan sólo para saber lo que se sentiría tener lo que nunca tendría aunque fuera flor de un día apuntalada en el abismo de la fantasía.

Guardamos las provisiones. Le dimos las gracias y la propina de año nuevo al guardián. Nos instalamos. Me eché en la hamaca que colgaba enmedio de la sala mientras la V/V salía victoria-namente a recoger frutas silvestres. Caminó cuesta arriba para tener una vista panorámica del lago, gestos por lo demás representativos de la esencia de nuestra relación. Nos llevábamos genial cuando estábamos lejos uno del otro. Mientras ella inhalaba el aire oloroso a mostacilla yo me conformaba con las naturalezas muertas de los museos.

Hacia el final de la tarde volvió tranquilísima y colorada por el ejercicio, despertándome vilmente de la merecida siesta que me calmaba los nervios de la clandestina entrada y me preparaba para el primer trago sin el cual no podría confrontar valientemente el melancólico inicio de la noche y la amenaza de potenciales alacranes o arañas. Prefería orinar afuera que entrar al baño porque al correr la puerta corrediza me daba de narices con una arañota negrísima y peluda que como una bola de lana residía tranquilamente en las piedras perennemente oscurecidas por la puerta corrediza que solía mantenerse abierta.

Ella trajo caviar, sabrosas galletitas redondas, queso de crema y limones cuyas tajaditas me tocó cortar. Al caer el último sol del año hicimos el primer brindis y nos comimos las galletitas con caviar preparadas como correspondía. "Hasta la Victoria siempre". "Patria o muerte..." "Cogeremos". "¿Qué?" "Un chiste nomás". "Sos un vulgarsote asqueroso. No entiendo cómo te aceptaron a vos en la revolución". "Nunca he dicho que me aceptaran. Si acaso me toleran. Pero me iría en la primera camada de la revolución cultural con un capirucho de periódico en la cabeza". "Y merecidamente. Porque si gente como vos va a construir la nueva sociedad estamos fritos". "Fritos estamos si la construyen los puritanos que confunden el catecismo con el marxismo y quieren hacer trabajo voluntario todos los domingos como acto de contrición. La primera orden del gobierno revolucionario debería ser prohibir la virginidad". "Por favor, si éste va a ser el tenor de nuestra conversación..." "Como buen tenor te canto una o dos arias". "No sabés cantar". "Siempre dediqué mi boca a mejores artes". "Chish, ¡ya!"

La primera copa de champán hacía su efecto. Mi tímida lengua se desataba. Ella que nunca leyó a Vico se rigidizaba como si le apretara el corset y comenzaba a maltratarme con el látigo más poderoso y ardiente que he conocido: su capacidad discursiva. Esa niña debió ganar todos los concursos de oratoria en su escuela. Cuando le vino el primer ataque de cólera propuso que dejara de chupar y le ayudara a preparar la cena. Le dije que era muy temprano para año nuevo. Me sugirió entonces que saliéramos a la orilla del lago a recibir el aire fresco. A falta de respuesta el que calla otorga. Salimos. El frío picaba y el viento subió. Le pregunté si no tenía por allí un pasamontañas para protegerme. Se burló con agudeza de mi susceptibilidad al frío. Para marcar el punto salió en camisa y con las bermudas flojotas que tenía puestas. No usaba *shorts* porque le daba vergüenza enseñar sus caniflautas en público o que se percibiera la línea de su cuerpo a través de sus ropas, gesto fatal para el erotismo. Aunque es de recordarse que el erotismo la tenía perfectamente sin cuidado. Para ella dichos menesteres eran tan ajenos como preparar comida en lata. Salí bien enchamarrado para proteger mis fláccidos pulmones asmáticos de tan gélida violencia.

El cielo estaba claro, con ese exceso de estrellas que embrutece por su inconmensurable abundancia cuando se les percibe sin los velos de la luz eléctrica. Cielos que hacen sentirse hormiga a uno, microbio del universo, sentimiento que nunca era el más adecuado cuando se estaba al lado de la V/V intentando justificarse. Ella lanzó una lírica celebración de la opulenta belleza de ese rincón del planeta sugiriendo que era un privilegio único e inimaginable deleitarnos en sitio con tan esplendorosa calma. Dije que sería lindo estar en un salón de baile oyendo el rumor de un pregonar que dice como en el inicio de *Reina Rumba* que suenan los tambores y entran las trompetas, el *showtime* tropical de los tres tristes tigres, el salón de baile a reventar, griterío ensordecedor que envuelve los rincones, se derriten las trompetas y la percusión, voces que revientan como hinchazón malherida, música irrumpiendo con pellizcos de sudor, entresacada del fuego Celia Cruz, Johnny Pacheco, Willy Colón, Rubén Blades con "a" de gente decente y no cuando es Bleyds que es paja de gringos, Eddie Palmieri, Tito Puente, Rafael Cortijo asomándose del cielo para vernos bailar y uno de blanco sintiendo el calor de la música que aprieta, sabor toronjilado de trópico y sudor de sexo de las minifaldas de al lado que recién se agitan, olor a ron y terremoto porque los tambores suenan y no porque la tierra guatemayense se agite de tristeza en su fría soledad folklóricamente victoriana. Hacía un frío del carajo. Estar con ella era la cosa más triste del mundo. Brillaba como esas lejanas estrellas a miles de años luz, fría, friísima a la cual uno no podía arrinconarse para pescar un poquito de calor.

"Vine entonces para hablar de nosotros". "Ah vaya". "¿No fue lo que vos dijiste pues? ¿Que no querías ser mi cuate así nomás superficialón de cómo están tus papás, cómo está tu hermana, sino que querías entender qué pasó entre nosotros? Aquí estoy". "Empezá a explicarme pues". Empecé miles de veces y nunca terminaba. Siempre me interrumpía con sus largos soliloquios shakespearianos en los cuales me explicaba quién era, quién debería ser y cómo debería comportarme. Sólo siendo como ella me lo exigía estaría a la altura de merecérmela y ganarme su confianza. Yo desconectaba a medio monólogo y fantaseaba a Caito haciendo la señal de la cruz con las presumidas maracas, el ritmo sabroso del Caribe con la clave y el repentino fuego de piernas encaneladas amagando contraídamente el ritmo que era pura azúcar y la melodía empañaba la brisa caliente, la *saudade* de trópico que chorreaba de mis entrañas cada vez que empezaba con sus monólogos dejándome vacío. Cuando terminaba y me preguntaba lo que pensaba ya no pensaba porque no había nada que pensar cuando uno visualiza caderas vibrantes y gozonas. El cerebro se achicharra de sofoco y la boca exige el sonido de la primera trompeta, el malcabresto ritmo del bongó. Ya no hay aplomado uso de razón.

La V/V no me dijo nada nuevo. Apreciaba que no quisiera seguir lo nuestro. Esperaba que no estuviera reaccionando con miedo, defensivamente. Ella quería alguien fuerte, que la desafiara y a quien ella pudiera desafiar. Pretender menos era como pedirle que se suicidara. Muéretemuéretemuérete. Yo soy quien soy me dijo, y no podía cambiar ni ser feliz a menos que se sintiera bien conmigo. Lo que no dijo es que para sentirse bien era yo el que tenía que cambiar porque yo también era yo. Estábamos en una desnuda lucha por el poder que le sacaría brillo a la calva de Foucault. Muéretemuéretemuérete de tanto bailar, ay qué rico el caderazo. Me recordó que cuando empezamos a pelear me dijo que las relaciones tenían cierta energía y que, o uno las alimentaba o empezaban a morir. Estaba totalmente de acuerdo, muerto de hambre afectivo como anduve con ella mientras seguía pensando muéretemuéretemuérete de tanto bailar, ayayay negra bonita, y ella que mi energía se iba en dudar y no en construir. "Una cosa es trabajar una relación porque los dos queremos cambiarla para mejor. Al principio te dije que pensé que valía la pena hacer ese esfuerzo. Sin embargo después de lo del Brasil y de esta separación ya no sé. Antes pensaba que los dos teníamos el compromiso de resolver esas cosas juntos, costara lo que costara, y no era una tarea que me asustara. Pero ya no sé si vale la pena hacer el esfuerzo". "Oíme mujer. Me estoy muriendo de frío. ¿Qué tal si regresamos y prendemos la chimenea?"

## 5

—...

Sírvanse más por favor. Sin preguntar. Malacate, servíle al Santos Reyes que no alcanzo. ¿Querés más Tacuacina? Bueno. Como dijo Li Yu, espero que encuentren mi historia entretenida, sabrosa, gozosa y que cuando la termine todavía estén conmigo. A menos que sean puritanos que no es lo mismo que puros gitanos ni, como dirían los argentinos, puros tanos.

Volvamos entonces al lago del deseo. No les cuento lo que comimos. Ya de menús los tengo hasta aquí y no quiero que piensen que ella cocina mejor. La verdad sea dicha, preparó la cena de año nuevo mientras yo le entraba tranquilazo al

champán y al caviar contribuyendo con artes
menores como pelar las zanahorias o picar el ajo.

Al final de la segunda copa ya me entró la
melancolía de la soledad. Se veían a lo lejos las presumidas luces de Panajachel que a esas alturas del
negocio podían ser las luces de Buenos Aires. Llegaba hasta nosotros el ruido de la música de los
bailes que empezaban a desatarse en la diminuta
metrópoli lacustre agigantada segundo a segundo
por mi lubricado recuerdo refrescante de las piernas
agitándose al sudoroso ritmo del guaguancó cuyas
notas llegaban nítidas como esquiando sobre el agua
que estaba pura mantequilla ahora que había dejado
de soplar el viento. Le sugerí agarrar la lancha e
irnos a bailar y me mandó, perdonen la vulgaridad,
a la mierda. "¿No que entraste al país para venir a
hablar conmigo pues?" "Ay sí mujer, pero es año
nuevo. Podemos hablar mañana". "Aquí lo estamos
celebrando como corresponde. ¿No se trataba de
reencontrarnos, de..." "Sí, pero una bailadita..."
"Primero, bailás re mal. Tenés los hombros tiesos.
Apenas si podés quebrar la cintura y agitás fie-
ramente los piecitos como sapo eléctrico con asma.
Segundo, nunca me mirás a los ojos cuando bailás.
Estás contemplando a cualquier otra, siempre las de
la ropa más atrevida y me revienta ese gesto de vos.
Tercero, no me da la gana. Si te vas, te vas solo y no
me volvés a ver en la vida. Me desaparezco. Cuarto,
me encabrona que no apreciés el esfuerzo que hice
en preparar esta cena íntima..." Para entonces ya sólo le pedía que se callara, ya ya ya ya. Sus soliloquios
golpeaban más duro que la metralla. Tranquila, ya,
ya. ¿Más champancito, Tacuacina? Y a tragarme la
melancolía a huevazos porque no existía ni el espacio

de articular mis deseos discursivamente, mucho menos de saciarlos.

La cena fue romántica. Con candelitas, comidita fina y el champán de rigor. Ella se tranquilizó y hasta sonrió. Noté que tomó bien poco pero eso tampoco era notable porque casi nunca tomaba. Al sonreír se le iluminaba la cara redonda como platillo volador y me daba ternura. Ternura pero no deseo. El miembro ni por asomo reconocía su presencia. Era una nenota, no una mujer. Una nenota con una computadora parlante en la cabeza. No sólo de ideas vive el hombre. Aunque esa noche sí vivimos de ideas porque no hubo de otra. Platicamos de la coyuntura política, de la ofensiva del ejército en el altiplano, sabíamos que había caído un comanche por el Quiché, un ex cura que fue gran amigo de ella antes de que subiera a la montaña, cuando los dos trabajaban en la casa de los jesuitas en la zona cinco. Eso le dolía un chingo y no tenía con quién desahogarse. Comentamos las dificultades de la guerrilla para reagruparse, el que la mayoría de los miembros de la dirección ya estuvieran fuera del país.

—...

Sí, Literal. Eso era lindo. Cuando hablábamos de política se deslizaban las horas como aceitito porque era su mero fuerte. Hablaba a mil por hora haciendo análisis que no se me ocurrirían ni bajo tortura. Sus ideas eran estimulantes cuando no absolutamente brillantes. Tenía una visión estratégica que nunca dejó de asombrarme. No estaba maleada y no sabía mentir. Zas, nos metimos en el rollo y voló el tiempo. De pronto gritó ¡medianoche!

Corrí a abrir otra botella de champán dejando que el melindroso corcho rebotara por toda la melosa casa con lujo de melodrama mientras me daba un calurosísimo abrazo de feliz año en el cual los alargados segundos que duró combinado con la fuerza del apretón eran claramente indicativos de que todavía le importaba. Como si todo eso no fuera suficiente murmuró, "a pesar de todo, has sido parte importante de mi vida, cabrón". "A pesar de todo". "Muy a pesar de todo porque sos un reverendo hijo de la chingada".

La política le abrió paso a la ternura. La agudeza del momento celebratorio generó su pequeño círculo de calor rociado de buen champán que siempre facilitaba la comunicación cuando no agilizaba el mal humor. Por una vez no seguimos discutiendo. Nos sentamos frente a la chimenea, las puntas de los pies casi tocando el sardinel, nos echamos una colcha sobre la espalda y silenciosamente observamos cómo ardía el último tronco que dejamos caer en el trashoguero. Del dintel colgaban como pájaros muertos dos botas navideñas coloradas con el nombre suyo y mío, pequeña sorpresa con la cual trató de sorprenderme. Sobre la mesilla un par de olorosas candelas impregnaban la habitación con su aroma y un palito de incienso ardía lentamente. Quise generar más llamas con el fuelle pero me dijo que dejara los troncos en paz y colocara la pantalla en su lugar. El manto jalaba el humo por la cintura de maravilla. Nos recostamos sin temor a la asfixia. Pesadamente nos dejamos caer en la cama como bolas de helado que lentamente se derriten, apenas alcanzando a cubrirnos ricamente con los lanudos ponchos de Momostenango ante lo súbito del sueño. No pasó lo que pensarán malpensados porque al fin y al cabo no era la Valéria pero sí dio para dormir abrazados como hermanitos que a pesar de pelear todo el tiempo se quieren mucho mientras la chimenea se extinguía lentamente y sólo quedaba alguna que otra brasa prendida luchando con asmática terquedad por no morir entre las cenizas del fuego viejo del año *ídem*.

## 6

El tiempo fue suspendido naturalmente. Del lunoso ardor pálido que nos transportó hacia flotantes ensueños en los cuales confundí a Ts'ui Pen con Yu Tsun y me saltó a la cara de manera desconsoladora el rostro de Fergus Kilpatrick confundiéndose con el de la V/V pasamos al picante sol del amanecer que correteaba la niebla de las cumbres. Me despertó muchísimo más temprano de lo que deseaba en un primer día del año. Desde luego no habían cortinas en las ventanas porque gente práctica, la familia victoriana era madrugadora. No necesitaban de artificios para prolongar la magia de la noche.

Me desperté con un miedo desconocido, enrollado como un ovillo. Con los rayos del sol me taladró un dolor de cabeza en cuyo eco reconocí el champán de la noche anterior y visualicé dos enormes tylenoles como los salvavidas que me mantendrían a flote durante mi confusa relación con ese día que abusaba de soleado. Había un olor raro en el ambiente que no supe reconocer pero por su tufo dulzón parecía flor de muerto. La V/V no estaba en la cama. Sólo quedaba la mullida almohada de plumas como testimonio de su pretérita presencia. La V/V que no aguantaba que le dijeran Vicky, detestaba las almohadas de esponja. Se refería a ellas despectivamente como "almohadas de chicle masticado". Me levanté, vistiéndome lo más rápidamente posible para obviar el friíto que no se disipó del todo a pesar del hastío blancuzco del sol. Me asomé a la sala. No estaba por ninguna parte. El ambiente impregnado de tumescente humedad se sentía cargado de una inexplicable podredumbre, una cierta hediondez. Echándome una chamarra encima mientras titiritaba de ansiedad salí a la entrada de la casita a tiempo que el guardián entraba con tortillas recién salidas del comal. "Buenos días patroncito". "Buenas... feliz año. ¿Disculpe, no sabe qué se hizo la Victoria?" "Nadando anda. Allá se fue pues, tras las rocas esas. Desde bien tempranito, figúrese usted".

Preparé el café. Me deseé feliz año a mí solito y me comí las tortillitas calientes. ¿Por qué no podía inaugurar el año despertándome al lado de un cuerpo color caoba enrollado como boa tibia por mis lonjas que me exprimía los líquidos vitales en un explosivo géiser? ¿Por qué no podía tener el cuerpo de una cálida Valéria con el cerebro humeante de una V/V? ¿Por qué no podía tener alguien que me brindara la más mínima, frágil ternura en la mañana con la misma certeza del jugo de naranja recién exprimido? ¿Por qué no podía tener besos al amanecer, alguien que me murmurara "contigo siempre" aunque mintiera? ¿Por qué no podía tener labios que ardiendo de rojo a mi lado me embadurnaran de besos nerviosos hasta arrancarme la modorra matinal y me hundieran en la tibieza de su fruta abierta?

Ya estaba acabando cuando apareció la V/V en estado delirante. Venía empapada, la piel hinchada por el agua fría, agitando la cabellera mojada. Traía una sonrisa de oreja a oreja que le redondeaba más aún la cara. "¿No vas a nadar? ¡El agua está riquísima...!" "Ni bruto. Soy animal de trópico. Me meto en esa agua helada y me da un infarto". "Siempre lleno de babosadas. Es cuestión de..."

No quería empezar el año discutiendo. Me daba pereza. Pereza de discutir, pereza de pelear, pereza de validar quién era ante sus ojos incapaces de verlo, incapaces de reconocerme. "Desayuná y vámonos para Pana". "¿Ya te cansaste de estar conmigo?" "Ya me cansé de estar solo, triste y abandonado". Como de costumbre no agarró la ironía. Es cómico. Hay gente que no entiende cuando uno dice cosas de doble sentido. Ella encabezaba esa lista. Era pura seriedad, puro *business*, pura tragedia griega. Masticó algunas palabras indescifrables entre un bufido. Estiró la espalda. Se puso indómita y caprichosa. De acuerdo. Le busqué tres pies al gato pero tenía necesidades afectivas acentuadas por la sentimentalidad engorrosa del año nuevo enrevesado. A mí sí me importan las fiestas, vaya. La energía se me fue en hacerme el desentendido y evitar una contestación grosera mientras verificaba por enésima vez el absurdo de nuestra manera de llevarnos. Era incapaz de explicar por qué seguía clavado en tan fútil empresa tratando de complacerla en desenredar esa madeja del adiós redondo como dijo Pedro Salinas.

Comió rápido apenas royendo las tortillas. No quiso tomar café. Le pidió al guardián que nos ayudara a empacar la lancha al chilazo. Casi no me dirigía la palabra más que para exigir que ayudara en limpiar esto, lo otro, y en acarrear las cosas con el guardián. "Cómo no, patroncita, como usted diga, patroncita". No resistí la parodia. Lo dije por pura armonía a pesar de saber de antemano sus consecuencias. Provocarla era el más alto riesgo en que podía incurrir fuera de un operativo guerrillero. Ella mascó su veneno prediciblemente. Me mentó la madre con vocabulario de carretero que la hacía verse mucho más marimacha de lo que era. A pesar de que la goma me escocía por dentro me dio risa. Traté de contenerla porque se enojaba más. Le entraba un delirio destornillado de ninguneo. Uno tenía que poner cara de penitente mientras lo maltrataba a uno o le iba aún peor.

Me fue peor. Un objeto me silbó por la oreja. Me volteé a tiempo de recibir un fantasmeante sopapo en el cachete que créanme, más por lo inesperado del mismo que por su fuerza me botó de espaldas sobre la húmeda yerba. No digo con eso que no pegara duro. Pero más bien me botó la combinación de sorpresa con aguadamiento de patas por goma. Me levanté rápido. La verdad sea dicha pisados, con brazos y patas temblándome como arañas de corpus. Estaba más humillado por la caída que por el golpe. Se me proyectaron en el blanco cráneo mil imágenes violentas. En un segundo la vi cadáver, polvo, sombra, ¿cómo sigue? La sentí por mis iracundas manos estrujada. Sus ojos fríos me sostuvieron la mirada sin un solo parpadeo. El golpe me ardía en la piel como si me lo hubieran frotado con estropajo. Aflojé los músculos para adormitar mi cólera y no cometer una imprudencia. Sentí que algo irreversible se rompió. Tuve miedo de mí mismo. La quería ver sin ojos, sin nariz y sin orejas, la piel arrancada, el cuerpo descuartizado.

Sin decir nada me fui a la lancha y me sumergí en su punta. Me admití a mí mismo que le tenía miedo. Era nanascona, castigadora, en extremo dura, cerebral y fría. Tenía un desprecio absoluto por la inteligencia de los que la rodeaban. Lo enmascaraba en fórmulas ultraprogresistas de egalitarismo populista. Su temperamento tan alemán hizo millonarios a sus abuelos. Quién sabe cuántos dejaron sembrados en el camino. Dicen por ahí que soy un modelo ejemplar del cinismo más cabrón. Sin embargo tengo mucha más primaria y simple ternura por pobres diablos cuyas facultades mentales son apenas ordinarias, pasables, aceptables pero vienen acuartelados con corazón grande y bienintencionado, que ese desdén elitista que desconocía a quien no era capaz de articular los más sofisticados y profundos pensamientos originales a mil por hora o exhibía un temperamento lacónicamente anglificado.

Esperó a que el guardián cargara todo para subirse a la lancha. No me miró ni me dirigió la palabra. Dándome la espalda arrancó el motor con la mirada en lo alto del cerro, hipostasiando como si no estuviera presente, no existiera o, peor aún, fuera invisible. Así iniciamos el regreso a la civilización. Todo su aspecto a lo largo del larguísimo regreso por un lago que era un lunar espejo podía resumirse en el desdén de su altiva mirada, en el desdén de su hermético silencio zambullido en la glacial indiferencia. Cada pelea con la V/V era un episodio de la gran cólera del mundo.

## 7

Caminábamos cuesta arriba del muelle hacia el carro de su mamá. Trotábamos más bien. Cuando les conté lo de las olas en Río mencioné cómo furiosa andaba a un ritmo que más se asemejaba a la caminata olímpica. Tenía que correr para mantenerme a su lado. Ella tenía los ojos fijos hacia el frente esquivando todo contacto. Yo ojeroso, ella tenía ojeriza. Ojizarca con pupilas de hielo e iris candentes que dejaban ver claramente que su humor vítreo eran cristales machacados de mal humor. No era exactamente el ojo de Bataille pero sí un ojo dispuesto a dar batalla.

Llegamos al carro. Era una camionetita Toyota celeste de doble tracción. Estaba parqueada donde termina la playita y comienza la fila de champas, todas chiquititas e igualitas, que sirven esos desayunos deliciosos con frijolitos negros y platanitos fritos con crema en mesitas de todos colores. Había flecos de papel de china rojos y verdes colgando de sus techos con motivo de la celebración y pino desparramado por el piso de tierra. El olor fresco de manzanilla se mezclaba con los resabios del olor a octavo y de algún vómito que no terminaba de secarse.

"Vos caminás". "¿Perdón?" "Vos caminás. No te subo a mi carro". " Ah, la gran. Qué de a huevo va la Virgen. Seguro que de niña comiste demasiadas papas fritas. Sin sal". Abrió la portezuela del lado del timón. Tenía las llaves en la mano y la cara empurrada. Me sentía de este tamañito, así, y si me salvaba algo era el coraje de que me hiciera sentirme así, la cólera que me generaba su desdén.

Sería en ese momento como dirían las novelas de caballerías, cuando escuchamos el arremo-
linamiento tras nosotros. La playita estaba inundada
de luz. Los escasos árboles que cubrían la fila de
champas parecían dorados racimos de sol tibio que
apenas empezaba a calentar. No había ni un alma
porque era tempranísimo y era primero de enero.
De allí que la intimidad generada por la ausencia
de otros seres que facilita el desparramamiento de
los arrebatos de cólera más infantiles se viera
súbitamente cortada por lo inesperado del foráneo
barullo.

Los dos muchachos con cara lampiña
corrieron hacia nosotros como maratonistas con
taquicardia. Salieron de la nada. De atrás del agrie-
tado cauce seco del río que marcaba el fin de la
playita. Salieron inesperadamente recorriendo los
aires con mágica facilidad como recortes abando-
nados de otro sueño, burbujas recorriendo el aire
matinal delirantes de entusiasmo. Estaban bañados
en sudor. Tenían el rostro desencajado de quienes
surgían no de una aterciopelada quimera color de
rosa sino de una angustiosa pesadilla bastante gris.
Nos quedamos paralizados. Fue un mínimo instante
pero suficiente para que llegaran hasta nuestro lado
con la rapidez de un tigre saltando sobre su
hipnotizada presa. Sólo entonces percibimos que
estaban armados. "¡Las llaves del carro!" "¿Qué?"
"¡Somos guerrilleros! ¡Las llaves del carro!" Eran
niños que en cualquier otro país mínimamente
civilizado andarían en pantalones cortos. Serían
vírgenes, alegres, dóciles y charlatanes. No serían
guerrilleros más que en una carnavalesca fiesta de
disfraces. Traían el desgarrado traje verdeolivo que

pasaba por uniforme todo enlodado y botas de hule rotas en los pies. Computando rápidamente pensé que podían ser nuestros pero lo más seguro era que fueran de las farmacias. Las FAR para los laicos aquí presentes. Los niñitos apuntaban sus armas hacia nosotros. Más que el susto de las mismas me deslumbró su propio nerviosismo. Estaban muertos de terror, desesperados, amarillentos de tan pálidos y flaquitos como si llevaran días sin comer. Uno de ellos tenía mojados los pantalones en el sitio estratégico, coyuntura braguética donde todo gesto de hombría se reduce a su más elemental expresión, donde los órganos vitales se vengan de la tiranía de la razón con lujo de desprecio. De no ser paradójicamente el objeto de su salvación en esa alocada huida hubiera sentido una ola de maternal ternura por sus ingratos esfuerzos.

Es así siempre que la suerte cambia. Suele ser con grotesca comicidad. Songo le dio a Borondongo, Borondongo le dio a Bernabé, Bernabé le pegó a Muchilanga y mejor me hago shó porque me voy a poner a cantar como el negro Arturo, sucedió lo inesperado. La mujer de acero perdió la calma y cometió una imprudencia. En vez de entregar las llaves como correspondía y susurrarle "buena suerte" a los compas, salió corriendo en zigzag hacia las champas con las llaves en la mano presa del pánico. No nos lo esperábamos ninguno de los tres. Arrugué la cara temiendo lo peor. En efecto uno de ellos alzó el arma apuntándole a la espalda. Era un blanco facilísimo a menos que por puro nerviosismo errara el tiro. Instintivamente levanté el brazo y desvié el cañón hacia arriba a tiempo que el compita jalaba el gatillo. El balazo repercutió por el silencio de la mañana como si dejaran caer una pecera llena de agua. Los pájaros alzaron el vuelo revoloteando en infernal alharaca.

"¡No! ¡Es colaboradora! ¡Corran! ¡Váyanse de aquí antes de que vengan a buscarlos por el tiro!" Tenía las manos heladas, el cuello ardiente en la parte posterior e inferior de la cavidad craneana. Moví la cabeza en señal de desaprobación. Se me quedaron viendo incrédulos pero instintivamente respondieron a mi voz y bajaron las armas, amishados. Ella se refugió en la champa más cercana. Asombrado por la inesperada autoridad recién ganada, abusé inmediatamente de la misma. Cuidando la entonación como si mi voz fuera una resonante obra de arte grité a todo pulmón: "¡Victoria! ¡Tirá las llaves para acá! ¡Si no, van a agarrar a los compas! ¡Rápido!" Sentí delicioso decir "los compas" en voz alta. Me sentí empapado del rol que el destino quiso que jugara. Reivindicado. A veces la realidad sí podía superar lo imaginado. Atesoré en mi memoria el audaz momento. El milagro funcionó de nuevo probando que el trueno puede pegar dos veces en el mismo sitio. La altiva V/V reducida de pronto a una temblorosa piltrafa acató mis órdenes. El racimo de llaves salió como por encanto de la champa cayendo a unos metros de donde estábamos. El de los pantalones mojados saltó como muerto de hambre sobre las mismas, malabareándolas de puro nerviosismo. Las agarró al vuelo y se las tiró a su colega como si fuera un pase de basquetbol. El otro saltó literalmente hacia el asiento del conductor y en un dos por tres arrancaron. "¡No vayan muy rápido porque pueden chocar y los va a parar la policía!" Asintieron como niños buenos que internalizaban la última recomendación de su mamá. Desaparecieron como exigen todos los clichés literarios, en una nube de polvo.

8

Ya nada tenía qué hacer allí de manera que todo lo que pasó después fue sin mi presencia. Pasó como pasan las cosas. Una tras otra en rápida sucesión, demasiado rápida. Tanto que no se registran. Uno trata de no sentir para poder pasar los días sin pensar, de manera que se queman los bulbos raquídeos, se atolondran las dendritas y las astas de la médula quedan en peores condiciones que la flora intestinal.

La V/V histérica, llorando a moco tendido y reducida a un infantilismo babeante se dejó abrazar por su servilleta. En dicha pose que pudo ser una idílica pintura de Cot o Fragonard estilo *El progreso del amor* con unas rodillas que temblaban más que campanas de iglesia durante el terremoto y el respectivo azote con vientos huracanados de todos los hálitos de la emotividad, caminamos hasta la casa de su familia donde generamos tremendo escándalo contando lo sucedido. La muchacha nos dio agua de brasas mientras la madre acaparaba píldoras y calmantes de virtudes diversas. Como a la media hora un par de policías boquiabiertos nos tomaron declaraciones que se las tuvimos que dictar des-pa-ci-to porque apenas sabían escribir en letra de molde. Después la angustia de la otrora invulnerable creció hasta el insoportable desatino de la histeria, gritando y vomitando. Pasado el exceso dijo que quería dormir.

Medio mudo me despedí tímidamente de medio mundo y sobre todo de sus padres que me miraban de medio lado. Llegó la hora de emprender la retirada. Me medio tomé un *Bloody Mary* medio a la carrera, tan sólo para medio remojar la goma que se me medio resecó aún más con el susto, medio agarré el carro rentado y todavía medio aturdido por las emociones emprendí la vuelta a la capirucha.

Me pasé una inquietante eternidad matando los interminables minutos que me separaban del ansiado vuelo de salida. Revisité lugares que atesoraban morbosos recuerdos de mi niñez y se magnificaron en mi escamoteada memoria por las rosadas brumas de la lejanía: el guacamolón, conocido también como Palacio Nacional para quienes nunca han posado sus cansados pies en el Valle de la Virgen que no lo fue nunca, la torre del Reformador que evidencia el exagerado tamaño de la de Eiffel, la estatua de don Justo lanzándose al ataque en la batalla de Chalchuapa donde esculpiría para siempre los futuros destinos de la unión centroamericana, el hipódromo del norte donde hace casi un siglo no corre ningún caballo si no incluimos bajo dicho sustantivo a los miembros del Pelotón Modelo de la Policía Nacional, el idílico mirador de la salida al Salvador desde donde sí es posible apreciar la paz y el aire fresco cubriendo como velo de novia la capital del Reyno de Goathemala que duerme cándida, apaciblemente como púber canéfora custodiada por la cadena de volcanes que se cimbran en el horizonte, honorables guerreros mayas, caballeros tigre y caballeros águila siempre listos como los *boy scouts*. Todo eso después de tomarme un vasito de atol de elote y tostaditas en San Lucas. Me costó un ojo de la cara encontrarlos por ser el día que era, ya de sobra mencionado, pero mi huevo si me iba sin calmar las inquietudes asimilando una tranquilizante dosis de amebiasis.

A la mañana siguiente exhalé al salir de vuelta para Tenochtitlan en el primer vuelo de la enneblinada mañana. De lo que pasó en ese instante no me vine a enterar sino un par de días después. Estaba durmiendo cuando sonó el teléfono. Vi el reloj emblemático como los detectives en las películas. Eran como las seis de la mañana. Maldije espesamente al pisado que se atrevía a arruinarme el día a tan malhadada hora. Pensé en no contestar pero me entró eso de que a lo mejor. Me levanté porque tenía el aparato en la sala. Desde que oí el zumbidito de larga distancia y me dijeron "Aquí le van a hablar de Guatemaya..." supe que se venía un morongazo. Apreté el esfínter con la misma anticipación del torero que ve venirse al toro cuando se le cayó el capote de la mano. Pero aún así no me lo esperaba. Como en una novela rosa, un taladro gigantesco atravesó mi cabeza. Murmuré algo apenas perceptible. Dejé caer un hilo de baba sobre el micrófono y al colgar solté un largo pujido seguido de una catarata de lágrimas.

Pensé esa tarde, una tarde gris y fría, en el viento negro de César Brañas, poema del cual, si bien me recordaba, venía de los eriales de la angustia, de los desiertos desnudos como jóvenes sombríos, el viento negro decía el poema, el viento mendigo nos hurta monedas de clamores y nos deja haraposas soledades y solitarios amores de miseria, como decía el antigüeño. Ser guatemayense es ser hijo de puta pero ser guatemayense es también ser un sufrido hijo de puta con una suerte del carajo. Por mucho que se intente no se puede huir del horror ni bailando con la más fea. Es una maldición de origen lanzada desde que el pisado del Pedro de Alvarado se quebró al jetudo de Tecún Umán. A ver, subámosle el volumen a la música que si no me voy a deprimir aquí mismito y chillo.

— ...

¿Quién creería que la caída sería tan rápida, tan vertiginosamente inmediata, tan súbita, tan así nomás, caer, caer como los ángeles de Milton hechos huevo y en picada hacia el infierno? La vida no es sino fragmentos sin cohesión que flotan como motas de polvo en espacios incomprensibles mientras a uno, moteado, le suenan a risotadas chillonas escabulléndose por todos los rincones; pero no es sino el silbidito del viento mofándose de nuestros redondeados traseros. Por primera vez me puse a verga un par de días seguidos. Nunca he sido de mucho chupar... De veras, Sibella. Pregúntenle a los chapines aquí presentes. ¿Acaso no es cierto vos Literal? ¿Malacate? Cuando hablo de chupar digo en comparación con esa pústula llamada "patria" donde como decía Roque, quien no chupa o está enfermo o es pura mierda. Porque allá el trago va en serio, no como aquí que es vinito fino. Allá se toma guaro sin parar, el día entero y toda la noche y todo el otro día y la otra noche. Saben que si uno chupa así es porque debe tener una pena y los guatemayenses viven penando.

La llamada. Era sobre la V/V. Para colmo era la misma mamá. Me lo barajeó despacito, muy recatada, como si fuera una llamada de negocios. Sólo para informarme. Al día siguiente del drama que vivimos, el mismo día que volé de vuelta a la ex ciudad de los palacios, hoy palacio de la polución, la V/V salió a hacer un mandado a Sololá. Como se quedó sin carro se fue caminando. Tan tranquila, así, como una tórtola llena de secretos fosfóricos. Caminaba cuesta arriba en un día blanqueado de sol por esa montaña cargada de aterciopelados verdes chillones que absorben tanta luminosidad que ciegan la vista, hacia la magnífica cataratita que parte en dos la montaña. Le pedía jalón a los que pasaban como acostumbran hacerlo los turistas en ese trecho de la carretera sin que se reportara incidente alguno precisamente por tratarse de turistas y ser tan reducido el margen de maniobra.

Pasaron varios. Cuando escuchó el ruido del siguiente automáticamente disminuyó el paso y alargó el dedo a la Sissy Hankshaw aunque no los tenía tan grandotes a pesar de ser alemanaza. El van disminuyó velocidad y se le acercó. Era apropiadamente negro según me contaron, como correspondía en un *film noir*. Lo peor de los estereotipos es que son de verdad. Se le acercó al arcádico rincón cerca de la cataratita de donde caía un chorrito que se hacía chiquito y se hacía grandote. Se detuvo. El conductor le abrió la puerta. La V/V que cuando andaba en esos andares siempre se despistaba y se le iba el pájaro por pensar en mil babosadas dio las gracias con una flamante sonrisa Colgate que relucía en dichas circunstancias. Saltó dentro tan tranquila con un pequeño maullido de alegría por evitarse el esfuerzo de la caminata. Eso lo vieron testigos. Me imagino el azul-celeste de sus ojos confundiéndose con el cielo del mismo color que resaltaba sobre ese follaje verde perico que aromaba el aire endulzándolo de una melancolía olorosa a maíz tierno que disfrazaba inexplicablemente la cercanía del peligro. El van subió predispuesto por la adormecida Sololá cubierta de una sedosa capa de humo sin detenerse. Cruzó el aletargado pueblo, siguió por la salida hacia Los Encuentros y entró a la base militar simbólicamente marcada de manera inverosímil por uno de los intocables tesoros del arte guatemayense: la garita de control de su entrada. Firme como un baluarte, es una grotesca escultura de dos bototas militares color caca, discúlpenme señoras, con un casco verde vómito encima, estilizado a lo nazi como les gusta a los chabacanos chafas chapines.

No me gusta ser malhablado pero ciertos íconos generan reflejos condicionados y no han sido aún inventadas palabras decentes para describirlas con un mínimo de respeto. La choteada, chupadora y chocante chusma chusca que son los chafas por ejemplo. "Respeto" por lo demás es un oxímoron de la palabra "militar" porque como no saben hablar la confunden con espeto o con esputo que no es lo mismo que "es puto" aunque la mayoría de militares sí lo son y los escupo.

Pero todo eso por decirles que en efecto hubo testigos que vieron entrar el van a la base de Sololá. Todo eso se supo hasta después de que la V/V no llegó a almorzar. La mamá se preocupó. Empezaron las frenéticas averiguaciones. Como los viejos eran pistudos y bien conectados mandaron a preguntar a la base pero lo negaron todo, incluso la existencia del van en cuestión. Las placas reportadas, porque más de algún astuto mirón se fijó y las denunció, eran ficticias. No existía récord de ellas.

Los viejos movieron cielo y tierra en pocas horas poniendo nervioso a más de alguno en puestos altos. Así y todo sólo consiguieron un mensaje anónimo diciendo que fue "posiblemente detenida" porque su novio que era un subversivo con vínculos al comunismo internacional, alusión que se refería a su servilleta aunque ni era su novio ni me simpatizó nunca el comunismo internacional, informó a unos guerrilleros arrestados por Los Encuentros el día anterior que ella colaboraba con la subversión. Ah, y les devolvieron el Toyotita con escasos daños. El caso estaba en manos de la seguridad militar y ya no se podía hacer nada más que prenderle muchas candelas al Señor de Esquipulas...

## 9

Voy a darle vuelta al CD. Con el permiso de ustedes vuelvo a "Sopa de caracol" que gústenos o no es el rezongado tema de esta noche. Sopa beliceña para despertar el deseo. En serio, Tacuacina. ¡Epa! ¡Wata we negui conch soup, wata negui conch soup! ¡Yupi pa ti, Yupi pa ti! ¡Si tú quieres bailar, sopa de caracol! Meter ritmo, despertar el alma y despabilar los dolores de músculo generados por viejas penas y atormentadas culpas qué sacudir, ¡sacude sacude! Ritmo garífuna de quienes llegaron desde Saint Vincent hasta Roatán en 1797, desembarcaron en la costa caribeña y ahora para lujo nuestro los tenemos metidos hasta el tuétano gracias a las gracias de Andy Palacios que los construye no en el aire sino en el ritmo que nos mete por la colita. ¡Afloja la cintura! ¡Aflojá, Amapola Ojo Alegre!

Porque si no sacudo, si no aflojo, me da como un reumatismo de espalda que me carcome de atrás para adelante hasta explotarme la cabeza y se me borra la sonrisa sin la cual me mato. ¿Qué hacer? ¿Cómo decir? ¿Cómo explicar? ¿Cómo vivir? No sé si han pasado alguna vez por eso fuera del Santos Reyes. ¿Podrán imaginarse cómo me sentí? ¿Lo que sentí? ¿Lo que sigo sintiendo? Ya mal como estaba y terrible como era todo eso, faltaba un detalle más. Cuando a uno le llueve, le llueve sobremojado. Por no decir, le caen chaparrones encima hasta que los escalofríos se convierten en punzadas y la pulmonía es impostergable.

La vieja me pidió que hiciera algo desde México. Armé escándalo. Distribuí fotos con la carita canche de azucena y la sonrisa Colgate a los periodistas que buena onda la mayoría aunque parecieran ángeles indigestos, denunciaron el secuestro. Hasta *El Universal* publicó la compungida nota. En las oficinas del *unomásuno* en la colonia Nápoles me reprodujeron copias de la foto. Incluso sacaron un editorial condenando tan salvaje evento y comparándolo con el de Alaíde Foppa. Las mujeres de *Fem* le entraron con ganas por la misma memoria histórica armando otra colorida manifestación que caminó de nuevo en círculo frente a la embajada que seguía estando por el monumento a la Revolución esa otra mañana, grisácea y fallida de cuando lo de Alaíde.

Me tuve que cambiar de casa. La llamada de la vieja me quemó. Esa misma mañana llegó lo más granado de la revolufia a vaciarme el depa lleno de *Noticias de Guatemaya*, papeles viejos de cuando prensaron a una compa canadiense en México tratando de cobrar el rescate de un banquero australiano que sirvió de cebo para descabezar la organización y cualquier otro fuego artificial que encontraron por allí. Después agarré fuerza. Dejé de correr de oficina en oficina y de manifestación en manifestación. Me quedé un tiempito en casa de una colaboradora mexicana cheverísima que vivía por Coyoacán con una hija que alucinaría a cualquiera. Ya instalado allí libre de responsabilidades me enfermé pensando en lo que no quería pensar.

Me eché los tragos como les conté. Al tercer día no pude levantarme. Me dolían los huesos. Sentía escalofríos en la espalda. Era como si se me salieran los huesos de los gonces. El dolor de cabeza era brutal. Así y todo me bañé para ver si resucitaba un poquito. Lo único que conseguí fue casi desmayarme bajo la regadera. Me desayuné con la lentitud del caso. Ni bien acabé de comer y ya estaba temblando de frío. Como el clima no era para tanto y tenía puesto un suéter decidí sacar un termómetro. Me lo puse bajo la lengua.

—...

No, no jodás, bajo la lengua. Tenía casi 39 de calentura. Pensé que me moría, que me hicieron mal de ojo, que era castigo de dios aunque era oficialmente ateo a pesar de que la mayoría de compas eran creyentes, que era mi destino cómico ya que no podía tener destino trágico por no tener estatura de héroe. Lamenté mi triste paso por la Tierra convencido de ser hijueputa. Encima de lo de la Valéria ahora también la V/V. Dos volumétricas "V"s, dos volcánicas "V"s vueludas y voraces a su manera, voluntariosas y vitriólicas que formaban una gran "W" wagneriana condenándome al Walhalla sin el consuelo de las walkirias.

No era lo que se imaginan. La patochada que me dio en la maceta fue lo que me dijo su vieja al llamar. Se me hizo escándalo hasta a mí. No es jactancia. De verdad. Se lo imaginarán, ¿no? La V/V estaba encinta. Obviamente para año nuevo ya lo estaba y no dijo nada. Pero su mamá me lo aseguró. No había resuelto decírmelo cuando desapareció. Salud.

Cafecito *espresso* en tacitas chiquititas con un
toquecito de sambuca y un coñaquito
Courvoisier (hay también Armagnac
para los que prefieren) al lado


1


Ahora sí necesito que me ayuden a recoger estos tras-
tes y cubiertos. Ya el champancito me hizo efecto.
Voy medio disparado hasta Marte. Gracias Sibella.
Buena onda, Tacuacina. Me complazco como foca
con que me mimen en este instante. Ayuden también cerotes. No sean machistas. A otro lento con
ese ungüento como diría mi abuelita por no decir
que todas sus excusas son puro cuento.
    —¿...?
    —¡...!
    Sobra decir que no quiero una de esas tra-
gedias de caricaturas donde va el máistro cargando
el platal, se va de culo al piso y los platos vuelan por
todas partes. Francamente prefiero evitármelo. No
tengo pisto para comprar loza nueva.
    —...
    No se tienen que parar todos, gracias.
Tampoco exageren. ¿Que por qué le dicen Literal
preguntás vos Sibella? A ver, que te cuente. No, no
te lo va a decir. Le dicen así porque cualquier ba-
bosada que digás la interpreta literalmente. Acucioso
preguntón, carece de capacidad para ironizar las
definiciones del diccionario. Es un profundo des-
conocedor de Bajtín o Derrida a la deriva. Todavía
cree en Kant el pisado... ¿Saben qué? Ya que me están
armando la revolución con tanta levantadera voy a

preparar el cafecito de una vez. No sé si consiga bajarnos de donde nos encaramamos con el de la viuda negra pero por lo menos nos temperará un su poquito el medio palo que llevamos dentro.

El mantel parece ya tener color de agravios. Pero el frenético brillo de las candelas se ha intensificado febrilmente. ¿No les parece? ¿O será el efecto de la sopa de caracol? Les dije que les contaría después por qué los beliceños la toman. También lo de mi foto, la que contribuyó a darme la chambita ésta con la cual tengo problemas. Para mientras espero que no les importe que sirvamos el café sobre tan manchado trapo de indescifrable vehemencia. Por lo menos recojamos las migas con esta contrapción que traje de Francia. Uno la rueda por encima y barre los ufanos residuos. Dejamos una superficie menos amelcochada para el último relax con el rolex de los recogemigas.

¿Qué hora es? La Rosa debe estar por llegar. Les contaba que le gustaba que la amarrara. La primera vez que cogimos me pidió que le sopapeara las nalgas. Además las tiene lindas. Carnosas y bien paradas como corresponde a las de su etnia, como dicen aquí. Esta Rosa es *neguinha*. Hay un ligero desequilibrio entre su carnosidad y la finura de línea de sus piernas, torso, brazos, rostro, la herencia del papá irlandés. Contraste apetitoso aumentado por la cuchara rasurada. Eventualmente me dolió la mano.

—...

¿El cafecito? Los granos hay que tostarlos primero, Amapola Ojo Alegre. Son el último regalo que me hizo la vejestoria de la V/V, de su finca. Aquí está la tostadora. Todo fresquísimo. Después los molemos y ya va la cosa en perfecto orden. El ruido del molino eléctrico molesta pero son cinco segundos nomás.

Una noche friolenta, cubierta de neblina puntuada por los afianzados aullidos proverbiales del viento en que me sentía desesperado por la soledad y tenía chorrillo por el miedo de una cita con el decano a propósito del incidente que quería contarles, música melancólica para acompañar mis palabras por favor, se me ocurrió escribir una novela. Un escritor medita que nunca podrá ser astronauta y ver la Tierra desde fuera. Eso lo hace pensar que siempre escribió porque la imaginación era el único vehículo que le permitía experimentar cosas a las cuales tenía el acceso vedado. Sin embargo se da cuenta que su objetivo no era escribir sino vivir intensamente. Por eso cuando tuvo acceso a emociones fuertes, a experiencias únicas, se fue por allí. Al hacer el *bilan* de su vida se da cuenta que terminó sin vivir todo lo que deseó y sin escribir todo lo que quiso. Para volver a nacer como escritor tenía que entender que como chapín nunca sería central en la literatura mundial como pensó de joven, ilusionado por el *boom*. Tendría que encontrar la modestia y la necesidad de escribir como los sutras budhistas, para una posteridad incomprensible y quizás inalcanzable.

Pasame las tacitas. ¿Les gustan? Es porcelana de Puebla. La novela sería sobre la insaciabilidad de los apetitos que continuamente lo alejan a uno de la disciplina, lo tientan, lo manosean, lo puyan, le nublan la lucidez. Por eso lo de los mangos. Mangos, no magos. Con "ene". Siempre pensé que la biblia era etnocéntrica porque la fruta del paraíso era la manzana, seca, árida, escasamente jugosa, poco evocativa del placer. Si no fuera por los prejuicios europeos la fruta prohibida sería el mango, la fruta más jugosa, la que se chupa para comer, con la cual uno se embarra todo de suculento jugo, de aromas dulces y olorosos que cortan el aliento y obligan a gritar de pasión y relavar las camisas manchadas de su néctar. Pero últimamente se me ocurrió que nosotros nos perdemos en la narcotizante ambrosía del mango mientras los anglosajones parcos y duros se almuerzan sus manzanitas y trabajan como bestias. Ignoran lo que es distraerse con la insaciabilidad de los apetitos porque ni conocen el concepto. Comen cualquier porquería en sus carros camino del trabajo, bajándoselo con un café ralo que le generaría diarreas al de tripa débil. No saben de vinos finos porque el alcohol es sólo para cumplir la función positivista de emborracharse y ya ni eso hacen. Andan en onda saludable, corriendo y comiendo porquerías macrobióticas sin sal ni chile y tomando agüitas con etiquetas color pastel.

Pero uno ha sido apetitoso. Por eso ha trabajado menos. Las páginas acumuladas son menores en número, más explosivas en pasión. Pero igual llegan las dudas. Justo cuando empezaría una página se pone enfrente una niñita linda y le entierra a uno las buenas intenciones. El que por su gusto muere, aunque lo entierren parado... que no es lo mismo que de pie. La mala vida sólo se compone agitando las lonjas al ritmo de la música, agitando, sudando, cerrando los ojos, borrando el pensar, negando el razonar, descomponiendo el azar, socavando el planear, para sólo bailar, tomar, fumar, amar y desde luego mear. ¡Lluvia de oro!

## 2

La V/V anduvo también con Coche Contento. Ese año nuevo no se le notaba nada. Si era verdad lo que dijo su vetarra, ¿el güiro era mío o del Coche Contento? Y si del otro, ¿cómo saber si a la V/V no la infiltraron, y a través de ella a mí, y ahora me taloneaban y póstuma y postradamente me terminaría pisando? Por las grietas más finas se cuelan los invisibles hilos de la paranoia.

Allí le perdí el gusto al trabajo. Coincidió con la bronca de otros por razones diferentes. La revolución dejó de ser divertida. Me descosía entre la ceñida culpabilidad y el temor descarriado de ser víctima de una gigantesca conspiración cuyas afincadas tenazas terminarían por desgarrarme y devorarme pedazo a pedazo. Como rata acorralada por fiero gato no atinaba a huir. Felizmente otros también se alebrestaron porque el tiznado ejército de cuyas virtudes morales y abundancia de principios éticos ya hablamos anteriormente nos pegó una enfurruñada revolcada de padre y señor mío. Se armó el despapaye de rigor, azuzado por el comanche en jefe que obtusamente pretendió que todo iba bien a pesar de que nos desarticularon los frentes. La engatusada DN, dirección nacional para los laicos, sesionó como ocho meses en Managua sin parar ni para dormir y sin que se les parara de emoción, digo, el corazón, pero por mucho que se alargara el maratón verbal no llegaron a ningún acuerdo. Milton y Camilo, los únicos comandantes en el interior, se sublevaron. Total, todo era un relajo de estropajo.

Para mientras estábamos en desempleo técnico. Nos mantenían entreteniditos con tareítas para salir del paso que no distaban mucho de rellenar sobres con una lívida propaganda de sórdidas estadísticas: este mes nos quebramos tantos cuques, recuperamos tantas armas, pusimos tantas minas klaymore, como si el avance de la guerra se midiera como el beisbol. No sólo era evidente la nimiedad de las tareas, también el desaliento que los propios responsables dejaban entrever a pesar de la férrea disciplina o el obligado rostro de aquí no pasó nada, mañana será otro día, al mal tiempo buena cara y no chinguen con preguntas difíciles cuyas respuestas no tenemos. Por desacuerdos internos la organización se partió en dos. Era una papaya hinchada de lo podrida hasta que reventó y se salieron las pepitas negras. Yo era una de ellas, la más pequeña y más negrita. ¿Está bueno el cafecito?

—...

Jalaron unos para un lado y otros para el otro. Algunos aprovecharon para irse del comunismo al consumismo sin responderle a nadie porque no había afásico a quién responderle enmedio del relajo. Fui de los que aprovechó el río revuelto para salir ganando aunque nunca me gustó pescar. Si no tuviera la voz desafinada les cantaría ahorita un inspirado y sentido bolero sobre mi frustración por invertirle años, sudor y energía a un esfuerzo inútil e irresponsable del cual salimos derrotados. Oigan. DE-RRO-TA-DOS. Que se oiga fuerte porque la experiencia nos robó la dulzura y la rechoncha inocencia de quienes creímos en castillos en el aire y planeamos nuestra futura vida en función de conquistar el cielo. Se suponía que sería dos meses después según el comandante Camilo, quien le puso fecha al día del triunfo.

La lógica y la calma secuestradas por tanta alharaca, se formó un vacío de poder. Los de Rolando no daban explicaciones políticas. Hablaban mal de la gente de Máximo, sobre todo del Pacha, acusándolos de aburguesados que perdieron el espíritu de lucha hueveándose el pisto de la organización. Los de Máximo contaban que Rolando se escapó de caer en su casa de seguridad por pasarse de tragos. Era su cumpleaños, agarró aviada y fondeó en casa de unos asistentes, quedándose a dormir la mona la noche que le cayeron a la suya. Ante tal incertidumbre me desmotivé. En vez de alinearme con una de las facciones preferí reconsiderar mi compromiso sin dejar de ser un honroso y glorioso militante que podía cambiar de opinión en un futuro cercano cuando se aclararan las cosas. Colgué así los caites revolucionarios sin decir esta boca es mía, respuesta que dejó ligeramente contentos a todos porque no ofendió frontalmente a ninguno.

Al fin, la militancia como la comodidad no es sino un estado de ánimo. Hay que descartarla como un viejo kleenex cuando se convierte en claustrofobia emocional. Lo importante es diferenciar entre los sueños y la realidad, entre películas vistas y los papeles que me tocaron jugar. Con la caída de la V/V me dio una crisis relamida. Me sentí como dentro de una cementera, en perpetuo estado de metamorfosis, quitándome de encima la piel de mi vieja vida con un desparpajo. Quise borrar mi pasado, descargar mi vieja identidad, no sentirme responsable por las acciones que tuvieron las consecuencias que tuvieron. Si cambiaba de nombre y de país cambiaría de realidad. En la vida como en el arte la esencia era el contrapunto. Yuxtaponer lo inesperado. Romper la dependencia de la razón. Descubrir que no podía hacer nada era hacerlo todo.

## 3

Me vine para acá e inicié mi carrerucha universitaria. Se recordarán. Cuando desembarqué en Chilango City traía ya el diploma bajo el brazo, dignamente dirimido en los peripatéticos Parises donde las piedras de los prosaicos monumentos son más preciosas que los parisinos que piensan que todo el que no es parisino es un *metèque* y no permiten que la diplomacia influya sus opiniones cuando se cruzan con uno por el Boul' Mich y miran para el otro lado evitando desdeñosamente cualquier cruce de miradas. Me fui a Guate. Luego México el día de la quema de la embajada de España. De allí para el eje.

Sin embargo tenía el cartón. Era "doctor". Cuando me dijeron que Sanfran era el Río de Janeiro del norte en todo menos clima, pero de espesa geografía tan hipnóticamente súperdotada como en la otra bahía crujiente del sur, otra ciudad babilónica, con más restaurantes per cápita y algunas de las mejores librerías del mundo, pensé que era para mí. ¿Te acordás que te escribí para que me hicieras el favorcito, vos Literal? Aquí el Literal, dientudo y bigotudo como lo ven, me hizo la campaña de conseguirme una invitación como "visiting". Mi famosa foto ayudó. Persuadió a varios de la necesidad de mi presencia en el campus. Ni corto ni perezoso, estiré mi "visiting" como si fuera de hule. Cuando por fin se venció ya preparaba el *teniurr-trac*. Allí la

foto ayudó también. Me darían la permanencia además si no es por el problemita que tengo. Pecado
inefable.

Llegué un día en que salí de los cielos cho-
colatosos del México lindo y querido pensando que
lo primero sería conseguir todas las tarjetas de
crédito posibles y comprarme un carro japonés, un
aparato de sonido para CDs, una videocasetera, un
horno de microondas, una computadora, todo lo
que no tuve durante los años de conscripción
monjil. La liberación se expresa por la vía de la ma-
terialidad para lavarse las manos de pasados bar-
barismos éticos y épicos. Sobra decir que en los
cándidos momentos embargados de diáfanas
ilusiones tecnológicas inocentemente angelicales de
niño consentido que se le daba gusto en todo me
olvidaba que estaba hundido en la mierda hasta el
pescuezo.

Aterrizamos al lado de la bahía empapada de
luz vertical. Era un espejo azul cruzado de
majestuosos puentes que se parecían en mucho al
Ponte Presidente Costa e Silva sólo que no iba de
Río a Nitéroi sino de San Francisco a Oakland y
aunque no la de Guanabara carnavaleaba igual de
bella la bahía con el mar centelleante del otro lado
aunque la playa fuera Fort Funston o Baker y no
Ipanema o Leblon. Los cerros reverberaban de tan
verdes que deslumbraban como nalgas contentas
aunque no se distinguiera el Pan de Azúcar. Había
en el horizonte algo que podría confundirse, sí, con
la Floresta da Tijuca. Sólo después supe que era el
Tilden Park en los Berkeley y Oakland Hills. Allá,
a lo lejos, en la lontananza, el desparpajo plateado
que sobresalía era el centro de mi nueva vida, un

confluyente conjunto de cristales dentro de los cuales sin duda bailaban mujeres transparentes con trajes de aire que no se detendrían ante ningún obstáculo y atravesarían las paredes porque eran la vida misma como la Nin que supo explorar el amor al cual quería ahora dedicarme, con un triángulo en su centro de poder que correspondía muy bien con esta ciudad "new age" aunque el mismo se llamara edificio Transamérica y fuera, como correspondía en tiempos pusmodernos, una agencia de seguros. Aún así era un punto de poder. Sin duda provenía de la hundida Atlántida, puntualizada toda esa cristalina brillantez por un rojo punto de exclamación que era el puente Golden Gate colgando del Presidio como la capa del brazo de un torero e invitando a los sentimentales a gemir de armoniosa emoción.

El Literal me fue a recoger al aeropuerto lleno de aviones de compañías asiáticas. Me hizo pensar que San Francisco era también la puerta de Asia. De aquí podía saltar hacia allá y deslizarme como lebrel adormilado hacia la India, Tailandia, Camboya, la China. Salimos por las banquetas eléctricas al garaje subterráneo y al sol primaveral que mordía lo suficiente como para parecerme digno de una epifanía. Sentí inmediatamente una ambrosía en el ambiente que no sólo perfumaba el aire sino empalagaba la sensualidad tiñéndola de púrpura como los mejores vinos del valle del Napa. Estaba en casa.

Y estaba en casa. Me recibieron como un condecorado veterano de la guerra que recién vuelve de selvas tropicales untadas de malaria aún sin bañarse y afeitarse, el último romántico recién llegadito de las enlodadas trincheras centroamericanas luego de evadir a mis diabólicos perseguidores con lujo de maña y picardía como Steve McQueen en *El gran escape*, amparado por sombras violetas y fabulosos fantasmas de ébano. Como la gente exigía anécdotas y no siempre me sentía cómodo contando de la Valéria y la V/V, más bien nunca, pues entonces me puse los patines contando otras. Aunque no me pasaron a mí, les pasaron a otros compañeros. Por eso también eran mías, socialistamente hablando, metonimias de mi vida. Todo es de todos ¿no? Hasta las anécdotas que el ávido público exigía. Las contaba de manera que no pareciera ser el protagonista en caso de que algún puritano de ala ahuecada me desmintiera. Me levanté historias para engordar mi ridículum vitae en una cidad maravilhosa que exigía heroísmo para permitirle a uno subir por sus misteriosas escaleras que eran calles. Por suerte existía la foto.

Ya ni sabía si era vida lo que reverdeaba. San Pancho hacía posible que uno se reinventara a la imagen y semejanza de sus fantasías pero la curvatura de la melancolía me afligía inconsolablemente a pesar del cristal de ensueño de la ciudad y sus interminables carnavales conjugándose en fiestas que duraban la noche entera. El humor dejó de tocarme. Estaba entrabado en un mundo hostil y grotesco aunque no careciera de magia y de sorpresas, donde la risa y la melancolía ya no se diferenciaban.

Conforme me habituaba a mi nuevo hábitat y hacía mis primeros tanes como profesor, cacareando como tromba mis perfiles de cultura latinoamericana para que no me agarraran como maje durante el periodo en que oficializaba mi permanencia, me fui dando cuenta de que me salvé de algo que desconocía lo que era. Algo muy muy serio tasajeó mi sensibilidad y mi capacidad de respuesta más básica como ser humano. Después de lo de la V/V sólo sentía la delirante agitación de la inmovilidad espiritual. Caminaba por calles que se desvanecían sin recuerdos en la dureza húmeda de sus baldosas. Ya no sabía si me desplazaba por la Lombard o la Barata Ribeiro, por la Francisco Sosa o la calle Montúfar. Coyoacán, Ipanema, la Zona Viva o Noe Valley eran calles todas, espacios huidizos, ciudades que se me mezclaban en un solo remolino urbano que lentamente me cortaba la respiración mientras la conflagración terminaba de hundir mis ya escasas, mis agrias virtudes. ¿Dónde encontrar la más ligera fragancia de cariño que me permitiera romper con esa maldita coraza de cobre que impedía todo flujo de sentimiento humano, que me impedía reencontrarme con la espesa brisa de mis sueños tiernos empapados de extravagante inocencia y con renovada pasión de crisálida inflamada que reavivasen el deseo inmenso de vivir como la gente decente, con una fiesta interior liberada de palpitante angustia? Fue en mi desesperada búsqueda por renovar contacto humano que me metí en los líos por los cuales los tengo aquí reunidos. Tranquilas, Sibella, Tacuacina. Ahorita les cuento.

## 4

Primero probé con la perra. Me la regalaron unos amigos que se compadecieron de mi soledad. Era una perra noble, *golden retriever*. Vos la conociste

Malacate. Creo que vos también Santos Reyes. Un arcángel de oro de dos pies de alto. Bien peluda, de hocico recio y orejas caídas, lomo recto, cuerpo largo cayendo en una curvatura hacia sus piernas retiradas atrás. Se llamaba Amaranta, no por referencia literaria sino porque era la flor de amor. Era noble hasta la idiotez. No ladraba a menos que uno la malmatara o hubiera tormenta eléctrica porque le tenía un miedo de pecadora a los truenos. Ponía una cara de elemental tristeza evocadora cuando no la acariciaba que me la pasaba acariciándola y ella ronroneando de contenta mientras sus pelos dorados volaban en todas direcciones congestionando los bronquios de futuros visitantes a mi humilde morada.

Nuestra relación fue un descubrimiento gradual, paulatino, de mutuo entendimiento sobre placeres que a ambos nos llenaban la inquietud de la insatisfacción perpetua. Al fin, concuerdo con Baudelaire que la soledad es nociva para el hombre y para el hambre cuando no hay fiambre pero sí estambre carente de pistilos, inflamando maravillosamente el espíritu de violencia o de lubricidad. De allí que fuera peligroso para Amaranta vivir con mi soledad desespiritualizada. Nos fuimos acercando poco a poco. Primero sólo me lamía la mano. Más que todo para que la acariciara o, en la noche, para que la dejara subirse a la cama conmigo. Después me acostumbré a dormir abrazándola. Todo lo otro vino después y fue muy gradual.

Primero me di cuenta que le gustaba que le acariciara la pancita. Rosadita y peladita era un primor de pancita, con la piel suavecita que invitaba a la mano a deslizarse como sobre vaselina, los dedos jugueteando y retozando sobre los huidizos pezones sinuosos en una especie de bolero místico hasta que aligerados por la misma pulcritud de la piel, caían los dedos por la curva invertida de su abdomen enmedio de las brumas imprudentemente abstrusas hasta compenetrarse de sus pámpanos y flores, gineceo ardiente y caprichoso que invitaba a los dedos a hacer piruetas, Amaranta con sus patas traseras abiertas de oriente a poniente. Fue entonces que me di cuenta que le gustaba. Al poco tiempo, recién me despertaba y ya se daba vuelta en la cama, acostándose y abriendo las patas para embriagarse de la dureza húmeda de las caricias.

Pero no era egoísta. Solía dormir desnudo y levantarme de igual manera hacia el baño. Ella saltaba entonces ágilmente de la cama. Mientras me desperezaba por última vez con lujo de bostezo y los ojos todavía pegados por los cheles sentado en el cálido lecho, Amaranta extendía su lengua. Me lamía las manos como fue siempre su costumbre, pero también la rigidez se deleitaba en los movimientos arabescos, compenetrado hasta sus más huidizos meandros del retozo de la lengua que más hiperbólica que cualquier verbo o predicado capaz de amalgamar los esplendores del deleite tan inefable como inmortal que es ser lamido cuando no relamido, se dejaba saludar de tan dichosa e insólita manera hasta que según los azares del paseo de espirales blandas y carnosas que lo deglutían íntegro y lo invitaban a besar hasta la epiglotis, maduraba su destino y gravitaba hacia la gloria del verdadero, del prodigioso amanecer.

—...

Obviamente el acercamiento con Amaranta

fue cada vez mayor. Ya no concebía la posibilidad de dormir sin ella pero no era lo único que ya no concebía. Como concebía muchas cosas decidí poquito a poco concebir más todavía porque de concebir se trataba aunque con ella no pudiera concebir cachorros y en la concepción se me iba la imaginación. Al fin, era una perra grande y pensé no sin razón que era capaz de mayores compromisos que a lo mejor respondían a las apasionadas esperanzas de ambos. De allí que comenzara a explorar nuevas alternativas que consternaran el deseo de sublimar glorias fugaces. Empecé por explorar sus resquicios con la debida prudencia y recato, apenas tanteando o, si prefieren, tentando, para indagar los milagros de la elasticidad. Graciosa como una nube en movimiento, elegante como un monolito maya, Amaranta se dejaba explorar delicadamente como si hilara filigranas de plata.

Primero fueron sólo los dedos que recorrieron el bituminoso pozo mullido y brumoso, uno tras otro sumergiéndose hasta zozobrar en el lecho que tampoco era de rosas pero sí una sombra de ardiente jade y obsidiana fusionándose en hirviente magma tan borbolleante como aderezadamente fermentado. Amaranta imperturbable ni se movía. El regocijo emanaba de sus ojos entrecerrados, la boca entreabierta y jadeante en la cual la lengua colgaba como un agotado resabio de renombrados sortilegios recientemente recalentados en la retaguardia con retumbantes y resplandecientes retorcijones que apenas si le dejaban resquebrajado respiro. La tentación de hundirme en tan tentadora brea se me hacía irresistible y ya no sólo con los dedos. La tumescencia atronadora exigía mayores empréstitos que redituaran ganancias líquidas. Amaranta ni se quejaba ni objetaba a tanta y tan súbita atención.

No seré un narrador neutral debido a que cuento lo que he vivido y confieso sin vergüenza lo sinvergüenza que soy aunque con algo de pena y mucho alcohol las tentaciones ante las cuales he sucumbido. Pero si entro en el teje y maneje del asunto es porque a pesar de que a lo hecho pecho, la Amaranta derivaba también placer del asunto. No era un gesto que cuestionara mi moralidad o perdiera mi reputación como más tarde se quiso decir. Hay que masticar bien la longaniza dentro de la tortilla para sentir su sabor. La profundidad de los extremos hasta los cuales nos acarrea la soledad es aparente en este episodio mío que ahora levanto didácticamente como emblemático ante sus oídos.

Lo que les cuento es hasta cierto punto una parábola aunque lo que se paraba no eran las bolas. Es una reminiscencia que refleja mis tensiones y ansiedades recubiertas de emociones aunque parezca a veces como si cavara mi propia tumba o me tendiera una trampa. Por lo menos puedo decir que no fui un observador pasivo de la vida sin propósito ni despropósito.

Pasó entonces que entré por la puerta grande con Amaranta y fue grandioso por su deleite. Entendí con lágrimas en los ojos el porqué de la persistencia de la pasión. Era como sentir los movimientos rotatorios del agua en su lomo, temblando sobre un puente colgante a punto de romperse, pulida la congoja de dos seres que vivían languideciendo porque esperaban amar para poder perdurar. Quebramos el ambiente con nuestra propia música en la cual ladridos y aullidos se anudaron pulverizando juntos las paredes en su ascenso hasta las maltratadas capas del ozono desde donde anunciaron un nuevo amanecer cultural para la armoniosa fusión entre animal y hombre.

Una vez experimentado el lujo inconcebible de la plena satisfacción es difícil de renunciar a él. Como un comandante guerrillero capaz de entender la guerra de posiciones y la de movimientos, sabía cuándo lanzarme al ataque y cuándo replegarme tácticamente, explotaba a fondo la retaguardia para compenetrarme de condiciones idóneas para el acecho, medía fuerzas, la profundidad del objetivo y la interpenetración de las partes conjugadas. Era un deleite que enviciaba. Ni menguaba el tórrido placer ni objetaba nunca la receptora de mis semillas.

Habría sido un matrimonio perfecto de no excedernos en el abuso de la pasión. Todos los días la llevaba a correr a la playa donde desdeñosamente ignoraba las atenciones de los otros perros, mis rivales, y evidenciaba claramente su favoritismo. Corríamos juntos, entraba a bañarse al mar y después volvíamos a casa donde le restregaba la arena de sus pelos con el shampoo más fino y el consabido cariño que correspondía a tan peregrina pasión. Nos malacostumbramos sin embargo a expresar nuestros mejores deseos en cualquier momento sin medir la singularidad de nuestra relación. Atrevidos, empezamos a besarnos en público, por lo demás nada inusual con perros, pero la cosa comenzó a desbordarse cuando los besos ya no fueron tan sólo de boca a hocico sino invadieron partes más recatadas de ambos.

Una hermosa tarde hacia fines de mi primer verano en esta ciudad cuyos malos momentos son mejores que los mejores de cualquier otra ciudad de este país reaccionario, estaba parado frente a Ocean Beach contemplando los celajes del atardecer. Amaranta, como era su inclinación nata, comenzó a lamerme entre las piernas. Me dejé hacer y excitado por tan inocente ternura la virilidad no dejó de anunciar su llegada. Casi sin pensarlo permití que el pene parado pudiera parpadear libre al viento deseándole sus parabienes al paroxismo del patidifuso placer. Ni corta ni perezosa la Amaranta lo humedeció como un niño con un pizarrín de menta. Pero hablando de niños no se me ocurrió ver si no había moros en la costa. Había dos incluso y no eran niños sino niñas aunque más bien adolescentes o bien en el umbral de la pubertad. Los gritos fueron espantosos, los rostros encolerizados me partieron el alma. Avergonzado por su paralógica certeza opté por emprender la retirada por aquello de que más vale lo cortés que lo valiente. Pero no sabía que me tomaron las placas del carro.

Al día siguiente recibí la visita. No pregunten por qué no me llevaron preso. No lo sé. No pregunten por qué no me demandaron. No lo sé. Conocía todavía poco del funcionamiento legal de este país y esta visita fue más que asustante. Los protectores contra el maltrato de animales me recordaron a los mormones que nos molestaban siempre en Guate. Se parecían a los testículos porque eran idénticos sólo que uno era más chiquito que el otro y no entraban nunca sino que se quedaban parados en la puerta. Puritanos como ellos solos y rubios ambos para colmo, me hicieron aguantar un largo soliloquio en el cual me amenazaron con rayos y centellas que no se los deseo ni a mi peor enemigo.

No lo repito en este momento por pura timidez y recato. Finalmente me hicieron un trato que no pude rehusar aunque me condenaba a amargar el resto de mi existencia. O bien llamaban a la policía para que quedara registro legal de que me expuse en público ante menores o bien se guardaban el secreto de mi "inmoralidad" pero les entregaba a la Amaranta para que la adoptara una familia bien que no hiciera cochinadas, ofreciéndole tan sólo una triste y ordinaria vida de perro. Lloré, temblé, salté, los maldije, se me aflojaron todas las rodillas y el esfínter pero no me quedó de otra porque ya no me quedaba de otra. Fue así como perdí al que pudo ser el gran amor de mi vida. Desafortunadamente por eso también me metí en los líos en que me metí después. Las soledades volvieron a acosarme y no teniendo con quién saciar la más básica de las necesidades terminé con el problemita que me llevó a convocar esta cena que espero sea de su agrado.

## 5

¿Más cafecito? A mí me gusta tomarlo con una gotita de sambuca para darle el sabor correcto. Compré estas cucharaditas chiquitas que van de lo más bien con las tacitas de *espresso* aunque la plata necesita ser pulida un poquito más, ¿no te parece, Sibella?

—...

—...

Para los que queremos seguir chupando fino tengo un coñaquito Courvoisier que a mí me gusta mucho en estas copitas de puro cristal cortado de Bohemia que me regaló mi tía Juana cuando creyó que me casaría con la fina V/V hoy finada. Aquí está la botellita verde opaco cubierta de rocío con su cuello angosto y su pancita desproporcionadamente abultada como si estuviera encinta, con las letras rojas sobre la etiqueta dorada, "Le cognac de Napoleon, prestige de la France" embotellado en Jarnac, Cognac, Francia. Apenas se levanta el corcho se huele el añejado líquido seductor impregnado de roble que lo envuelve a uno al disolver las malas digestiones en aterciopelados zumos que suman invitaciones a sorber y celebrar, al suspiro y la reflexión embalsamado de un pequeño deseo de delirio.

Ahora si a alguno de ustedes le gusta Armagnac, tengo también. Grand Bas Armagnac, 21 Ans d'Age, embotellado dans les chais du Marquis de Caussade a Eauxe en Armagnac, Gars, Francia. Aunque la botella sea más ordinaria y transparente, huelan nomás este perfume de ambrosía que, color de miel, compenetra los senos del cráneo hasta inflamarlos de empalagosa dulzura convirtiendo a la nariz más remachada en respingona. Es un sabor ligeramente más picante. Limpia rico la garganta como si fuera jengibre pero se desliza suavemente por el esófago, redilatando los poros del cuerpo con el tono justo. Así, sabrosones, relajados, como si estuviéramos echados frente al fuego de la chimenea en una noche invernal relajando los músculos mientras nos acomodamos mullidamente sobre una gruesa alfombra.

Decía. Me quedé sin la Amaranta. Efectivamente me quedé sin mi flor de amor, altísimo precio a pagar por tan afinado, tan perfilado gusto que le rompía las metáforas a los venerables puritanos que gangueaban su perfidia con sus caras de narvales hinchándole a uno las narices hasta invitar a darles un palmo en sus abultadas protuberancias coloradas que evidenciaban su nativismo de avispas peregrinas, *pilgrim wasps*.

—¡...!

—...

La soledad es jodida. Cuando uno contempla aplastado el pasar de los pájaros llega el momento de llamar a la loquera. Soñé una noche que estábamos desnudos en la cama. La V/V me tiraba una manada a la cara que me dejaba el ojo desproporcionadamente morado. No sabía qué hacer porque al día siguiente tenía invitados a cenar a todos los colegas del departamento. Me verían con el ojo morado y eso me parecía la muerte sin fin rodando cuesta abajo. Me le tiré encima pero al hacerlo dejó de ser la V/V y se me transformó en la Valéria. Al ser la Valéria me derretí como vulgar mantequilla en el microondas, revolviéndome sobre su cuerpo como jabón sobre estropajo mientras ella entreabría la boca y enseñaba la orilla de los dientitos carioquitas ronroneando como la Amaranta. Estaba a punto de explotar de desazón pero justo en el instante de derroche fugaz y eterno abría los ojos y descubría que no estaba sobre la Valéria sino sobre la V/V que tenía los ojos cerrados y la carne oliendo a podrido con cuchillas en su sexo dispuestas a tasajearme el mástil de mi velero. Atravesado por una cólera súbita la tomaba del cuello y se lo apretaba. Se le estrechaba conforme mis dedos se hinchaban como si cada uno fuera una erección surgiendo de mis puños callosos y morados. La presión redujo el cuello conforme lo destripaba hasta que ya no era más grueso que una moneda de veinticinco centavos, estrujado y arrugado antes de explotar en un estremecimiento de líquidos fétidos y negruzcos que lo cubrían todo hasta cegarme. Lo último que alcanzaba a ver era la cabeza rodando por la orilla de la cama y sobre la alfombra mientras un chorro de sangre negra saltaba de la apretujada garganta como fuga de gas en una tubería. Pero aún así continuaba hablando y regañándome.

Me desperté como exigen todos los clichés que incluyen en los *best sellers*, sudando y sobresaltado. Hasta visualicé el *close up* frontal con el cual se filmaría dicha escena de venderle los derechos a Hollywood, con la cámara ligeramente en alto para que se percibiera el movimento corporal de abajo para arriba. Me levanté, me duché, pero no me pude quitar de encima ni la vívida imagen del sueño ni el olor a podrido que invadió mis fosas nasales con la misma intensidad que el mordisco de un chiltepe bien picante. Viví tres días con la imagen y el olor. Cuando sentí la desesperación, porque por más duchas y baños con aceite perfumado que me diera el olor se rehusaba a abandonar las impregnadas mucosas y descendía por la faringe empalagando todo bocado que deglutía de manera que todo sabía a carne podrida, decidí llamar al Santos Reyes y pedirle que me aconsejara un loquero.

—...

Cierto. Me dijiste que conocías una muy buena que era bilingüe y buena gente a pesar del barniz feminista con perdón de vos Sibella y de vos Tacuacina, no se me enojen porfa.

—¿...?

La fui a ver aquí en la Misión. Era una señora

gorda, con cara de pocos amigos. Parecía piñata, un pollito con musgo en la cabeza. Apenas dejaba entrever una ligerísima sonrisa que podía ser sólo el producto de mi imaginación pero me parecía percibirla como en una foto movida muy de vez en cuando. Me asustó tener que contarle todo lo que les conté hasta ahora. En parte porque llegaba sobrio, en parte porque llegaba asustado, en parte porque me sentía como un criminal confesando su crimen. Maté a la V/V. Pero antes también a la Valéria. Era un doble crimen. Por eso me podría por dentro, un hedor que no se saciaba ni con los aromas más hipnóticos y apasionados. Execrable, corroía desde dentro de las ulceradas entrañas como ácido sulfúrico que me taladraba enconosamente las desgastadas tripas y tenía que lavarlo de mi raleada sangre con el fuego de mi contrición. De allí que quisiera desesperadamente que me redujeran la cabeza y me subsanaran la conciencia perforada por los venenosos gusanos del remordimiento.

Me dijeron que eran dolores viejos. El autor intelectual de los crímenes no era yo sino mi pobre papá inseguro y alcohólico por comportarse como caballero en tierra de patanes. Quien respeta la ley en un país sin ley se lo lleva la tristeza y ésta se le convierte en una llaga que lo apena hasta perforarle el hígado. Al contemplar la dantesca degeneración como niño se me subieron las cóleras como calentura de malaria y dispersaron por mi subconsciente las esporas que los alicaídos vientos de mi achicado padre soplaban en mi inocente dirección envolviéndome como un hálito fatal.

Buscaba expiación y la encontré incómodamente barata. Culpar al viejo. Podía neutralizar el mal olor con la fantasía sádica en la cual el flagelado era este su servidor y el verdadero responsable era el verdugo del lenguaje paralizado carente de introspección. Me podía planchar dos almas sin problema. Reaparecía falsamente refortalecido porque no era responsable de mis grises, de mis ásperas acciones. Obviamente no me satisfizo.

El mundo se me confundió. A veces al caminar por la Market cerca del Embarcadero me entraba la sensación de estar por Nuestra Zanahoria de Copacabana cerca de la Avenida Princesa Isabel. Hablaba en portugués ante las miradas atónitas de los transeúntes que gesticulaban en forma de espiral por encima de la sien mientras se me subían los humos hasta la coronilla. O bien bajaba por Divisadero hacia la Marina y me aseguraba que estaba en la Urca. Pero luego al doblar por Union me sentía en la Zona Rosa y buscaba por puro instinto el Sanborn's de Hamburgo pero no vendían *La Jornada* sino el *Chronicle* que era muy inferior pero invitaba a pensar en el pollo manchado estilo Morelia de la Fonda del Refugio que nadie sabía dónde quedaba porque no caminaba por Londres sino por Fillmore y el Café Marimba no era la Fonda del Refugio que no era el Altuna tampoco porque ése tenía comida española y quedaba en la quinta avenida de la zona uno con su ya clásico bar de madera labrada y espejos donde mi papá que era el culpable de todo hablaba en voz alta y a mi mamá le daba vergüenza porque decía que mi papá tomó mucho por salir con la Valéria por la calle Mission y que no, mamá, porque lo hubiera visto, nomás se tomó un par de tragos de más pero mamá que salgamos a Ipanema y yo que no mamá porque me regaña la V/V que vive en la colonia Nápoles cerca de la plaza de toros donde se baila la mejor lambada porque la arena es volcánica por la erupción del Pão de Azúcar que sacudió hasta el Golden Gate, papá no mató a la Valéria que vivía a la vuelta de la esquina del Cerrito del Carmen por donde después construyeron el edificio triangular de Transamérica porque era un cristalino centro de poder que vendían en todos los Sanborn's junto con atol de elote y filhos dentales para cubrirle la cabeza a los rapados creyentes fundamentalistas que mataban los quetzales para disecarlos y exhibirlos en el Museo Tamayo con las cabezas reducidas de las carioquitas flotando en frascos con formol que después analizaban con los dientes de focas que recogían muertas de la playa de Fort Funston y eu falando falando porque la luna está menguando, n'est-ce pas? This is the moment to salir corriendo porque ya la alcurnia se misturó com a saudade rociada de unspeakable practices, unnatural acts que nos tienen enmedio del epicentro de este terremoto generado por la erupción del Pão que derritió la azúcar y quemó el oro del puente de la bahía de San Guanabaro rodeada de los tres volcanes, Agua, Fuego y Acatemango, subsidiados por Teléfonos de México in a gesture of goodwill towards l'humanité bien repisada que perdió toda perspectiva revolucionaria, toda perspectiva racional, toda perspectiva moral, toda perspectiva ética, toda perspectiva punto, y valió verga y valió punto porque ya qué pisados a estas alturas del negocio. Ni les conté lo del sexual jodidosment en que me la quieren meter cuadrada pero me vale porque ya ya ya andamos cayéndonos al mar de la incoherencia, nuestro tiempo pasó. Seguimos aquí por pura inercia sin propósito ni despropósito, nomás ocupando espacio, usufructuando tiempo, pidiendo pelo mientras engatusamos al estado para salvar nuestra cuota de comida porque la de poder la perdimos si es que alguna vez la tuvimos y de todos modos a nadie le importa porque los que viven en el istmo que es la cintura de América no son ni serán ni fueron nunca más que el punto de unión entre cabeza y culo ajenos con el perdón de la V/V que me regañaría de oír tal vocabulario y de la Valéria que no perdonaría tanta falta de felicidad pero somos indios y los indios nunca dejaron de sentir la verga cimbrada de don Pedro de Alvarado. Música ya para hacerme shó, la música, la música, el caderazo, caderazo, caigo en pedazos caderazo, caigo Caito con caites en el baile que es la única vida que tengo, vidabaile, bailevida va. ¡Sopa de caracol!

# Vergazos y buitres entre los bolos

## 1

—¡@$%*#^&!

No te pongás graciosa Tacuacina. Mejor bailemos. Voy a cambiar el cassette si puedo pararme. No aplaudan cabrones. Pararse no es cosa del otro mundo aunque uno esté bien a verga. Ahí voy.

—...

—...

Calma. Metí la pata. Es "Un bel di vedremo" de *Madame Butterfly* cantado por Mirella Freni. Dirige Karajan a la Filarmónica de Viena. Ésta me la guardo para el momento del suicidio. Ahorita lo que quería es...

—...

Sí. Déjenme contarles de una vez. No pasó nada en realidad. Fue sólo un asomo de pasión. Cumplía con mi deber cursi de enseñar el curso con curiosas letras cursivas. Paulette no era Colette ni tampoco Juliette pero en algo se le amigaba. Al marqués le gustaría. Tenía el rostro dulce y la consistencia de papiro egipcio. Felizmente no era rubia sino epónimamente morena y de pelo oscuro como las bellezas de verdad, no las caricaturas anglosajonas con piel lechosa carente de pasión. Los ojos cafés se rebalsaban del más tierno interés y de vivacidad electrizada, eso sí.

Comenzó a visitar mi oficina. Mencionó que le gustaría cenar alguna vez. Hasta preguntó con tono de tormenta tropical si me gustaba bailar salsa porque Tito Puente estaba por dar un concierto. Era una niñita con una curiosidad desaforada que se me cruzó en un momento de escasos escarceos cuyo efecto era evidente en el caudal de soledad que manaba copiosamente de mis poros malolientes. La soledad, al igual que la necesidad o la tentación es mala consejera. Empecé a fantasearla, coronando mi confundida lubricidad con su inconsciente manifestación de ornamentadas pasiones de niña inocente que nada tenían qué ver con mi crapulosa autoinmolación corrompida en la cual se toleraban todos los caprichos que alumbraban mi alicaída imaginación.

La invité a almorzar en un café cercano a la universidad donde platicamos de temas estrictamente filosóficos, replanteándole la pregunta de si leíamos tan sólo para no estar solos. Mencioné que los caminos de la virtud y del vicio estaban tachonados siempre de las mismas espinas como enseñaba el honorable marqués con el cual iniciamos nuestro curso cursi. Paulette me acompañó a pasear por el parque donde solía llevar a la Amaranta después de mis almuerzos, embargándome la tibia nostalgia de sus lamidos.

Poco tiempo después, en un gesto de inspiración, la invité a un restaurante brasileño. La obsesión valériana venía preñada de cheiros indizíveis e resplandecendo em todas as cores, xim-xim de galinha, bobó de camarão y muqueca de peixe con farofa, farina de mandioca para envolverme el pastelito, uma conglomeração de matices dourados e purpurinos, y comérmelo de un solo bocado, coisa que aumentava a excitação. La llevé al "Bahía" donde rociamos el suculento banquete con cerveza Brahma. Me contó que al llegar se equivocó y entró al night-club del mismo nombre una cuadra más abajo. Dijo que el ritmo estaba muy bueno. Por eso, después de redondear nuestras dilatadas atenciones acometiendo las salsas, las harinas y todo eso que embadurnaban con libertinaje y desenvoltura, le sugerí torbellinoso que pasáramos al antro a sudar un poco los kilitos que acabábamos de echarnos encima. Aceptó gustosa exhibiendo su pronunciada y espejeante risa.

Entramos. Nos sentamos en una pequeña mesa redonda. Como era entre semana no habían muchas parejas pero sí las suficientes lacras. El ritmo estaba enérgicamente indecente y lujurioso, el ambiente venerablemente oscuro salpicado de coloridos personajes destilando encantos libertinos y bien formados. Pedimos un par de caipirinhas, dejamos que se diluyera la última canción entre el limón con azúcar y nos levantamos a bailar en la siguiente. No éramos lo que podría llamarse grandes sambistas pero le echábamos ganas y agitábamos todo lo que se moviera con lujo de energía que conmovería al jurado más severo por su bien intencionado esfuerzo. Por la tercera canción el ritmo se alentó. Los corazones aceleraron y los músculos ya iban bastante meneaditos. Le entrelacé ligeramente las piernas, restregándome contra su vientre mientras girábamos y girábamos uno en torno del otro.

Paradójicamente ése no fue el problema. Vino cuando nos paramos sudorosos para descansar y rehidratarnos. Caminé tras ella y al sentarnos coloqué mi mano sobre la suya. No objetó. Comencé a platicar entusiasmadamente. En algún momento mi mecida mano se correría sobre su rodilla pero nunca subió más, no llegó a entrometerse con el muslo. Todavía la mano estacionada en su sitio, me dijo que Tito Puente tocaba en un par de semanas en algún lugar cercano a la bahía y si me gustaría ir con ella. Le dije que sí. No creía ir demasiado rápido ni moví la mano un ápice después de la invitación al prometido concierto.

La plática se resbaló ligeramente como torpe fuego por planos un tanto más sudadamente cariñosos. Su rostro despierto no exhibía perturbación alguna. Electrizado por su aparente ardor me arrojé en un discurso insinuando un futuro prometedor, sin medir sus consecuencias e implicaciones. Desacostumbrado a su corta edad, diferencias culturales y aparente calma, aceleré la imprudencia sin realizar el efecto que mis palabras tenían en la que ya consideraba mi adepta. Cuando hice una evaluación del camino recorrido desde que me buscó en la universidad, concluí con la frase, "y ahora estamos aquí". "Sí", dijo. "Ahora estamos aquí y lo que no puedo creer es dónde has tenido la mano durante la última media hora".

Fue como si un terremoto interrumpiera bruscamente mi plácido sueño. Levanté la mano culpable mientras un repentino frío cascado penetró violentamente el cuerpo. "I'm sorry", le dije. "No intenté ofenderte. Era un gesto afectivo sin segundas intenciones". Pero ya en ese momento sólo me quedaba cotizar su creciente cólera. La sentí como una crasa coz en el cráneo que me creaba un cráter de incrédula ansiedad. ¿Por qué se ofendió por la mano y no por el estilo semi-lambádico con el cual bailamos antes? ¿Qué dolores viejos padecía que mi pobre mano inerte le invocaban crepitosamente?

Siempre el caballero a pesar de todo, me puse de pie.
Le ofrecí disculpas por una ofensa que desconocía
haberle inferido. Ofrecí acompañarla hasta su auto.
Me increpó todo el camino sin que respondiera más
que para deshacerme en disculpas a cuales más
corteses. La invité a que volviera por mi oficina a
discutir el asunto cuando se calmara y le deseé la
mejor de las noches posibles dadas las desafor-
tunadas circunstancias, inclinando mi apocada
cabeza y juntando mis talones con lujo de fastidiosa
reverencia.

## 2

Llegó seis días después en horas de la tarde con
unos pantalones cafés y blusa blanca que exacerbaba
sus gruesas cejas peludas como choconoyes. La
tensión era más que palpable. Se podría cortar ya
no con cuchillo sino con sierra eléctrica. Le
llameaban los ojos llorosos. Este cerote que les habla
estaba en su escritorio rodeado de libros abiertos sin
ton ni son. Atrás de mí varios archiveros metálicos
como en cualquier oficina y un afiche gigantesco de
la Rigoberta. Me paré inmediatamente. Jalé una
silla hacia mi lado. Paulette se sentó frente a mí con
las rodillas apretadas, colocando sus manos sobre las
mismas. Empezó por decirme con la voz entrecortada como diría Corín Tellado, que su cólera
aumentó durante los días transcurridos después del
incidente. "La primera de las leyes de la amistad es
la confianza", le dije. "Dime todo sin empacho".
Lejos estaba de saber que acababa de agitar un
avispero. Poco a poco fue cobrando sonido metálico
su voz que exhalaba fronda evaporada. Empezó a

soltarme una retahíla de cóleras apocalípticas que me dejaron los ojos de este tamaño. A veces incrementaba su tono e intensidad conforme se agudizaba, sacudida por el temblor intermitente que le generaba la nerviosidad y la rabia impotente, hasta llegar al aullido escalofriante. Se impacientaba, se irritaba, chillaba, estallaba.

La plácida mano que descansó sobre su rodilla era a estas alturas uno de los más ingratos crímenes, pérfido, fiero, descabellado, alevoso, ensoberbecido, insidioso, desleal, repulsivo, vesánico, perverso, injurioso, fascineroso, repugnante, indignante, ultrajante, fétido, mezquino, ofensivo e injustificado. ¿Qué tenía que decir al respecto?

Nada. Me quedé mudo ante el sadismo tan desbordado como inconsciente de su efecto. Intenté una frase o dos pero salieron como tartamudeos entrecortados que expresaron más desorden que ideas. Era tan evidente su dolor y tan exagerada la acusación en relación al incidente que me dejó con un temblor convulso sacudiendo mi cuerpo como si me hundiera en un líquido viscoso cuyo depósito no tenía fondo. Sentí como si una culebra de fuego me penetraba hasta quemarme la médula de los huesos. No lo creía. Fui cruel con la Victoria de Samotracia y la Vale madres Valéria, pero muy atento con la Paulette a pesar de que, sí, intenté seducirla ligeramente pero revestido de galantería y caballerosidad. Lo que escuché no tenía nada qué ver con lo que pasó. Era otra manera de leer la realidad. "Hace falta más moderación y menos sospechas", le dije. "De mi parte nunca dejé de respetarte y no hubo mala intención". Paulette cruzó las piernas, exhaló apenas e inició un nuevo tormento lacerándome con absurdas preguntas. Al ver que era el cuento de nunca acabar me limité a ofrecerle disculpas una vez más. Reconocí ser capaz de cometer errores porque era humano y tenía debilidades pero el trasfondo de mis actos no fue malintencionado. Si percibió ofensa en mis gestos no se lo discutiría. Era su percepción y tenía todo el derecho de tenerla. Lamentaba tan sólo que fuera precisamente su visión del asunto y estaba dispuesto a hacer lo necesario para reparar el daño.

"Nada puede reparar el daño", me dijo. "Mi papá tampoco pudo. Esas cosas quedan". Me quedé de una pieza. Me di cuenta que no existía en todo eso. En este nuevo sociodrama me tocó el papel del esbirro para infortunio mío. No me veía a mí. No era el que ofendía. Hasta mis salvajes virtudes estaban menospreciadas. Era simplemente la proyección de su papá. No era justo. No era justo pero sabemos que la vida es injusta. A la semana recibí la carta de la vicedecana para asuntos del profesorado citándome a una reunión para discutir una queja en mi contra.

Todavía camino a la misma, bajando las sucias gradas de mi derruido edificio tétrico envuelto aquella tarde en una mortecina luz de febrero con ánimo glacial, doblé después de descender el último escalón y me topé con Paulette. Sentí como si un punzón se clavara en mi columna vertebral. Ella desvió la mirada. Tenía la cara pálida, marchita, el cuerpo tembloroso de pajarito asustado. La saludé con exagerada lentitud. "Buenas tardes, Paulette. Voy camino a una cita con la vicedecana para asuntos del profesorado. Me imagino que algo tendrá que ver contigo". "Sí", me dijo entonces sin dejar de rehuirme la mirada mientras se anudaba la cabellera con los dedos de la mano izquierda. "Presenté una queja por escrito. Me dijeron que lo citarían". "Pues ya lo hicieron", le dije. "Estarás contenta". No respondió. Se anudó el pelo con mayor intensidad. Apenas inclinó la cabeza mientras estiraba los labios en un gesto que se perdió con pasos apagados en la severidad solemne del oscuro corredor.

De una manera cruelmente poética el destino permitió que me saliera con las mías con la Valéria y la V/V para luego caer como mosquito en una telaraña urdida sin malicia por esta niñita apenas mujer, amable, joven, pero dañada internamente. Sin saberlo, tranquila su conciencia y pujante su sentido de justicia, vengaba así a mis otras víctimas.

## 3

La reunión fue fría y sórdida. La vicedecana era una siniestra rubia de granito, un lince engordado con dientes torcidos y traje sastre. Me hizo pensar en una avejentada Catherine Trammell que nunca tuvo ni sus millones ni su belleza pero usufructuaba con creces su perversidad. No disfrazó su asco por mi persona. Estaba también presente un administrador latino, alto de unos treinta y pico de años con la piel colorada, no sé si lo conocés vos Literal. Parecía un molusco hecho un ovillo abandonado en un mullido sofá. Vestía un traje gris cuya perfecta neutralidad era cortada por la arrugada corbata roja. Me saludó con la cabeza exhibiendo excesivos gestos de amistad. Pensé que nada podía por mí. La vicedecana me explicó con rostro indiferente que la universidad podría ser demandada por Paulette pero ella no lo permitiría. No mostraba enojo. Tenía el aire impersonal y aburrido del poseso que hace esto muchas veces. Dictaminaba sobre algo que no le concernía en absoluto. Me informaba nomás que para evitarse gastos en época de recesión la universidad prefería optar por mi despido. "¿Está segura que ella va a presentar una demanda?" "No", me dijo. "En ese caso", agregué, "amenacen sólo si presenta su demanda y la pierdo". "La universidad tiene lineamientos", me dijo con aire sentencioso de quien quería salir rápido de la cosa. "El reglamento es claro. Si no lo ha leído aquí tiene una copia". Me extendió copia del mismo que no me molesté en abrir. En ese momento intervino el funcionario latino. "Sería importante saber lo que el profesor piensa", le dijo. "Hablé con la chica. Reconoce que se molestó por problemas familiares. Le falta un año para graduarse. A lo mejor salimos de esto sin demandas ni despidos".

La vicedecana cambió de tono y me preguntó lo sucedido. Con un prolongado desgano hipnótico procedí a contar esta escuálida historia con lujo de detalles. Por una mano que se posó tranquila en una zona no erógena de la anatomía me parecía mucho escándalo la amenaza de despido. Al fin, tenía un currículum heroico, evento recogido en una foto histórica de todos conocida. La boina negra, el Galil en las manos. La foto tomada por Juan José Dalton, el hijo del legendario Roque. Me gané el derecho a ser tratado con una cierta dosis de respeto. "El respeto se termina donde comienzan las demandas", me interrumpió la vicedecana. "Le creeré con ciertas condiciones. Una, no vuelve a tener otro incidente de esta naturaleza. Dos, a partir de ahora tiene las horas de oficina con la puerta abierta para que nadie pueda acusarlo de encerrarse con usted en circunstancia alguna. Tres, no tiene contacto físico con ningún estudiante por ningún motivo. Cuatro, no hace ningún comentario sobre la apariencia de ningún estudiante. Cinco, no sale nunca más con ningún estudiante a ninguna parte y por ningún motivo. Finalmente. Si en el año que le queda en la universidad la estudiante en cuestión nos demanda, procederemos a despedirlo aunque cumpla con los anteriores requisitos".

Empezó a revisar unos papeles sobre su escritorio dando a entender que la reunión había concluido. El funcionario latino entonces se paró, se rascó una oreja, exhibió una sonrisa forzada. Frotándose las manos procedió a defenderme afectada si no efectivamente. Asumí que fue nombrado por alguna autoridad por mí desconocida como abogado defensor. Odiando cómo practicaba sus habilidades administrativas con mi pobre vida y sintiéndome ninguneado malignamente, me salí al corredor y los dejé discutiendo sin el placer de mi seudoexótica compañía.

Nunca me gustó herir a nadie. No te riás vos Sibella. Condenados estamos a pasar mil años de culumbrón por ofender a los dioses mayas. Estoy convencido que de los millones de galaxias y trillones de años luz, el pequeño escalofrío insólito de nuestros pequeños romances sobre esta Tierra es lo único que poseemos con algún grado de certeza. Cuando quedaban sólo diminutas gotas de agua en el reseco pozo de la esperanza que pudieran bajar hasta mis resquebrajados labios para aplacar la sed de vivir que me calcinaba la garganta, surge este desagradable incidente. Cuando empezaba a pensar en la composición de una traviesa frase, en la coherencia de un párrafo que me recordara la estela anaranjada de un dorado atardecer sobre un plateado Pacífico que mareaba con el brillante resplandor de sus diamantinas olas, me distraen con tan desagradable demencia. Cuando empezaba a sonreírme ante el revelador pensamiento de que alguna que otra coqueta frase seguida de otra en armonioso orden podrían todavía sacudirme hasta la última fibra de los arremolinados nervios y redimirme de las aguas negras del tiempo que nos tocó.

## 4

Hablando de dolores del trasero ya me cansé de estar sentado. ¿Ustedes no? ¿Amapola Ojo Alegre? ¿Malacate?

—...

Vengan. Pasemos a la sala. Cambiemos la música. Subámosle volumen. Armemos relajo. Echémonos unos cuantos pecados más a cuestas. Que se marche la luz, que empiece el frenesí que nos asombre, que la tentación triunfe, no dejemos que mis difuminadas divagaciones nos depriman ni opriman ni diriman la esencia de esta sabrosa pachanga de changos y chismes. ¿Vos Literal, me hacés el favor de decirles lo que voy a necesitar?

—...

Muy agradecido, muy agradecido como decía Pedro Vargas. Mientras el Literal les recoge firmitas, apagate vos la luz, porfa. Tacuacina, no te me pongás a lavar trastos. Me encabrono en serio. Los metemos después en la lavadora.

—...

Miren al Malacate. Fondeado. Me confesó que es impotente. Sepan que no es fácil admitir. Por eso se ponía siempre a verga, cantaba como desgalillado y le daba vergazos a medio mundo. Es jodido no poder pararla. De allí sus cóleras. Ustedes no saben de su pasado militante, queridas. Él también. Claro. Sólo que su ego era más grande que su panza. No le permitía recibir órdenes de ningún comanche. Después se hizo autocrítica conforme le volvió la lucidez alcohólica. Ahorita estaba llorando como buen bolo abstemio que volvió a caer. Con la baba cayéndole escurridizamente por la comisura de la boca se quedó hincado en el piso, contemplando absorto a la Sibella Sibila con los celos de siempre, frustrado una vez más pero sin poder hacer nada al respecto.

—...

¿Te sentís mareada, Sibella? Buena nota. Comienza el placer. Al fin que a medianoche comienza la vida, a medianoche comienza el amor ¿o no? Zambullite en el deleite gozoso y fogoso aunque no grasoso ni perezoso como si fueras un oso embadurnándose con miel. ¡Sabroso! ¡Nuestras fantasías, nuestras pasiones son infinitas! ¡Malacate alegrate, que el que no lo mete se lo meten! ¡Santos Reyes, regalanos con el homenaje a los santos! ¿Tocan? ¡Es la Rosa, la más hermosa!

## 5

—...

—¡...!

¿No es hermosa la Rosa? Enseñá mujer lo que

queremos decir cuando la canción dice "a mover la colita" que ya el poeta dijo de la cinturita que es la flauta destapada por las avispas. ¡Va!

—¡@%&*!

No te enojés vos Malacate, no discutás. La vida no da para tanto desparpajo, carajo. La culpa de tu problema no es de los aquí presentes. Tranquilo. Y vos Literal, bajale también.

—¡@%$&*Ŏ&0;#V%,!!

¡Bajale, Malacate! Bolo de mierda. No me buitriés en la sala por favor. ¿No podés chupar tranquilo? Estás sacando de onda a las chavas, no estás en Guate. Aquí no hay necesidad de vivir a verga.

—...

Shó vos también, Literal. Se les va a tullir la lengua llagada si se mientan la madre. Beber será bendición bautismal si se amansa pero el bayunco que bebe bronca bazofia por beaterías belerofontinas terminará como una befa de Belcebú, morado como un beduino verqueado con el bazo bazuqueado por el vaso que bejunquea por lo imbebible de su beligerante belladona blanquísima. No serán beldades. Serán bellos beodos en un barco sin barandales. Babosos.

—¡#&%@^$~!

No, hombre. No la agarrés contra mí. No tengo culpa de nada más que de ofrecer vinos finos, felinos, dignos de Fellini. Fetuchini el que te va a salir de la boca si no te vas a dormir la mona. Mejor bailemos. Muchá, a bailar. A mover la colita. Dirigí, Rosa. Ignoren al par de babosos. Recogé las firmitas vos Literal. Salgamos de ésta. Ya se nos están acalorando los ánimos, derritiendo las voluntades, escapándose las ánimas del purgatorio. Vos andate a dormir al cuarto Malacate. ¿Ya, vos Literal? ¡Mírense al Santos Reyes! ¡En el sofá! Se me está echando mi mejor mula. Con los hombres no se puede. Pero igual. Entrémosle. Déjenme cambiar el "sí dí" que no es lo mismo que "sí da" que tampoco es lo mismo que "sí lo da" aunque algún nexo o relación de causa y efecto puede existir entre ambos enunciados. ¿Ya saben cuál es el colmo de un ciego? Llamarse Casimiro Mirón y vivir en Vista Hermosa. Viene al instante otra cucharada de sopita... ¡de caracol reina!

## "Sopa de caracol"

### 1

¡Vamos pues carapálidas, a mover la colita! ¿La foto? ¡La foto! ¡Fo-fo-fo! ¡Fo-ro-fofó! Es simple. El emblema de mi transformación de sujeto en objeto. Gracias a la foto como. Gracias a la foto tengo empleo. Gracias a la foto conseguí compañía más de alguna noche solitaria. También gracias a la foto no puedo solicitar nacionalidad gringorroide, hemorroide, condenado al *mare nostrum* del posible regreso a chipilínlandia con la leve amenaza de indigestarme con tortillas pasadas con exceso de sal y atol de elote encolerizado, para que me den arroz con tunco.

Los co-pinches del Literal me consiguieron la pobre chambita. Eran chicanos nostálgicos de la revolución. Varios estudiaron en Stanford con Juan Flores. Los trajeron como estrellas a nuestra insigne institución pero se metieron a la huelga del 68 y se quedaron sin empleo. Después de miles de esfuerzos volvieron a la academia en los ochenta y apoyaron los comités de ayuda a Centroamérica. Ahora me reconocen como el hijo pródigo, el auténtico ex combatiente que volvió sudoroso y empolvado de los frentes de guerra con la moral intacta y la ideología incólume, el representante del espíritu de abnegación, de la tenacidad, de la fe infinita e inquebrantable respecto a la capacidad y al destino histórico del proletariado. La prueba es la foto. La famosísima foto que publicó la Jean Marie Simon en un su libro sobre la noble lucha del pueblo guatemayense. El Cerotón de verde olivo, Galil en las manos, la mirada bovina perdida en el futuro de la humanidad, la boina negra con la estrella roja en el centro.

Lo que nadie sabía era que la foto era pura pose. Una noche, en México, Juan José y este ilustre servidor regresamos de la cantina La Ópera con un par de muchachas guapotas y rechonchitas a las cuales quisimos impresionar con fines ulteriores de los que reconceptualizan el sentido tragicómico de la vida. Aquél les contó que era fotógrafo y empezó a hablar de su papá con lujo de detalles. Ni corto ni perezoso, porque camarón que se duerme se lo lleva la corriente y esta vida es un camote y el que no la goza es guajolote, empecé a reinventar mi propia militancia, porque no hay peor lucha que la que no se hace y el fantasma de Roque era mucho más grande que la legendaria corpulencia de Bola de Nieve.

—...

Para corroborarlas me puse el traje de guerrillero que llevé al último baile de carnaval en Villa Olímpica. El famoso Galil era de plástico y lo usaban para jugar los hijos de los vecinos. De uno de los cuadernos de escuela olvidados en la casa por uno de estos muchachitos salió la estrellita roja que lucía en la boina vasca. Juan José tomó la foto. El flashazo funcionó como magia. No fui el único que se quedó viendo bastoncitos y chiribitas flotando enfrente de las córneas con aureolas ahogándose en la penumbra de los ojos cegados que buscaban darse vuelta en un éxtasis donde el lenguaje y la muerte se lamían mutuamente suspendidos en el vacío de la razón. Las graciositas se quedaron con nosotros, embriagando nuestra sensualidad y engalanando nuestras mugrosas sábanas con su lonjosa abundancia. ¿Cómo iba a saber que el loco del Juan José la publicaría y se ganaría un premio con ella?

## 2

Ahorita prefiero no pensar en la V/V. A sus palabras pálidas hay que soplarlas con asiduidad para quitarles esa capita de polvo blanco que acumulan sobre los tristes lomos de sus acorralados significados. Nunca se va del todo. Fluye copiosamente de las ruinas de mi entumecida humanidad.

—...

No me quejo. Soy incapaz de tolerar que ventrudos enunciados se escapen de mi boca salivosa sin su debida carga de cosquillosa ironía y decadente cinismo. Algo flota detrás de mis palabras que no encaja con mis intenciones. Se hunde en espacios negros, hoyos negros de palabras, donde éstas pierden sentido y mis intenciones se vuelven sólo gesticulaciones sordas, soeces, sórdidas como sonajas, sonrosados soplidos sin ritmo de son, sonsonete y no sonata. Palabras limitantes y torturadoras que dicen lo inefable, recuerdos de lo indecible, de lo inevocable, de lo innombrable, lo inclaudicable, inconcluso e imperecedero. Espacios vacíos. Murmuros testarudos que se dejan oír solititos, acurrucados sobre sí como viejas santurronas, terrones en la garganta derritiéndose antes de formular nada y volviendo sin alevoso escándalo al silencio del cual nunca se separaron. Indicadores de deseos inalcanzables que apenas se vislumbran en la penumbra de la ardiente conciencia. Somos una tenue relación con la pálida imagen del pictográfico lenguaje. No se trata de transcribir una experiencia de vida por su medio, sino de vivir y morir a través de la escritura. Sólo existimos en el corazón de la susurrada palabra, polvorosa, espumilla. A ver pues, ¿qué pasó con el relajo?

## 3

¿A dónde se fueron las chavas vos Literal? ¿A cambiarse? Puta. La mala influencia de la Rosa. Se desquita por los golpes. Pero le gustaba. Me pedía más y más amarrada a la viga del garaje, retorciéndose de dolor porque tenía los ganchos de ropa colgándole de los labios inferiores y de los pezones. Pero no le hace. Con tal que la armemos. Que las influencie la Rosa. Al principio de la noche se sonreían frívolamente. Las ofendí con el cuento de la enana. Allí perdieron el barniz humorístico. Como a la altura del queso tan sólo retorcían la boca como si cedieran a la impaciencia. Pasada la mousse de mango, eran confusión y desorden. Ahora, terminado el banquete, son sombras. Sombras nada más, aunque volverán como las golondrinas becquerianas filípicamente transformadas en floreadas fantasías fálicas según el Santos Reyes. Mientras tanto, sueño con Soninha, pequeño sueño que me hincha la cabeza de macrocefálicas saudades, me martilleo los sesos con el martinete de la mansa Amaranta, recuerdo melancólicamente el bálsamo que era la Valéria y doy gracias a dios por salir de la V/V aunque fuera choteado. ¡Miralas!

—¡@#<($&%*!

Cuero negro, guantes, chicotes, botas altas. ¿Cuándo me metieron aquí tanta cosa? Ésa fue la Rosa. Ilusiones, fabricaciones, la esencia de la identidad alterada. Parecen hombres. Ve. La Tacuacina de smoking. Con sombrero de copa. Me recordás a la Marlene Dietrich en *El Ángel Azul*. No. La Charlotte Rampling en *Portero de noche*. No. Liza Minelli en *Cabaret*. No. Ya no sé. Mujeres disfrazadas de hombre. ¿Para asumir el deseo, la fantasía? Mirá a la Amapola Ojo Alegre, con el pelo hacia arriba, bajo la gorra. Y ese maquillaje. El Malacate y el Santos Reyes ya no ven ni mierda. Los labios pintados de azul y la gorra negra de militar nazi. ¿Qué traen en las manos? Ropa de mujer. Lencería. ¡Y un látigo!

—¿...?

Rosa, confesá. Es idea tuya. ¿Y la Rosa? ¡Mirala vos! Corset negro, tacones altos, medias de nylon negras sostenidas por el corset, ¡qué escándalo! ¿Y la Sibella? ¡De enfermera! Oigan chavas. ¿Por qué traen prendas en las manos?

—...

—...

—...

—...

No me jodan, si no... ¿No? ¿La sublevación de los sentidos? ¿Por qué me exigen tanto? Si no soy más que quien dije ser, un desconsolado exégeta de las pasiones perdido por augurios que nunca supieron predecir reencuentros fortuitos, privado del relámpago del único amor que me iluminó plenamente y que malusé por una causa míticamente racional y desinteresada que me minó las palabras, los años y las buenas intenciones.

—¡...!

Tranquila, Tacuacina. ¡No empujés! Los tragos facilitan la falta de resistencia pero igual, me dejaste tirado. Nada triunfa como el exceso. De acuerdo que la sopa de caracol es un afrodisíaco para los beliceños, turbulento y voraz que se traga las pasiones como una vorágine. Nunca dudé en seguir los dictados de mis impulsos. Preferí vivir mi vida en vez de examinarla. La gente con vida sexual satisfactoria no tiene remordimientos. Si algo se siente rico es porque lo es y si no, se deja. No volveré como en la guerra a creer que si se siente mal tenemos que racionalizarlo para convencernos de que en el fondo es bueno. El costo social de la revolución. ¿Qué tal el costo ético y moral?

—...

¿Qué hacés vos Amapola Ojo Alegre? Desabotonándome la camisa. Vos Sibella, ¿por qué me abriste el cincho? ¿Qué hacen? Es un complot. Cuidado allí con los botones. Es idea de la Rosa. ¿Rosa? Cuidado, no me rompás la camisa. Sacame los zapatos como la gente, suavecito. Wata wi negüi conch soup, si tú quieres bailar, ¡sopa de caracol! Oigan, el tiempo se paró. Estamos ya en el espacio de lo sagrado, en la mística unión con el cosmos que sólo puede conseguirse por la comunión con la sopa de caracol.

—...

¡No! ¿Qué hacen? ¡Suéltenme! ¡No sean cabronas! ¡Puta, me voy a enchinchar! ¡Ponerme como chichicúa! ¿Qué hacen? ¡Están poniendo el mundo de cabeza!

—...

¿Y para qué? ¿Medias tan finitas? ¿*Garter*

*belt?* Ni sé cómo se dice en español. ¿Lencería que
se puede romper de tan primorosa? ¿Ese nylon tan
sutilmente entrelazado? Ese *brassière* me lo van a
tener que rellenar si no quieren que se mire
blandengue, para no decir nada de los pezones
custodiados de gruesos y largos pelos negros. ¿Y
hasta peluca? ¿Por qué blanca?

—...

Parecen coro griego hablando todas al
mismo tiempo. Ni consigo distinguir entre sus
voces. Es juego. Todo es juego. Intoxicación y locura.
Celebración de orificios y protuberancias. La
entrada al paraíso. Les dejo que me pinten la cara
media vez no se les ocurra rasurarme el cuerpo.
Conque no se despierten aquellos porque está
cabrón que me vean así. Se imaginan lo que contaría
después el Malacate de esta teofanía dodecaédrica.
Fue idea tuya, Rosa.

—...

Esperen. Los aretes me aprietan. ¿Hasta
zapatos de tacón alto? ¿Por qué rojos si la lencería
es inauditamente negra? Pronto tendré hasta
intuición femenina, qué pisados. Al carajo mis
pudores. Pudieron más los pedos que los malos
olores. Espanto de cara que tengo, por mucho que
la pintés no será sino un esforzado palimpsesto,
Amapola Ojo Alegre. Como besar una boca que
apesta a cerveza rancia. Voy a quedar linda, eso sí.
No lo niego, mis queridos andróginos. Cuidado, las
cejas. Duele. ¿Con pinzas? La verdad, me sacude la
ambigüedad, las mariposas amarillas vuelan dentro
de la panza y no alrededor de mi cabeza porque las
estrellas del champán flotan allí, el esplendor de
verlas hombres, de ser mujer, la muerte de las iden-

tidades sentenciadas, anatematizadas, cortadas, el falo fenece como los fenicópteros fenicios en el farniente, fenómeno de feria, fermento de feligreses férreos cuando no funestos. Qué importa al fin y al cabo. ¡Ay Tacuacín! ¡No me des nalgadas!

—...

¿Querés que baile? ¿Así en tacones altos? Me rompo los tobillos, mujer, perdón...

—...

Maestro, entonces. ¡Ouch! No sé caminar en estas vainas, ni que fuera de cascos ligeros. Pero le echamos ganas, media vez no me pegués muy duro con ese gato de nueve colas que, ¡ouch!, mirá, tengo la piel bien finita por aquí. ¡Ay, mamita! Voy. Voy. ¡Tranquilo maestro! ¡Ouch! ¡Ya no! ¡Ouch!

## 4

Bailar, bailo. Inseguro, con cuidado, me siento más alto y esbelto. Qué chistoso. ¡Ay! Más alta y más esbelta pues, dejá que me acostumbre pinche Amapola Ojo Alegre. Tené un poco de bondad con tu retorcido corazón. ¿Por qué no me herís con un desamor en vez de con el chicote? Qué pensaría mi papá de verme, el culpable tortuoso, tromba de aire responsable, así, de mi tuétano aguado, invertido, investido, yo mujer.

—...

Me da miedo pararme sobre la mesa. Si me caigo es tremebundo porrazo, cabronas. ¡Ay! Cabrones pues. Bailar, bailar, bailar hasta que me canse, como si fuera esta noche la última vez. Al fin, indiscreción por indiscreción, será el fuego acalorado de mi posterior virginidad, las inelásticas paredes que socarronamente protegen los más oscuros rincones del vacío por donde recorrieron perversamente crispados los resabios de rutilantes recuerdos de pasadas comilonas que avanzaban uniformes al servicio de las masas, reaccionando frente a todas las cuestiones de la vida obrera, organizándoles su lucha, indicando el recto final del movimiento. Bailar, bailar, bailar con la aprehensión de que el espacio vacío por donde emana la inteligencia infinita que nos mide el tiempo a cuentagotas será llenado más temprano que tarde, transformándonos para siempre con su presencia de materia.

—...

Rosa, roso, rozo tu venganza por la humillación de ser sometida a mi voluntad pasadas noches, ideóloga de venganzas, Amapolo Ojo Duro, ¿qué hice para que me tratés así? Mejor dame la mano para subir. No me pegués Tacuacín, se te va a caer el sombrero de copa. Ayudá también. Pararse en una silla con tacones altos no es fácil. Échenle el pulso. Va. Puta, no me suelten así de rápido. Esperen que me acostumbre. ¿No pega la cabeza en la lámpara? Si se despiertan el Santos Reyes y el Malacate quedé frito. Qué dirán en las Guatepeores de enterarse, donde hasta al Matías González le dijeron que se parecía a Rock Hudson aclarándose después que era por guapo y no por güeco.

—...

¿Remordimientos?

—...

¡Ay! No me pegués. Poné la música. Me voy animando como pajarito color turquesa de pecho rojo y esplendorosa cola. ¡Hum! Tam, tararará, tam tararararrá. Tam, tararará, tam tararararrá. Pú pú, pururú, pú pú pú pú. Wata negüi conch soup, yupi papí, yupi papí. Yuli wali wala gá. Tararararará. Wata negüi conch soup, yupi papí, yupi papí. Yuli wali wala gá. Tararararará. Wata wi negüi conch soup, wata wi negüi wanaga. Si tú quieres bailar, ¡sopa de caracol! ¡¡Eh!! Wata negüi conch soup, yupi papí, yupi papí. Yuri wali wana gá. ¡Bule! Tararararará. ¡Bule! Con la cintura muévela, por la cadera muévela, si lo que quieres es bailar, si lo que quieres es gozar, si tú quieres bailar, ¡sopa de caracol! ¡¡Eh!! ¡Sacude! ¡Sacude! ¡La cintura! ¡La cintura! ¡La cintura! ¡La cintura! ¿Saben quién llegó? Banda Blanca. Riqui tiki, riqui tiki, riqui tiki, riqui tiki, riqui tiki, riqui tiki, riqui tiki, riqui tiki. ¡Afloja la cadera! Ta ta tarará.

—¡...!

¿No estoy perforando la mesa con los tacones? ¡Sacude! ¡Sacude! ¡La cintura! ¡La cintura! ¿Está floja la cadera? Con la cintura muévela, por la cintura muévela, conch soup maravillosa fluye flujo de deseo, fluye flujo de pasión, sopa afrodisíaca, mezcla de africana y de paradisíaca, beliceña, beliceña, beliceña, beliceña, bulle y ama, ebulle con bulla bayunca, mientras yo aquí de mujer, Rodriguita Cerotona, qué pisados, aflojando la cadera, moviendo la colita, meciendo por los provocadores aires el oscuro objeto con una temeridad de deseo que sólo puede resultar de tanto malhadado alcohol pérfidamente envenenado por los aires sanfranciscanos que soplan por los aquís con una ideología castrista no exactamente cubana pero que pellizca igual de proféticamente el alma sumergida en el caldo melancólico de las trastocadas pasiones que le pierden a uno hasta su pueril identidad.

—¡...!

¿Mucha ropa? ¿A poco quieren un *strip-tease*? ¿Mucha ropa? ¡Sacude! ¡Sacude! ¡La cintura! ¡La cintura! ¡La cintura! ¡La cintura! ¿Saben quién llegó? Amapolo Ojo Duro. Roso. El Tacuacín. Sibello. Todos quieren pedazos de mi ropa. ¡Afloja la cadera! Wata negüi conch soup, yupi papí, yupi papí. Yuli wali wala gá. Tararararará.

—...

¡Sale el *brassière*! ¿Les gusta cómo me los acaricio así, suavecito, movimientos circulares, suave, suave, delicado, despacito, ritmo inclementemente lento, parturiento, tiempo de bolero. La colita sigue su camino independiente movida por la punta, punta rítmica, punta que puya y exige, punta provocadora, punta prodigiosa, punta profesoral profundamente profética, punta profanadora, punta prometedora, punta proletaria, punta que pronostica la propagación de mi provisoria promiscuidad, punta propaladora del inquieto propileo de mi propiedad que propone prosaicamente el proscenio proscrito para proseguir protagonizando próteamente la protocolar prótasis que prostituye a la razón. Punta protógina, protuberancia protráctil que providentemente provoca el protomártir prototipo que se mueve al ritmo de punta que canta así: Wata negüi conch soup, yupi papí, yupi papí. Yuli wali wala gá. Tararararará.

—...

¡Sale sensualmente la primera media! Uyyy, en la madre, parado en un solo tacón. Ya está y ahí va. Suavecita y seductora se desliza por la canilla peluda y profanadora la sedimentaria seda negra. ¿Quién la quiere? ¿Las medias de la reina? Rápido,

decidan. Celebramos la sustitución, no absolutiza-
mos nada, sólo celebramos la feliz relatividad de las
cosas y yo en el centro de la celebración.

—¡...!

Tantas manos en el aire, tantas, la tiro, la
toman, se pelean mis medias, el Roso, valiente y soso
emerge como triunfador de esta contienda, el Roso,
el más hermoso, que exige que se le pegue, que se
le amarre, que le pongan ganchos en los pezones y
en los labios vaginales, que se le derrame la cera de
las candelas prendidas sobre la panza, que lo viole
jalándole el pelo y mordiéndole el pescuezo mientras
lo inundo de insultos y profanaciones. Hoy se lo
cobra todo de una sola, el muy abusivo.

—¡...!

¡Va la otra! Ahora la gana el Tacuacín. Con
su cuerpo de marsupial rabopelado sabe lo que sabe.
No sólo hace torerías. Intuye mejor que nadie que
el orden no existe...

—¡...!

¡Ay! Bailar, bailar, exorcizar, como los ga-
rinagus que bailan punta para conmemorar el 19 de
noviembre de 1802, fecha de llegada a Belice,
cuando desembarcaron sus canoas en Dandriga,
palabra mágica, Dandriga, donde se organizan los
diversos ritos del dugu por las bailarinas que
sacralizan la acción de sembrar mediante una danza
similar al acto de enterrar a los muertos...

—¡...!

¡Ouch! Bailo en este mismo instante, bailo
y me desnudo, acalorado, las tripas anudadas de
tensión y expectación, de deseo y aprehensión,
pisoteando la mesa con alta elegancia, mi cuerpo
desacostumbrado a los tacones altos gira desbalan-

ceado como hipopótamo en brama. ¡Vos Tacuacín, pasame los cuchillos de la cocina!

—...

Ya van a ver. Los tambores recubiertos de piel de venado que acompañan todos los ritos crean ahora el punta rock, dugu, dugu postmoderno gracias a Andy Palacios, autor de "Sopa de caracol", canción que contribuye a la veneración del arcoiris, culto a la fertilidad que se acentúa bebiendo la sopa de caracol, garífunas entrenados en el arte de seguir las corrientes de los ríos de esperanzas que desembocan siempre en la bahía de las penas, en el mar de la añoranza, en el océano de los recuerdos, cuyo fondo lúgubre, escabroso e inacabable apenas si se intuye con un escalofrío que se asemeja a una oración.

—...

Gracias. Mírenme. ¡Ayy! Va otro, van dos al aire, va el tercero, tres cuchillos. En tacones altos y al ritmo de punta, tres al aire y no se caen, ¡miren! ¡Damitas y caballeros, les presento el circo más grande del mundo! Mirá papá. Cerotona aquí, malabarista sin par, jugándose la vida con los cuchillos del deseo, presencia y ausencia, presión y afloje. Pasa uno sobre la cabeza, va el otro, por debajo, de mano a mano, tres cuchillos, mano a mano, mano a mano, ay, me roza, no se cae, mano a mano, mano a mano, no se caen, tres cuchillos, ¿qué tal? ¿Los recibo todos en el pecho para salir de penas?

—¡...!

Gracias queridos por tirarme esas rosas, son tan especiales ustedes, gracias por los pétalos, muchas gracias, muy agradecido, muy agradecido, un baño inesperado, un baño de rosas para el malabarista de lo divino, el extremo mayor de la provocación es la voluptuosidad, ay, y lo más adorado son las rosas, aunque a veces cargadas de espinas, ¿o no, Roso?

## 5

Ri qui tiki, riqui tiki, riqui tiki, riqui tiki. ¡Afloja la cadera! El Amapolo Ojo Duro, todo de cuero, frente a todo el mundo, te quedás en cueros. Me excitás pisado, se me va a parar. Cuidado, me vas a romper la línea estética. Mírenme. Tengo los ojos como lámparas que iluminan el camino del infierno, turbios de sangre y de pasión, me recorre devorándome los últimos vestigios de sentido común.

—...

Lo admito, sí. Me excita ver al Roso de hombre, parodias los dos, luchando por ser lo que no somos ni ser lo que eran ni seguir siendo lo que no eran ni querían ser. Lo admito. Me gusta bailar sobre la mesa, a saltitos con mis zapatos de tacón alto, mi peluca, mi cara maquillada y mi erección, sin aliento ya por el ahogo en la irrespirable transparencia de la noche, zozobrado ante la última tiniebla del infinito, deseando el cuerpo rasurado para ser más mujer, deslizándome en el febril resplandor del Amapolo Ojo Duro que ¡miren eso! Desnudo frente a mí. ¡Ja! Sólo que vos no tenés erección y sí dos senos esplendorosos y suavecitos que quisiera lamer, besar, acariciar, dejar que me calaran ardientemente con sus ojos ciclópeos, hipnóticos. ¡Sin mi provocación no te calentás!

—...

¡Sacude! ¡Sacude! ¡La cintura! ¡La cintura! ¡La cintura! ¡La cintura! ¡La cintura! ¡La cintura!

¿Está floja la cadera? Con la cintura muévela, por la cintura muévela, si quieres bailar, ¡sopa de caracol! ¡¡eh!!

—¡...!

¿Sibello, Tacuacín, por qué gritan? ¿Les gusta mi ritmo? Me gusta su atención, me da una nostalgia del poder que siempre quise y nunca tuve. ¿Me extienden las manos? ¿Que baje ya? Tranquilas, no sean exigentes, suavecito. Soy la reina del mundo, quiero que me coman, plátano en dulce, sentirme chupado como los mangos de pita hasta quedarme lloriqueante del exceso, de su abundancia.

—...

Me gusta cómo me acarician el pecho sudoroso dando grititos, no me pellizquen la espalda tan duro, así, rocen sus manos por la panza, qué rico, ¿por qué me toquetean las piernas? ¿Te gustan gruesas y macizas? ¿Te excita cómo los músculos se acentúan por los tacones rojos, colorados, amenazantes, displicentes, que me arrejuntan los dedos de los pies y me hacen sentirme más alta, más esbelta?

—...

Allí está, otra vez, el Amapolo Ojo Duro. ¡Hey, qué pasó! Ahora sí tiene falo. Uno enorme. Más grande que el mío, agarrado a un arnés. Los había visto en fotos. Parece de verdad. Es idéntico en forma y textura, hasta con dos testículos colgando. ¡Hey Amapolo! La única evidencia de artificialidad es su grandilocuente rigidez.

—...

Lo admito. De sólo verte me derrito, se me aguada la parazón, me platica el ano, me pica, se me retuercen las tripas, el sudor se me enfría, me quedo

alelado, emoción cortada en seco por otra risa, el
Roso, el gorgojeo alegre del Tacuacín, el cacareo
tembloroso del Sibello, tu risa espasmódica,
Amapolo Ojo Duro, que mana desde el fondo de
un pozo desconocido y se burla de mí.

—...

Qué escándalo. El Amapolo Ojo Duro
rehace el mundo con su falo artificial. Lo rehace a
su imagen y semejanza, sin mí, lo reconstituye en
la destrucción de las viejas creencias, las derruidas
racionalizaciones que empujaban su lógica hasta
barroquizar la cerebralidad, la irracionalidad de la
razón. Voy a ser celebrado. Déjenme respirar
profundo, acosadores. Contradicciones sin fin. Me
excito con el Amapolo. Lo admito.

—...

¿Por qué me agarraste un brazo, Roso?
Tacuacín, llevás el otro. ¿Me jalan hacia el sofá?
Acuérdense de los tacones. Sibello no me empujés
por la cintura. Me dejo llevar suavemente, no
empujés, Sibello, te admito que estoy sorprendido
y conmovido por la pérdida de mis más elementales
indicadores de identidad. Ya no sé quién soy.

—...

¿Por qué al lado del sofá? ¿Que me hinque,
paralelo al respaldo? No jodás. Es por el ardor en la
espalda que me arqueé instintivamente. No. No me
des otro. Ya no es chistoso. El dolor se me está
regando por el resto de los músculos dorsales.

—...

Me voy a hincar, de acuerdo. Roso, Tacuacín, ¿por qué me llevan los brazos hacia atrás?

—...

Claro que siento. Siento una muñeca sobre

la otra, la piel raspada por un lazo de regular grosor. Dejame ver. Sibello, me estás amarrando las manos, ¡ay! tras la espalda. Tacuacín mierda, me dolió el cachetazo, de una vez me volviste la vista hacia el frente, no jodás, lo sentí como un golpe eléctrico. Shó, no se rían. Sus risotadas sofocan mis orejas. Ya se pusieron abominables. ¿Qué me están haciendo?

—...

¿Qué dijiste? ¿Puta, qué me imputás? ¿Socavar mi machismo? ¡No hablen al mismo tiempo! Ya no entiendo nada. ¿Por qué una venda? No puedo verte así, delicioso Amapolo Ojo Duro. ¡No me pegués en las nalgas! ¡Duele dije! ¿Y quién me agarró los pelos de la cabeza? Soltame, la que sea que sea.

—...

Ayyy, sí, qué rico. Seguí frotando suavecito, alrededor de la entrada al infierno, la caldera del diablo, apenas tocando la carnita suave de adentro con aceitito que calienta y excita, anagrama lujurioso que respinga las nalguitas, ¡ay! Los sopapos duelen pero si seguís apenas metiéndome el dedito se siente de lo más rico, como si recitara "las armas yo celebro y el hombre" antes de morir de puro éxtasis.

—...

¿Ofendo? ¿A quién? Si siempre fui bendito entre las mujeres. Incluso entre ustedes que ya ni distingo, todas al mismo tiempo. Admito exceso de delirio por amar, procurador de dichas pasmado por la belleza. ¿Es eso ofender? Cuidado, ya me metiste el dedito más adentro, no te pasés. Se siente mejor envaselinadito. Acariciame también los huevitos con tu mano aceitadita, qué rico, niña qué rico. Ofender a una mujer jamás si siempre fui todo un caballo. ¡Ay! ¡Dije caballero! Amoroso en extremo, veneno dulce, di besos que jamás olvidarás en el calor de otro querer, reciprocando siempre felicidad.

—...

Puto es un decir porque me imputás bajezas, pero bajo la cintura jamás di golpes bajos y si tomé prendas prestadas fue tan sólo después de reducirlas a besos, irrigado su sequedad, navegado con mi barco de vela de fuerte mástil entre las oleadas dulces de cálidos mares que buscaban la clemencia y el conjuro de fina playa donde depositar sus sales. Pero abusivo, nunca... ¡Ay! ¿Y eso? No me agarrés el pelo. Dejáme levantar la cabeza. Se siente más grueso que un dedo, ay, más grueso, y sin el tacto epidérmico. Más bien una cierta lisura plástica, ouch, ¡Amapolo Ojo Duro, qué estás haciéndome, me vas a partir en dos, cabrón de mierda!

—...

El animal que pierde su verdad, soy yo. Me voy a morir descuartizado conforme intensificás esta vibración indefinida que resuena más allá de mi muerte. El dolor es exceso, un cuchillo romo tijeretea mis nostalgias, mi virtud, mi sentido de mí mismo, mi respeto, ay, Amapolo, me sacás lágrimas, duele, arde como si me frotaras chile en la lengua, estás disipando mi identidad, atravesándome, descontinuándome, ay, no me jalés el pelo y no me insulten, no pellizquen, duele de veras... Ufff, gracias por sacarlo, ay, otra vez, suavecito porfa, suave, ufff, sacámelo, respiro, otra vez, ahhhh, te paro las nalguitas, metelo derecho que si no duele mucho, quién me está acariciando la verga, con qué derecho cabronas, jueputas, no saben con quién se están metiendo, me la están metiendo hasta adentro, ay, se me está entiesando la espalda, sssss, aire, ya me la volviste a parar después de que se me encogió hasta casi huirse para adentro y besar el coxis, ay, así, sí, así mejor, ay, duele menos, así, pero igual, con qué derecho, ay, mamá, ay, mamacita mía, soltámela, voy a acabar, quién me pellizcó las nalgas, no soy gato voluptuoso aunque lo parezca, no, no sean pura mierda, ultrajadores dejen de reírse, risa ululante, taladra los tímpanos, escarnecedora, extrahumana, disuelve mi mundo, me aniquila, deja mi escarnio al descubierto, risa horrorosa rebota dentro de mi alborotada cabeza como pelota de raquetball en la alborada, estentórea, escurridiza, carcajadas que maldicen y se funden con mi dolor tránsfuga convertido en espasmo de placer a fuerza de manoseos energéticos, dolor que invita a mi rendición, a entregarme, fundiéndome con el onírico falo del Amapolo Ojo Duro, fundiéndome con los jirones de risas que resuenan en el centro de mi frente como estallidos de granadas, me sumergen en un terror extrahumano ajeno al sentimiento maternal, incomprensiblemente penetrado, inefable, irrealmente poseído, ahh, ahh, rápido, rápido, rapidito, dale, dale, dale, apretame las caderas, sí, no me jalés tanto el pelo, sí, ayy, ayy, me voy a venir, me voy a venir, cabrones, ¡me voy a venir!

## 6

¿Qué decirles? ¿Que confiese que me siento hecho mierda? Bueno. Estúpido que soy. Me está temblando todo el cuerpo. No se rían pendejas. Me dejaron con un dolor que no se imaginan. Quedé una piltrafa. Una marea confusa. Tengo náusea, asco, ganas de llorar. Cerotas. Me tiemblan las manos. Tengo frío. Se me está tapando la nariz. No tengo energía ni para el baño. Me hace falta un poco de aire fresco.

—...

Váyanse. Déjenme solo. Váyanse ya. Ya. Déjenme con mi dolor. Con mi herida abierta, purulenta, dolor de parto, partido en dos, dolor embargado de soledad y sudor frío, frialdad de alma vacía, vacío de amor, ahogamiento de mi ser, vaho de vahído, dejen de repetir "te lo merecías". Ya estoy en edad de merecer pero no precisamente esto. "Lo venías pidiendo desde hacía rato". ¿Yo? No chinguen. ¿Quién fue la que dijo "el manoseador manoseado"? Pura mierda que son. Váyanse y dejen a su manoseado sintiendo el dolor del gran cañón del Colorado en esta cola que ya no puedo ni mover, me duele en cualquier posición. "Te lo merecías" ni madres.

—...

Sí, sí, ya. Ya. Ya váyanse. Va-yan-se. Dejen a esos borrachotes donde se quedaron. ¿Vio el Literal lo que me hicieron? Díganme. Estamos hablando del resto de mi vida. Es fuego incandescente que se me sube hasta la boca del estómago. Si me sale una hernia les cobro la operación, pisadas. Me abrieron mi mundo en lo más invisible, me tocaron hasta el primer principio. Ay. Se me está saltando el nervio de la pierna izquierda. Me duele la base de la espalda. Ustedes son ahora las fuertes, las que hablan, las que mandan, las que imponen sus furias. Para mí ya sólo dolores, soledad y vacío. Cascarón sin nada adentro, roto, purgado, regurgitado, sin fuerzas para defenderme, escombro humano, trazos de un pasado que no condujo a nada, de un sacrificio en vano, sueños desperdiciados, deseos perdidos, voluntades intensas, descarriadas. Piltrafa. Váyanse. Cierren esa puerta.

—...

No recojan. No apaguen ninguna luz. No toquen nada. Dejen las ruinas tal y como. No me levanten. No me toquen. No se acerquen. No me jodan. No hagan ruido. No se rían. No levanten la voz. No platiquen tan tranquilas como si no existiera. No pretendan que me morí. No se cambien de ropa frente a mí, así de tranquilas. No toquen mi agua. No usen mi baño. No se coman los restos del postre. No se paseen por allí como Pedro por su casa. No rompan nada. No recojan la basura. No apaguen la música. No hagan ruido, me estalla la cabeza. No se acaben mis tylenoles. No cuchicheen. No, no, nada, no, ya no, no, ya no. No hay ni dios ni adiós. Mirame papá. Cierren al salir. Mis pensamientos giran. Todo gira. Me callo. Silencio, silencio ya.

San Francisco–Madrid
1993-1997

Este libro
se terminó de imprimir
en el mes de noviembre de 2002,
en los talleres gráficos de
Prensa Moderna Impresores S.A.
Cali, Colombia.